Brigitta Rudolf

Dogs

&

Crime

Brigitta Rudolf

Dogs & Crime

Privatdetektei Morgenrot

Donny´s große Stunde

Wirbel in der Kunstszene

© 2025 Brigitta Rudolf

Verlag:

BoD · Books on Demand GmbH,
Überseering 33, 22297 Hamburg,
bod@bod.de

Druck:

Libri Plureos GmbH,
Friedensallee 273, 22763 Hamburg

ISBN: 978-3-7693-9837-3

Privatdetektei

Morgenrot

Das Dream-Team

Was macht man als ehemaliger Bulle, der mit Mitte Vierzig, noch dazu unehrenhaft, aus dem Dienst entlassen worden ist? Ja eben, man sucht sich einen Job bei einer Security-Firma oder man macht sich eben selbstständig als Privatdetektiv. Ich habe letzteres vorgezogen, wie Sie sehen. Ich wollte mich nie mehr mit irgendwelchen Vorgesetzten herumschlagen müssen, denn das war seinerzeit der Grund für mein Ausscheiden aus dem öffentlichen Dienst. Wie es dazu kam? Wollen Sie das wirklich wissen? War 'ne ziemlich dumme Sache, und ich rede nicht gern darüber; aber, na schön, weil Sie es sind. Im Grunde bin ich ein ruhiger und verträglicher Typ. Ich verliere nicht so schnell die Nerven, aber gelegentlich kommt doch das Temperament meiner irischen Großmutter durch. Mit meinen alten Kollegen bin ich immer gut klargekommen, bis zu dem Tag, als sie uns diesen neuen Staatsanwalt vor die Nase gesetzt haben. So ein geschniegelter Yuppie-Typ, noch ziemlich grün hinter den Ohren, aber arrogant, anmaßend und ungerecht dazu. Irgendwann hatte ich buchstäblich die Faxen dicke mit dem Kerl und habe ihm eine reingehauen – noch dazu vor versammelter Mannschaft. Das konnte er natürlich nicht auf sich sitzen lassen. Trotzdem, ich bereue es nicht, auch wenn die Folge davon ein Disziplinarverfahren und am Ende mein Ausscheiden aus dem öffentlichen Dienst war. Beamtenpension ade – was soll's!

Ach ja, einen Partner habe ich übrigens auch. Das ist mein Hund Donald, eine mittelgroße Promenadenmischung. Den habe ich eines Nachts auf einem Parkplatz an der Autobahn gefunden. War an einem Baum angebunden und kurz vor dem Verhungern, das arme Tier. Seit ich ihn gerettet habe, ist er mein allerbester Kumpel und folgt mir auf Schritt und Tritt, egal wohin ich auch gehe. Seit meiner Scheidung, das war kurz nach meinem „Fehltritt" bei der Polizei, wie Marlene, meine Exfrau, es ausdrückt, ist Donald meine Familie, und mehr brauche ich nicht. Auf ihn ist unbedingt und unter allen Umständen Verlass. Wenn ich eines gelernt habe, dann ist es das: Menschen können Dich irgendwann enttäuschen, Tiere nicht!

Anfangs habe ich uns mit Beschattungen untreuer Ehepartner und dergleichen über Wasser gehalten, aber seitdem ich einen fetten Steuerbetrug aufdecken konnte, und sogar bei einem Mordfall zur Aufklärung beigetragen habe, ist das nicht mehr nötig – zum Glück! Mit meinem neuen Klienten habe ich jetzt einen dicken Fisch an Land gezogen, wie es scheint. Allerdings weiß ich noch immer nicht, worum es geht. Das wollte er am Telefon nicht sagen, der Herr Seewald. Das ist der Inhaber der größten Lebensmittelkette unserer Region. Der hat sich heute Morgen bei mir gemeldet und um einen schnellen Termin gebeten. Heute Nachmittag kommt er ins Büro, mal sehen, was er auf dem Herzen hat.

Hi Fan`s! Ich heiße Donald, werde aber meistens nur „Donny" gerufen. Ich bin sozusagen der Juniorpartner von „Düse", und weil der genug um die Ohren hat, werde ich ab hier übernehmen.

„Düse", so wird mein Herrchen von seinen Freunden und Bekannten genannt. Weil sein Name Düsediekerbäumer, so heißt er nämlich offiziell, viel zu lang ist. Ich denke, er hat nichts dagegen, wenn wir ihn im Folgenden auch als Düse bezeichnen. Ich bin echt froh, dass er mich damals befreit und mitgenommen hat. Wir hatten es nicht immer so gut wie jetzt. Ich erinnere mich noch gut daran, dass er öfter seine letzten Centstücke zusammengekratzt hat, nur um eine Dose Hundefutter für mich zu kaufen; dafür hätte er sicher auch eine Flasche Bier für sich bekommen können. Das habe ich ihm hoch angerechnet! Ganz schlimm waren die Tage, an denen so gut wie gar nichts mehr im Hause war, und wir uns, um wenigstens halbwegs satt zu werden, einen Topf mit gekochten Nudeln teilen mussten.

„In der Not frisst der Teufel Fliegen!", hat Düse das kommentiert. Aber er hat bestimmt nie daran gedacht mich wieder auszusetzen! Düse ist ein anständiger Kerl! Nicht so wie mein voriges Herrchen. Erst hat er mich zu sich geholt, dann kam seine neue Freundin, der war ich sowieso ein Dorn im Auge, und wenig später wollten sie gemeinsam in Urlaub fahren. Wohin mich das geführt hat, das hat Düse Euch ja schon erzählt. Das war verdammt unfair! Aber jetzt Schwamm drüber, das ist besser für uns alle. –

Er hat es auch nicht leicht gehabt, mein Freund. Das habe ich so nach und nach erfahren. Er ist wirklich gutmütig, aber ab und zu rastet er doch aus; und zwar immer dann, wenn man ihm zu tüchtig zusetzt. Könnte ich auch nicht ertragen!
Jetzt ist etwas im Busch, wie die Menschen sagen, das spüre ich genau. Düse erwartet hohen Besuch, deshalb ist er nervös. Muss er doch eigentlich gar nicht, mit mir an seiner Seite.

Außerdem gibt es da ja auch noch Thea, das ist die Dritte im Bunde. Seitdem Düse nicht mehr ganz so knapp bei Kasse ist, hat er sie zu seiner Unterstützung eingestellt, halbtags. Mehr ist allerdings derzeit noch nicht drin, obwohl Thea sicher gern öfter und länger kommen würde, und das nicht nur ins Büro. Das weiß ich, weil sie ihn ab und zu, wenn sie denkt, es merkt niemand, schmachtend von der Seite ansieht, meinen Düse. Sie ist übrigens auch die Einzige, die ich kenne, die ihn bei seinem Vornamen nennt; Harry, so heißt er, aber ich glaube fast, einfach Düse wäre ihm lieber. Ich glaube sogar, Thea hätte nichts dagegen, ganz bei uns einzuziehen. Von mir aus hätte sie freie Bahn, ich mag sie, aber Düse ist immer noch nicht über Marlene hinweg, fürchte ich. Und solange das so ist, bemerkt er Thea als Frau gar nicht. Für ihn ist sie wie ein Möbelstück, nützlich und hilfreich, mehr nicht. Arme Thea! Deshalb versucht sie eben auf andere Weise unentbehrlich für ihn zu werden, immer in der Hoffnung eines Tages doch von ihm gebraucht und geliebt zu werden. Und sie ist wirklich tüchtig, unsere Perle! Sie hat seine Buchhaltung erst mal richtig in Schwung gebracht. Seitdem sie sich darum kümmert, gibt es kaum noch unbezahlte Rechnungen. Säumige Klienten werden pünktlich von ihr angemahnt, und wenn das nicht hilft, dann droht sie mit anderen Konsequenzen. Da hat sie wirklich den Bogen raus, sagt Düse manchmal zu ihr. Dann strahlt Thea und wähnt sich ihrem Ziel ein kleines Stückchen näher. Sie sorgt gut für uns, passt auf, dass immer genug Kaffee und Tee vorhanden ist, kauft Leckerli für mich, und hat auch immer ein Aspirin für Düse in petto, wenn er mal wieder in seiner Stammkneipe versackt ist. Das kommt zum Glück nur selten vor, aber gelegentlich packt ihn der „Weltschmerz", wie er zu sagen pflegt. Dann geht er manchmal raus, um ihn im Alkohol zu ertränken. Keine gute Methode, scheint mir, aber das muss er selbst wissen.

Kurzum, Thea wäre schon ein tolles Frauchen. Sie ist lieb, tüchtig und auch nicht unattraktiv, aber wie gesagt, Düse bemerkt es kaum. Vielleicht sollte ich den beiden doch mal auf die Sprünge helfen, aber wie?

Der Klient

„Guten Tag, ich bin Gunther Seewald. Sie hatten mir einen Termin gegeben."
„Herr Seewald, guten Tag. Ich freue mich, Sie kennenzulernen. Bitte nehmen Sie Platz,

darf ich Ihnen einen Kaffee oder eine andere Erfrischung anbieten?"

Mit diesen unverbindlichen Worten begrüßt Düse immer seine Besucher. Dieser ist anders, das habe ich in der Nase. Ich bin mir ziemlich sicher, dass es mit dem noch Probleme geben wird. Vielleicht hat er selbst Dreck am Stecken, aber das werden wir schon rauskriegen, denke ich.

„Um was geht es denn, Herr Seewald, was kann ich für Sie tun?", pirscht Düse sich jetzt langsam vor.

„Das ist eine etwas heikle Angelegenheit, in der ich Ihre Hilfe benötige", antwortet Herr Seewald.

„Das dachte ich mir schon, weil Sie am Telefon nicht darüber sprechen wollten."

„Ja, das ist richtig. Ich denke, ich muss relativ weit ausholen, damit Sie mein Dilemma verstehen", erwidert Herr Seewald. Er dreht und wendet sich, anstatt endlich zur Sache zu kommen. Deshalb lehnt sich Düse mit den Worten: „Ich bin ganz Ohr!", in seinem Schreibtischsessel ganz gemütlich zurück. Diese Geste soll Vertrauen schaffen, hat er mal gesagt. Und es scheint sogar zu funktionieren, denn Herr Seewald entspannt sich tatsächlich und erzählt weiter.

„Seit einigen Jahren habe ich einen Kompagnon, Claus Schuster. Mit ihm verstand ich mich anfänglich sehr gut. Eine Zeitlang dachte ich sogar darüber nach, ihn eventuell zu meinem Nachfolger zu machen, weil meine Ehe leider kinderlos geblieben ist. Ich möchte mich langsam aus der Firma zurückziehen und mit meiner Frau einiges nachholen, was wir in den letzten Jahren versäumt haben. Schließlich ist Geld nicht alles. Unsere Frauen mochten sich ebenfalls, deshalb trafen wir uns gelegentlich auch privat. Leider gab es dann vor einiger Zeit eine kurze Affäre zwischen seiner Frau und mir. Nichts wirklich Ernstes, ich liebe meine Frau, auch wenn es mir schwerfällt den verlockenden Kurven anderer Damen zu widerstehen. Ich muss zugeben, es gelingt mir dummerweise nicht immer. So war es auch bei Frau Schuster. Aber Claus ist irgendwann dahintergekommen!" Er stockte.

„Jaaa?", fragt Düse gedehnt.

„Wir kamen überein, dass ich die Affäre beenden sollte, und ich ihm dafür, dass er meiner Frau gegenüber weiterhin den Mund hält, noch einige meiner Firmenanteile überschreiben sollte. Seitdem besitzt er die knappe Mehrheit der Firmenaktien."

„Und Sie haben sich so einfach darauf eingelassen?", fragte Düse ungläubig.

„Ja, was blieb mir denn anderes übrig? Ich wollte meine Ehe doch nicht gefährden! Aber wir haben diese Anteilsüberschreibung offiziell und damit selbstverständlich auch notariell festgehalten. Er hat damit auch untcrschricbcn, dass cr nun keine weiteren Forderungen mehr an mich stellen wird, und daran hat er sich auch gehalten. Aber ich musste mich doch absichern, damit er nicht mehr und mehr wollte. Dem habe ich damit einen Riegel vorgeschoben, allerdings hat sich damit die Sache mit seiner Nachfolge für mich auch erledigt. Er erscheint mir dafür eindeutig nicht seriös genug zu sein. Zum Glück habe ich nie mit ihm darüber gesprochen."

„Na gut, wie ging es dann weiter?", fragt Düse gespannt.

„Die nächste Komplikation war die, dass unsere kurze Affäre angeblich Folgen gehabt hat, das hat Gunda jedenfalls behauptet. Inzwischen bin ich mir allerdings nicht mehr so sicher, ob ich wirklich der Vater ihres Babys gewesen bin."

„Wieso, darüber lässt sich doch mit einem Vaterschaftstest ganz schnell Klarheit schaffen", wirft Düse ein.

„Ja, das schon, aber sie hat das Kind verloren."

„Oh, das tut mir leid."

„Vielleicht war es besser so. Aber die Tatsache, dass ich meine Frau und meinen Partner mit Gunda betrogen habe, die bleibt auf jeden Fall bestehen. Kurz nach der Fehlgeburt von Gunda kam die erste anonyme Nachricht. Darin stand, dass ich ein schlechter Mensch sei und dass so etwas nie wieder vorkommen dürfe. Ich habe es für einen schlechten Scherz gehalten und diesen Wisch einfach in den Reißwolf gesteckt."

„Und Ihre Frau ist immer noch ahnungslos?"

„Das hoffe ich doch sehr!"

„Wie lange ist das Ganze denn her?", will Düse wissen.

„Ein knappes Jahr ist seither vergangen", erwidert Herr Seewald.

„Wer weiß noch von dieser Angelegenheit?"

„Ich habe selbstverständlich mit niemandem darüber geredet. Und Gunda und Claus haben sich inzwischen getrennt."

„Haben Sie oder Ihre Frau denn noch Kontakt zu der Exfrau Ihres Partners?"

„Ich nicht, nein. Aber ob meine Frau ab und zu noch mit ihr telefoniert, das kann ich wirklich nicht sagen, obwohl ich es nicht glaube. Sie war regelrecht empört, als Gunda sich kurz nach ihrer Fehlgeburt von Claus trennte und fortgezogen ist."

„Wissen Sie wohin?"

„Nein, das wollte ich auch gar nicht wissen, ich war eigentlich froh, dass sie aus meinem Blickfeld verschwunden war. Für mich war die Sache damit erledigt. Zumindest dachte ich das. Jetzt erhalte ich seit kurzem allerdings wieder anonyme Briefe und ich fürchte, dass Gunda wieder dahinter stecken könnte."

„Wieso, wie kommen Sie darauf? Haben Sie diese Briefe dabei?"

„Die ersten zwei habe ich fortgeworfen, weil ich es erneut für einen dummen Streich hielt.

Aber den letzten, den habe ich aufgehoben. Hier ist er."

Damit reicht er Düse ein Stück Papier. Der nimmt es in die Hand und liest es stirnrunzelnd.

„Also, eine konkrete Drohung entnehme ich daraus nicht", sagt er.

„Nein, das wurde auch in keinem der anderen Briefe deutlicher ausgedrückt. Es stand jedes Mal nur sinngemäß darin, das ich irgendwann die Konsequenzen für mein moralisches Fehlverhalten zu tragen hätte. Was das konkret bedeuten soll, darüber schweigt sich der Briefschreiber oder die Schreiberin bisher noch aus."

„Wie soll ich denn in dieser Angelegenheit nun tätig werden? Soll ich versuchen, diese Dame für sie aufzuspüren? Das dürfte kein so großes Problem sein, denke ich. Vielleicht kommen die Briefe aber auch von Ihrem Partner, haben Sie an diese Möglichkeit schon gedacht?"

„Zu welchem Zweck sollte er mich denn noch weiter erpressen wollen? Ihm gehört doch schon der überwiegende Anteil unserer Supermarktkette."

„Das ist schon wahr, aber vielleicht will er Sie ganz ausbooten. Wie ist denn Ihr Verhältnis seither?"

„Natürlich sehr distanziert, das werden Sie sich denken können, aber wir haben uns letztlich beide mit dieser Situation arrangiert."

„Das heißt, Sie tragen ihm seine Erpressung wirklich nicht nach? Sie hätten allen Grund sauer auf ihn zu sein!"

„Ach wissen Sie, ich habe ohnehin längst ausgesorgt, und der Jüngste bin ich schließlich auch nicht mehr. Ich überlege ja ohnehin, mich komplett aus dem Geschäft zurückzuziehen."

„Würden Sie ohne diese Briefe auch so denken?"

„Meinen Sie, man will mich sozusagen weich kochen, damit ich mich auf jeden Fall vorzeitig zurückziehe?", fragt Herr Seewald alarmiert.

„Möglich wäre es doch", überlegt Düse.

„Vielleicht haben Sie recht", gibt Herr Seewald zu.

„Verzeihen Sie bitte die Frage, aber haben Sie womöglich noch andere Feinde? Ich könnte mir vorstellen, dass man im Geschäftsleben manchmal nicht so ganz zimperlich sein kann, Herr Seewald."

„Auf Anhieb wüsste ich wirklich niemanden, der mir in dieser Art und Weise schaden wollte, aber ich werde noch einmal darüber nachdenken. Geschäftlich war und bin ich immer sehr korrekt!"

Auf diese Feststellung legt Herr Seewald offenbar großen Wert.

„Tun Sie das bitte. Auf jeden Fall werde ich zunächst einmal versuchen, diese Frau Schuster für Sie aufzutreiben. Außerdem würde ich gern mit Ihrem Partner sprechen. Dazu müsste ich ihm allerdings, wenigstens teilweise, reinen Wein einschenken, wäre das für Sie in Ordnung? Sicher komme ich auch nicht drumherum, mit Ihrer Frau ein Wörtchen zu reden."

„Wenn es absolut nicht anders geht - dann bitte, aber seien Sie trotzdem so diskret wie möglich", betont Herr Seewald.

Ich verstehe sein Problem nur zu gut, Düse auch.

„Natürlich, das verspreche ich!", sagt Düse.

„Und sollten Sie weitere Post erhalten, dann zeigen Sie mir die bitte gleich", ordnet er an.

„Ja, selbstverständlich", beeilt sich Herr Seewald ihm zuzustimmen.

„Wie sieht es eigentlich mit Ihrem Honorar aus? Brauchen Sie einen Vorschuss?"

„Dieses erste Beratungsgespräch ist für Sie kostenlos, für jeden weiteren Einsatz berechne ich Ihnen meinen regulären Stundensatz von einhundertfünfzig Euro. Wenn ich Spesen machen sollte, dann bekommen Sie ebenfalls einen Beleg für Hotelrechnungen und dergleichen mehr. Sobald ich etwas herausgefunden habe, melde ich mich. Spätestens alle drei Tage erstatte ich Ihnen zwischendurch ohnehin telefonisch Bericht, ist das für Sie in Ordnung?"

„Ich habe noch nie mit einem Privatdetektiv zusammengearbeitet, ich nehme an, diese Vorgehensweise ist bei allen Ihren Kollegen so üblich", stimmt Herr Seewald zu. Düse nickt und gibt unserem neuen Klienten ein Auftragsformular zur Unterschrift. Dann bittet er Herrn Seewald noch um seine Karte, und anschließend verabschiedet sich unser Kunde.

Tja, jetzt haben wir wirklich einen komplizierten Fall an der Backe! Aber Düse wird das schon hinbiegen, da bin ich mir sicher!

Erste Ermittlungen

„Womit fange ich nur an?", sinniert Düse. Da kann ich ihm wirklich nicht helfen. Außerdem habe ich nach wie vor das unbestimmte Gefühl, dass Herr Seewald immer noch nicht mit allem rausgerückt ist. Düse setzt sich also zunächst an seinen PC und gibt den Namen Gunda Schuster ein. Auf diese Weise hat er nach einiger Zeit tatsächlich eine Adresse gefunden. Aber ob die noch aktuell ist? Auf jeden Fall schnappt er sich seine alte Lederjacke und sagt zu mir: „Los, komm mit, alter Junge! Jetzt besuchen wir erst mal Frau Schuster und rücken dieser eher zwielichtigen Dame etwas näher auf den Pelz."

Das kann ich mir natürlich nicht entgehen lassen. Also springe ich schnell von meinem

Stammplatz auf dem Bürosofa runter und folge Düse.

Frau Schuster wohnt nicht gerade in der vornehmsten Gegend unserer Stadt, bei dem Einkommen ihres geschiedenen Manns hätte ich das anders erwartet. Sie bekommt doch bestimmt Unterhalt von ihm. Aber vielleicht gibt es ja gute Gründe, warum sie hier Unterschlupf gesucht hat. Jedenfalls klingelt Düse, und kurze Zeit danach wird die Haustür einen kleinen Spaltbreit aufgemacht. Dahinter ist eine wirklich bildhübsche Schwarzhaarige zu sehen. Kein Wunder, dass Herr Seewald bei der einen schwachen Moment hatte. Düse scheint ähnlich zu denken, denn er starrt sie regelrecht an.

„Was wollen Sie?", erkundigt sich die Schwarzhaarige.

„Äh", stottert Düse.

Mann, der soll sich mal zusammenreißen, auch wenn er auch auf solche rassigen Schönheiten steht, wie ich inzwischen weiß. Natürlich, gegen ein solches Vollblutweib hat die arme Thea nicht die geringste Chance.

„Ja, worum geht es denn?", fragt Frau Schuster noch mal, und endlich hat Düse sich gefangen und antwortet in seinem gewohnten Tonfall: „Verzeihen Sie die Störung, sind Sie Frau Gunda Schuster?"

„Wer will das wissen?", antwortet die Frau immer noch recht zugeknöpft.

„Mein Name ist Harry Düsediekerbäumer und ich bin Privatdetektiv." Mit diesen Worten hält er ihr seinen Ausweis vor die Nase.

„Ja und, was kann ich für Sie tun? Ich bin Gunda Schuster", bestätigt sie ihm.

„Dürfte ich Sie ein paar Minuten sprechen?", bittet Düse höflich.

„Na gut, kommen Sie rein", gibt sie nach und öffnet die Tür für uns. „Ich nehme an, der Köter gehört zu Ihnen?", fragt sie süffisant.

Solche Töne mögen wir beide nicht, mir ist sie deshalb gleich unsympathisch, und auch bei Düse fällt innerlich eine Klappe runter, das höre ich an seiner Stimme, als er antwortet: „Ja, das ist mein Hund Donny, er ist sozusagen meine rechte Hand!"

„Ach so, na dann…" meint Frau Schuster und lässt uns endgültig rein. Dann stehen wir im Wohnzimmer. Frau Schuster und Düse setzen sich, und auf sein Kommando mache ich auch „Platz", ganz wie es sich für einen wohlerzogenen Hund gehört. Trotzdem soll sie mich ja nicht unterschätzen, diese Frau Schuster. Ich kann auch anders, falls es nötig werden sollte. Dann höre ich Düse fragen: „Also, Frau Schuster, Sie kennen einen Herrn Gunther Seewald und hatten vor einiger Zeit eine Affäre mit ihm, ist das richtig?"

Frau Schuster bestätigt das, fragt aber: „Wieso, was geht Sie das an?"

„Kommen wir zum Punkt. Waren Sie jemals schwanger von ihm und hatten später eine Fehlgeburt?"

Auch das bestätigt Frau Schuster.

„Gibt es für diese Schwangerschaft Beweise?", dringt Düse jetzt weiter in sie.

„Was erlauben Sie sich? Muss ich Ihnen etwa den Mutterpass zeigen?", fragt Frau Schuster bissig.

Düse will es offenbar nicht gleich zu weit treiben, deshalb lenkt er ein.

„Nein, natürlich nicht. Aber ist es richtig, dass sie sich nach dem Ende der

Schwangerschaft von ihrem Mann getrennt haben?"

„Ja, auch das stimmt. Er hat es nicht verwunden, dass ich ihn mit seinem Geschäftspartner betrogen habe, noch dazu mit einem wesentlich reiferen Mann. Das hat tüchtig an seinem Ego gekratzt. Seither kamen wir nicht mehr gut miteinander aus, deshalb bin ich gegangen. Es war besser so."

„Haben Sie noch Kontakt mit irgendwem aus der Familie Seewald? Immerhin waren Sie doch auch mit Frau Seewald befreundet."

„Nein, das hätte auf die Dauer nur zu einigen Komplikationen geführt. Außerdem verändert eine Schwangerschaft eine Frau doch und eine Fehlgeburt erst recht. Sicher hat sie auch angenommen, dass ich mich deshalb zurückgezogen habe, nachdem ich mich von Claus getrennt hatte. Sie hat nie versucht mich aufzustöbern, denke ich. War's das? Ich habe noch eine Verabredung, deshalb würde ich Sie jetzt bitten zu gehen, wenn es Ihnen nicht allzu viel ausmacht."

„Darf ich Ihnen trotzdem meine Karte dalassen, falls Sie doch noch einmal mit mir sprechen möchten?", fragt Düse.

Er wartet die Antwort gar nicht erst ab, sondern legt eine seiner Geschäftskarten auf den Tisch. Dann erhebt er sich gehorsam von seinem Platz. Er bedankt sich noch für die Auskunft und wir gehen – vorerst. Ich weiß, dass für ihn mit diesem Gespräch die Sache noch längst nicht abgeschlossen ist. Er ist ein wirklich guter Ermittler, mein Düse.

Deshalb statten wir nach der Frau Schuster auch ihren Mülltonnen einen Besuch ab. Die blaue Papiertonne ist es, die Düse´s Intcrcssc weckt. Er wühlt sie durch und sieht nach, ob er darin Zeitungen entdeckt, aus denen womöglich Buchstaben ausgeschnitten sind, denn die geheimnisvollen Briefe an Herrn Seewald sind ja alle mit bunten, aus Papier ausgeschnittenen, einzelnen Buchstaben verfasst worden. Aber diese Spur ist kalt, jedenfalls im Moment. Trotzdem will Düse noch nicht so schnell aufgeben. Deshalb warten wir im Auto, bis Frau Schuster aus dem Haus kommt, zu ihrem Auto geht und wegfährt. Wir verfolgen sie. Sie scheint es nicht allzu eilig zu haben, und nach einer ganzen Weile biegt sie ab, um aus der Stadt herauszufahren. Abe jetzt müssen wir den Abstand zu ihr vergrößern, auf den Landstraßen ist nicht so viel Betrieb, erklärt Düse mir. Als ob ich das nicht wüsste, es ist schließlich nicht meine erste Observation, die ich mit ihm gemeinsam mache. Fast bin ich doch auch schon so ein alter Hase wie er, aber das vergisst Düse nur allzu oft. Egal, darüber sehe ich großzügig hinweg.

Schließlich hält das Auto an, und Frau Schuster steigt aus. Sie scheint auf jemanden zu warten, der allerdings nicht pünktlich ist. Nach einiger Zeit holt sie ihr Handy aus der Tasche und ruft denjenigen an, wie ich vermute. Sie telefoniert einige Minuten und legt dann auf. Anschließend steigt sie wieder ein und fährt heim. Also geben wir es auch auf und fahren erst einmal zurück ins Büro. Dort werden wir schon von Thea erwartet.
„Hallo, Ihr zwei, schön, dass Ihr wieder da seid!", freut sie sich.
„Wir haben einen neuen Fall", setzt Düse sie ins Bild und erfährt seinerseits von Thea, dass Herr Seewald angerufen und um seinen Rückruf gebeten hat.

„Ist ihm doch noch etwas eingefallen?", fragt Düse.

„Keine Ahnung, er wollte es nur Dir selbst sagen!" gibt Thea etwas eingeschnappt zurück.

„Na schön, dann will ich mal hören, was er noch zu erzählen hat", ächzt Düse und geht zu seinem Schreibtisch, um Herrn Seewald anzurufen. Der hat bestimmt neben dem Telefon gesessen, denn fast sofort hebt er ab und meldet sich.

„Hallo, Herr Seewald, Sie hatten um meinen Rückruf gebeten. Was gibt es denn?", fragt Düse.

„Ob Sie es glauben oder nicht, ich habe nach dem Besuch bei Ihnen einen Drohanruf erhalten. Die Stimme klang etwas verzerrt, so als hätte jemand sich ein Taschentuch vor die Lippen gehalten. Sie haben einen Detektiv eingeschaltet, jetzt wird es ernst, das hat der Anrufer gesagt", berichtet er aufgeregt. „Hat mich da etwa jemand beschattet?"

„Haben Sie denn jemanden bemerkt, als Sie bei mir im Büro waren?", fragt Düse.

„Nein, nein, mir ist nichts Ungewöhnliches aufgefallen, wirklich nicht!", beteuert Herr Seewald.

„Keine Sorge, wir sind ja dran an der Sache", versucht Düse den erregten Herrn Seewald zu dämpfen.

„Sie sind gut, was soll ich denn davon halten?" tönt es aus dem Hörer, und das so laut, dass wir alle es mithören können, obwohl Düse im Moment nicht mal die Lautsprecheranlage angestellt hat.

„Herr Seewald, bitte beruhigen Sie sich zunächst einmal. Ich habe bereits mit Frau Schuster gesprochen, allerdings hat dieses Gespräch nicht viel ergeben. Aber vielleicht habe ich damit einen Stein ins Rollen gebracht. Wir können jetzt wirklich nur abwarten, bis der nächste Brief kommt. Machen Sie sich nur nicht zu viele Sorgen!" Mit diesen Worten legt er auf und sagt zu Thea: „War sonst noch was?"

Sie verneint, und deshalb beschließt Düse seinen Arbeitstag jetzt erst mal zu beenden und zu Hause eine Denkpause einzulegen. Das ist mir nur recht.

„Morgen ist schließlich auch noch ein Tag! Du solltest heute auch pünktlich Feierabend machen, Thea", empfiehlt er und zwinkert ihr zu. Er weiß, wie oft sie noch spät im Büro sitzt und auf uns wartet, wenn sie es für angebracht hält. Thea strahlt und steht auch gleich auf.

„Ich habe noch einige Besorgungen in der Stadt zu erledigen", sagt sie und geht mit uns hinaus.

„Dann also, bis morgen", verabschiedet Düse sich von ihr, und nur ich sehe, dass Thea ihm noch einen sehnsüchtigen Blick nachsendet, bevor sie sich umdreht und in die andere Richtung geht.

Feierabend

Endlich Feierabend, das ist jeden Tag die schönste Zeit für uns beide! Wir lieben es, auf dem Sofa vor dem Fernseher abzuhängen und es uns einfach gut gehen zu lassen. Vor allem heute habe ich mich auf zu Hause gefreut, heute ist nämlich sozusagen mein Tag in der Woche, weil an jedem Dienstag die alten Folgen von Kommissar Rex wiederholt werden. Der ist mein großes Vorbild, und Düse schaut diese Sendung auch gern, das weiß ich. Für alle, die es möglicherweise noch nicht wissen sollten, Kommissar Rex ist ein Schäferhund, der im Dienste der Polizei mit seinem Herrchen Richy Moser die kniffligsten Fälle löst. Er ist sehr mutig und immer da, wenn er gebraucht wird, egal ob er gerade einen Ganoven jagen soll oder eine schöne Frau oder ein Kind trösten muss, Rex ist pünktlich zur Stelle. Zur Belohnung bekommt er dann meistens eine Wurstsemmel. Ist schon ein schneidiger Kerl, der Rex!

Gerade haben Düse und ich es uns bequem gemacht, er mit einer Flasche Bier und einer Tüte Chips, ich mit einer Leckerlistange, an der ich herumkaue, als es klingelt.
„Nanu, wer kann das denn sein? Erwartest Du etwa noch jemanden?", fragt mich mein Herrchen.
Macht der Witze, wen soll ich denn erwarten? Außerdem möchte ich mich jetzt viel lieber den Abenteuern von Moser und Kommissar Rex widmen. Aber einfach das

Klingeln ignorieren, das geht wohl nicht, leider! Jedenfalls steht Düse auf und sieht nach, wem wir diese Störung zu verdanken haben. Ich höre Stimmen und weiß, das war es jetzt mit unserem schönen, ruhigen Abend, denn ich erkenne, dass es Marlene ist, die zu Besuch kommt. Das ist sehr selten, aber wenn sie mal hier auftaucht, dann will sie meistens etwas, und anschließend ist Düse fast immer schlecht gelaunt. Die beiden kommen zurück ins Wohnzimmer, und wie ich schon befürchtet habe, wird als Erstes der Fernseher ausgeschaltet. Na gut, dann ziehe ich mich vorerst mal zurück in mein Körbchen.

Düse bietet Marlene einen Platz an und fragt sie, ob sie etwas trinken möchte. Sie lehnt ab, weil sie wenig Zeit hat, wie sie sagt. Mir nur recht, dann können wir eventuell etwas später den Kommissar Rex doch weiter angucken. Marlene setzt sich also, und schon legt sie los. Sie erzählt Düse, dass sie einen Mann kennengelernt hat, der ihr viel besser gefällt als er. Wo gibt`s denn so was? Na ja, das muss sie ja wissen, auch wenn ich es nicht verstehe, denn für mich ist und bleibt Düse das beste Herrchen der Welt. Jedenfalls erzählt sie Düse, dass sie wieder heiraten möchte. Dann fragt sie ihn doch glatt, ob er zu ihrer Hochzeit kommen möchte. Düse wird ganz blass und sagt erst mal einen Moment lang gar nichts. Dann besinnt er sich und fragt: „Wann ist es denn so weit?"

„Wir dachten an den 14. Juli, denn an dem Tag haben wir uns kennengelernt, das ist doch romantisch, oder etwa nicht?", fragt Marlene.

Düse nickt, sagt aber wieder nichts. Schließlich muss er diese Nachricht erst mal verdauen, schätze ich jedenfalls. Armer Düse, denn mit dieser Neuigkeit haben sich seine Hoffnungen, Marlene doch noch einmal zurückzugewinnen, wohl endgültig zerschlagen.

„Du weißt jetzt jedenfalls Bescheid", sagt Marlene und fügt hinzu: „Ich würde mich auf jeden Fall freuen, wenn Du kommen könntest. Außerdem solltest Du es auch von mir selbst erfahren. So, jetzt muss ich aber gehen, Arnold wartet auf mich. Mach´s gut

Düse, und wünsch uns Glück, auch wenn Du nicht kommen willst."

Sie kennt ihn gut, ihren Ex. Nachdem sie das gesagt hat, steht sie auf und geht. Düse bleibt wie betäubt sitzen. Ob er wohl jetzt den Fernseher wieder anmacht, damit wir weitergucken können? Ich gehe erst mal zu ihm hin und lecke ihm tröstend über das Gesicht. Geistesabwesend streicht er mir über den Kopf, rührt sich aber nicht weiter. Ich muss noch einen Augenblick Geduld mit ihm haben, fürchte ich. Als er sich nach ein paar Minuten immer noch nicht rührt, fange ich leise an zu winseln, und dann reagiert er endlich. Aber immer noch nicht so, wie ich es mir wünsche. Er steht auf und holt sich die Flasche mit dem kostbaren, alten Cognac aus der Hausbar. Diese Flasche hütet er sonst immer wie einen Schatz. Daraus gießt er sich nur einen kleinen Schluck ein, wenn es etwas zu feiern gibt, wie einen erfolgreich abgeschlossenen Fall zum Beispiel. Aber heute ist alles anders. Er kippt den ersten Schluck regelrecht runter, dann gießt er sich einen zweiten ein und nimmt die Flasche sogar mit zum Sofa. Ob er etwa noch einen

Cognac trinken will? So kenne ich ihn eigentlich gar nicht. Aber dieser endgültige Abschied von seiner Marlene muss ihm doch noch viel mehr weh tun, als ich jemals gedacht hätte. Aber musste sie mit dieser Neuigkeit ausgerechnet heute ankommen? Endlich scheint er mich auch wieder wahrzunehmen, denn er steht auf und schaltet den Fernseher wieder ein. Prima, Kommissar Rex und sein Freund Moser ermitteln noch. Zwar haben wir die Lösung des ersten Falles, dank Marlene´s Überfall, nicht mitbekommen, aber wenigstens den zweiten können wir jetzt mitverfolgen. Düse wird sich schon wieder fangen, was bleibt ihm auch anderes übrig? Muss ich mich eben in der nächsten Zeit etwas mehr um ihn kümmern. Damit fange ich am besten gleich mal an. Ich lege meine Pfote vorsichtig auf sein Knie, schaue ihn an und jaule leise.

„Du lässt mich nie im Stich, Donny, das weiß ich!", sagt er, und dann springe ich endgültig zu ihm auf das Sofa. Vielleicht ist dieser Abend ja doch noch zu retten.

Der Kompagnon von Herrn Seewald

Heute Morgen ist Düse ziemlich verkatert – kein Wunder, aber das musste wohl sein. Er hat sogar auf der Couch geschlafen. Jetzt hat gerade sein Wecker geklingelt, und er ist ins Bad gewankt. Er hat den Grundsatz, dass wer saufen kann, auch arbeiten muss. Stimmt ja auch, wie sonst soll er wohl an das Geld für seine Brötchen und meine Dosen kommen? Und die Sache mit Marlene hat ihn wirklich bis ins Mark getroffen, deshalb tut er mir leid. So wie gestern habe ich ihn bisher nur sehr selten erlebt.

„Na Donny, Dir geht's sicher besser als mir, aber das ist schon in Ordnung", begrüßt er mich, als er wieder auftaucht. Na bitte, er hat verstanden, dass man um verschüttete Milch nicht weinen soll, hat sowieso keinen Zweck. Dann frühstücken wir erst mal, und dann geht es ab ins Büro.

Thea, unser guter Geist, ist schon da. Sie merkt natürlich, dass mit Düse etwas nicht stimmt, aber sie ist klug genug, den Mund zu halten. Stattdessen legt sie ihm vor, was sie in dem Fall bereits recherchiert hat. Die Firma von Herrn Seewald steht wirklich auf soliden Füßen, da hat er nicht übertrieben. Essen müssen die Leute immer, das ist nun mal so. Sein Partner ist nicht ganz so auf Rosen gebettet, wie es scheint, allerdings gibt es darüber nicht so ganz viele Infos. Wir sind schließlich nicht die Polizei, aber Thea hat so ihre geheimen Quellen, die kann sie in solchen Fällen anzapfen. Wer das ist, das will sie nicht verraten, ist vielleicht nicht so ganz legal, aber es hat Düse schon oft geholfen, was sie so rausgekriegt hat. So hat sie jetzt festgestellt, dass sein Partner, der ja erheblich jünger ist, eine große Vorliebe für teure, schnelle Autos hat. Da kann man ein Vermögen reinstecken, und das hat dieser Herr Schuster wohl auch getan. Außerdem hat man ihn gelegentlich schon in der Spielbank vor Ort gesehen. Also hat er ständig Geldbedarf, es scheint ihm nur so zwischen den Fingern hindurchzurinnen, soviel steht fest. Er ist der Nächste, mit dem wir reden müssen, Düse und ich.

Nach einem zweiten, starken Kaffee, den Thea Düse serviert hat, brechen wir auf. Als Erstes fahren wir in das Firmenbüro und fragen nach Herrn Schuster. Wir erfahren, dass er nie vor zehn Uhr im Büro erscheint, und jetzt ist es erst neun Uhr dreißig.

„Haben Sie einen Termin bei ihm?", erkundigt sich seine Sekretärin.

Nein, den haben wir natürlich nicht, muss Düse zugeben.

„Ja, dann fürchte ich…", setzt die Sekretärin an, aber Düse unterbricht sie und sagt: „Es tut mir leid, junge Dame, aber es ist wirklich wichtig! Wenn Sie gestatten, dann warten wir auf ihn."

Die Sekretärin, eine Dame mittleren Alters, fühlt sich offenbar geschmeichelt durch diese Übertreibung und nickt gnädig. Manchmal kann Düse wirklich charmant sein, jedenfalls wenn er will. Das öffnet ihm so manche Tür, die sonst verschlossen bliebe, hat er mal gesagt. Ab und zu kann man echt von ihm was lernen.

Kurz nach zehn Uhr geht die Bürotür auf, und ein elegant gekleideter Herr kommt ins Zimmer. Mir ist er gleich unsympathisch, weil er sogar aus der Entfernung schon tüchtig nach Chemie riecht. Hat bestimmt ein wenig zu viel von seinem, sicherlich teuren, Rasierwasser genommen, so wie es scheint.

„Guten Morgen, Frau Bauer!", grüßt er und stutzt, als er uns sieht.

„Guten Morgen, Herr Schuster. Das ist Herr Düsediekerbäumer. Er möchte gern mit Ihnen sprechen, es sei wichtig, hat er mir gesagt", erwidert sie.

„So, um was geht es denn? Wenn Sie einen Job suchen, dann wenden Sie sich an unsere Personalabteilung", versucht er uns gleich abzufertigen.

Aber da ist er bei Düse falsch gewickelt. Der erhebt sich und reckt sich zu seiner vollen Größe auf und sagt: „Es tut mir leid, aber es geht um eine ganz andere, persönliche Angelegenheit, wollen wir die nicht doch lieber bei Ihnen im Büro besprechen?"

Herr Schuster scheint etwas verwirrt zu sein, aber er nickt vorsichtshalber. Vielleicht hat er gemerkt, dass seine Sekretärin bei Düse's Worten ganz lange Ohren gekriegt hat. Jedenfalls geht er nun voraus in sein Büro und wir dürfen mit.

„Bitte, setzen Sie sich, um was geht es denn jetzt?", erkundigt er sich. Dann legt Düse los. Er sagt, dass er genau Bescheid darüber weiß, dass Herr Schuster im Besitz der meisten Firmenanteile ist, und auch wie es dazu kam. Bei dieser Information wird Herr Schuster etwas blass, aber er fängt sich schnell wieder und sagt frech: „Das ist doch wohl einzig und allein die Angelegenheit von mir und Herrn Seewald. Woher wissen Sie überhaupt davon? Wollen Sie mich etwa erpressen?"

„Das tut hier nichts zur Sache. Aber Sie hatten Herrn Seewald wegen der Affäre mit Ihrer Frau in der Hand, sonst hätte er wohl niemals zugestimmt, Ihnen weitere seiner Firmenanteile zu überlassen, sodass Sie jetzt wichtige Entscheidungen notfalls allein durchboxen können. Diese Aktion ihrerseits war mindestens sittenwidrig, um es mal vorsichtig auszudrücken."

„Na und? Das ist alles ganz legal abgelaufen. Sie können mir gar nichts!", sagt Herr Schuster zornig.

Bei diesen Worten läuft er knallrot an und fordert uns auf zu gehen.

„Nein, ich bin noch nicht fertig", sagt Düse.

Er lässt sich nicht so leicht aus der Ruhe bringen, und rauswerfen lässt er sich von diesem aufgeblasenen Kerl schon gar nicht.

„Es geht auch primär gar nicht darum, Herr Schuster. Ich bin Privatdetektiv, und Ihr Partner ist mein Klient. Herr Seewald erhält inzwischen Drohbriefe, und ich vermute, dass Sie dahinterstecken!"

So, jetzt ist es raus. Diplomatisch war das allerdings ganz und gar nicht, Düse. Was hat er sich nur dabei gedacht, so mit der Tür ins Haus zu fallen? Aber bei dem Kompagnon von Herrn Seewald scheint das tatsächlich die richtige Methode zu sein.

„Wieso sollte ich Gunther bedrohen, was hätte ich davon?", erkundigt sich Herr Schuster höhnisch. Er scheint nach seinem ersten Schreck jetzt wieder Oberwasser zu bekommen.

„Vielleicht ist es ja eine ganz ausgefeilte Methode, sich an ihm zu rächen, weil er etwas mit Ihrer Frau angefangen hat. So etwas lässt einen doch nicht völlig kalt!", antwortet Düse.

„Da haben Sie möglicherweise recht", gibt Herr Schuster zu.

Sieh an, wird der etwa zahm? Aber schon fährt er fort: „Aber zwischen meiner Frau und mir stimmte es schon länger nicht mehr. Da war diese Affäre mit meinem Partner nur ein kleines Manöver von ihr. Ein letzter, verzweifelter Versuch mich eifersüchtig zu machen. Außerdem kann Herr Seewald im Umgang mit Frauen wirklich reizend sein. Angefangen hat es wohl bei einem Geschäftsessen, wir hatten alle etwas zu viel getrunken, und so ist es eben passiert, was soll's. Ich bin damals sehr schnell darüber hinweggekommen. Außerdem haben wir uns längst getrennt, meine Frau und ich."

„Auch das weiß ich. Aber es war doch wohl etwas mehr als nur ein kleiner Seitensprung, denn immerhin war Ihre Frau schwanger von Herrn Seewald", gibt Düse zu bedenken.

„Tja, das war Pech", gibt Herr Schuster zu.

Meine Güte, das ist aber wirklich ein abgebrühter Kerl!

„Pech, nennen Sie das? Sie hat das Kind ja kurze Zeit später auch noch verloren", redet Düse weiter.

„Ja und?"

Jetzt geht Düse aufs Ganze. Er sagt: „Hätten Sie nicht gern den ganzen großen Kuchen für sich allein? Wenn es Ihnen gelingen sollte, Ihren Partner aus der Firma zu kegeln, dann hätten Sie doch keinerlei Probleme mehr. Und das in mehr als nur einer Hinsicht!", fügt er bedeutungsvoll hinzu.

„Wie meinen Sie denn das?", will Herr Schuster wissen.

„Ihr Lebensstil ist doch recht aufwändig, Herr Schuster. Teure Autos, Frauen und Partys sind Sie auch nicht abgeneigt, wie mir bekannt ist. Das kostet schließlich alles einen Haufen Kohle!"

Jetzt fantasiert Düse aber, davon hat Thea nichts gesagt. Trotzdem ist Düse ein guter Menschenkenner; der hat den Kerl hier sicher gleich entsprechend eingeschätzt, und ganz richtig, wie mir scheint, jedenfalls widerspricht er nicht mehr. Einen Moment lang schweigen beide Männer; Düse wohl, um seine Worte erst mal auf Herrn Schuster wirken zu lassen.

„Ich habe es wirklich nicht nötig, Herrn Seewald Drohbriefe zu schreiben, das

können Sie mir glauben", fängt er noch einmal an sich zu verteidigen. Ich mag den Kerl zwar ganz und gar nicht, aber ich glaube ihm. Wenn einer lügt, dann rieche ich das. Dieser müffelt zwar auch, aber es ist nicht der Geruch der Unwahrheit. Düse scheint auch zu dem gleichen Entschluss gekommen zu sein, denn er sagt nun etwas freundlicher: „Na gut, Herr Schuster, lassen wir es zunächst dabei bewenden. Aber sollte Herrn Seewald wirklich etwas zustoßen, dann weiß ich auf jeden Fall, an wen ich mich zu halten habe. Ich wünsche Ihnen noch einen guten Tag. Komm, Donny!"
Ich stehe sofort auf und wir marschieren raus. Draußen ist die Luft eindeutig besser!

„Tja, Donny, das war erst mal ein Schuss ins Blaue. Wenn er reagiert, dann hat er doch Dreck am Stecken. Wenn nicht, haben wir ihn wenigstens ein bisschen eingeschüchtert, denke ich. Menschen wie der haben selten Rückgrat."
Düse hat manchmal die Angewohnheit laut zu denken, daher belle ich nichts dazu,

sondern trotte nur neben ihm her, bis wir am Auto sind. Wohin geht es jetzt?

„Wir fahren erst mal kurz ins Büro, und dann knöpfen wir uns Frau Seewald einmal vor", beschließt Düse, und genau so machen wir es.

Gespräch mit zwei sehr ungewöhnlichen Damen

Im Büro hatte Thea für uns keine neuen Informationen, daher sind wir gleich weiter gefahren, um mit Frau Seewald zu sprechen. Das wird vielleicht ihrem Herrn Gemahl gar nicht so recht in den Kram passen, aber es geht nun mal nicht anders Donny, das hat Düse gesagt. Ich bin echt gespannt, was bei diesem Gespräch herauskommen wird. Schon stehen wir vor der Villa der Seewalds. „Donnerlittchen, die wohnen aber wirklich komfortabel", ist Düse´s Kommentar, als wir vor dem Eingangstor stehen. Recht hat er, alles hier riecht nach Geld, wie ich zugeben muss – und es ist kein unangenehmer Geruch! Düse klingelt und einen Moment später hören wir eine Stimme, die uns fragt, was wir wollen. Nein, sie fragt vornehm, was wir wünschen. Düse nennt seinen Namen und fragt höflich, ob er mit der Dame des Hauses ein paar Worte wechseln kann.

„Einen Augenblick bitte, ich frage Frau Seewald ob sie Zeit für Sie hat", bekommen wir zur Antwort.

Na hoffentlich, denke ich. Kurz darauf ertönt wieder die gleiche Stimme: „Die gnädige Frau möchte, dass Sie hereinkommen. Ich öffne das Tor für Sie."

Dann ertönt ein dezentes Summen, und das große, schmiedeeiserne Tor geht auf.

„Sesam, öffne dich", murmelt Düse.

Was soll denn das? Das habe ich nicht verstanden, aber wir kommen rein ins Allerheiligste. Das Haus hat eine breite Auffahrt, und ein kleiner, schwarzer Sportwagen steht vor dem Haus. Es ist ein Cabriolet, echt chic und blitzsauber. Ein Sprung und ich wäre drin, aber damit würde ich uns sicher gleich unbeliebt machen, fürchte ich. Düse gefällt dieses Auto auch, das sehe ich auf den ersten Blick. Seine alte Schleuder müsste auch mal wieder auf Vordermann gebracht werden, und irgendwie hängt er an ihr, wie er sagt. Ist wohl noch zu Marlene´s Zeiten angeschafft worden, soweit ich weiß jedenfalls. Das erklärt vieles, und manchmal ist er ein bisschen sentimental, mein Freund Düse. In der geöffneten Haustür steht eine ältere Frau in einem eleganten, schwarzen Kostüm. Auch ihre weiße Bluse ist makellos, sozusagen porentief rein, und ihre Frisur untadelig, da wagt es kein Härchen aus der Reihe zu tanzen. Sie begrüßt uns und sagt: „Ich bin die Hausdame der Familie. Frau Seewald erwartet Sie bereits im Garten. Bitte kommen Sie."

Netterweise streicht sie mir kurz über den Kopf und fragt höflich: „Möchten Sie vielleicht für Ihren Hund etwas Wasser?"

Das ist nett von ihr, finde ich. Richtig guter Service ist das hier! Düse passt sich ebenfalls an und antwortet für mich: „Wenn es Ihnen nichts ausmacht, dann wäre das sehr freundlich von Ihnen, vielen Dank!"

„Aber nein, das macht gar keine Umstände. Außerdem mag ich Hunde. Ich hole gleich etwas zu trinken für ihn. Wie heißt er denn?", erkundigt sie sich, während wir den großen Wohnraum durchqueren.

„Das ist Donny, mein Freund und Partner", stellt Düse mich offiziell vor.

„Donny, wie nett", sagt die Hausdame, und dann stehen wir auf der breiten Terrasse. Der Blick in den Garten ist wirklich großartig. Viele hohe Bäume, Büsche und ganz viele Rosen blühen hier. Am liebsten würde ich gleich losrennen und mir einen Stammbaum aussuchen, aber ich bin ja gut erzogen und halte mich zurück. Für einen Hund ist dieser Garten wirklich ein Paradies. Düse scheint auch beeindruckt zu sein von diesem Wohlstand. Dann erscheint Frau Seewald auf der Bildfläche. Eine echte Dame, das wird sogar mir auf den ersten Blick klar. Sie ist eine außergewöhnliche Erscheinung. Groß, schlank und erlesen gekleidet, so wird Düse sie Thea später im Büro beschreiben. Sie hat ein helles Sommerkleid an und trägt einen Korb, in dem einige abgeschnittene Rosen liegen. Die soll die Hausdame in eine Vase stellen, sagt sie, als meine Wohltäterin mit dem Wasser für mich auf der Terrasse erscheint. Wirklich eine gute Tat, es ist warm und schwül heute.

„Guten Tag, gnädige Frau!", mit diesen Worten begrüßt Düse Frau Seewald.

„Ich grüße Sie, was führt Sie zu mir?", erkundigt sich Frau Seewald freundlich, aber etwas distanziert.

Die Hausdame hat sich inzwischen diskret zurückgezogen, und ich beschäftige mich erst mal mit meinem Wassernapf. Dann lege ich mich in eine schattige Ecke und überlasse Düse vollständig das Feld.

„Es geht leider um eine etwas delikate Angelegenheit", beginnt Düse das Gespräch.

„Ja?"

„Also es ist so, ich bin Privatdetektiv und Ihr Mann hat mich angeheuert, weil er seit einiger Zeit unangenehme Post erhält. Wissen Sie davon, Frau Seewald?", fragt er vorsichtig.

„Nein, mit solchen Sachen versucht mein Mann meistens allein fertig zu werden. Was soll ich mir denn unter diesem Begriff unangenehme Post vorstellen? Es geht doch sicher nicht um finanzielle Angelegenheiten, in dieser Hinsicht gibt es keinerlei Probleme bei uns."

„Ihr Mann hat einige mysteriöse Briefe erhalten, in denen er als schlechter Mensch bezeichnet wird. Dazu noch einen Anruf, bei dem ihm deshalb Konsequenzen angedroht wurden, weil er mich eingeschaltet hat, um herauszufinden, wer oder was eventuell dahintersteckt."

„Das ist ja äußerst seltsam", findet Frau Seewald. „Darüber sollten Sie mir unbedingt die ganze Wahrheit erzählen, bitte."

„Da gibt es nicht viel mehr zu erzählen", versucht Düse sich rauszureden. Aber er hat nicht mit der Hartnäckigkeit von Frau Seewald gerechnet. Die bohrt nach: „Sie meinen doch nicht etwa, dass mein Mann ab und zu fremdgeht, diese Tatsache ist mir durchaus bekannt. Außerdem weiß ich, dass er mit Frau Schuster eine Affäre hatte, und ich weiß auch, dass er später Herrn Schuster weitere Anteile der Firma überschrieben hat. Das hätte er mit mir besprechen sollen, aber er wollte mich schonen, daher hat er es nicht getan, vermute ich."

Düse bleibt fast der Mund offen stehen. Die Frau hat echt Format! Sie ist über alles bestens informiert, und ihr Mann denkt immer noch, sie ist die Unschuld vom Land. Unglaublich!

„Wenn das so ist, dann können wir ja offen darüber sprechen", stößt Düse schließlich hervor.

„So ist es", bestätigt Frau Seewald und bleibt weiterhin völlig cool. Sie ist wirklich eine ungewöhnliche Frau!

„Es hat Sie tatsächlich nicht weiter gestört, dass Ihr Gemahl mit der Frau seines Geschäftspartners eine Affäre hatte?", fragt Düse ungläubig.

„Geschmeichelt hat es mir nicht gerade, das muss ich wohl zugeben", erläutert Frau Seewald. „Aber so sind die meisten Männer nun mal, fürchte ich. Unsere Ehe ist trotzdem nicht schlechter als viele andere."

Mit diesen Worten hat sie Düse erst mal aus dem Konzept gebracht, nach meinem Eindruck jedenfalls. In dieser überaus vornehmen Gesellschaft gelten anscheinend andere Regeln als in unserer Klasse. Düse hat sich aber schnell wieder im Griff, als er weiter fragt: „Sie waren doch mit den Schusters befreundet, so hat mir Ihr Mann berichtet. Haben Sie weiterhin Kontakt zu Frau Schuster?"

„Befreundet würde ich das nicht gerade nennen, aber wir haben uns am Anfang ganz gut verstanden, das schon. Außerdem gab es ja öfter gesellschaftliche Anlässe, bei denen wir uns getroffen haben. Ich fand Herrn Schuster und seine hübsche Frau zunächst sympathisch, aber eine enge Beziehung war es meinerseits nicht."

Dazu bist Du doch auch gar nicht fähig, denke ich. Denn diese Dame wird mir langsam etwas suspekt. Inzwischen finde ich es echt spannend zu hören, was sie noch sagt.

„Nachdem sie das Kind verloren und sich kurz darauf von ihrem Mann getrennt hat, habe ich nichts mehr von ihr gehört. Da kann ich Ihnen leider nicht weiterhelfen, es tut mir leid!"

„Aber hat es sie nicht gestört, dass nun Herr Schuster in der Firma mehr oder weniger das Sagen hat? Wenn Ihr Mann Sie gleich eingeweiht hätte, dann wäre diese Situation wahrscheinlich gar nicht entstanden."

Jetzt will Düse es aber ganz genau wissen.

„Natürlich hat mich das geärgert, aber da mein Mann eigenmächtig gehandelt hat, konnte ich ja nichts mehr daran ändern. Ich habe mich aus der Firma immer komplett herausgehalten. Außerdem bin ich nicht gierig, unser Geld ist sicher angelegt, und wir haben ohnehin mehr als wir jemals ausgeben können. Eigene Kinder haben wir nicht, und unser restliches Vermögen wird nach unser beider Ableben irgendwann in eine Stiftung einfließen. Das ist alles schon geregelt. Alles andere interessiert mich wirklich nicht!"

Auch eine ungewöhnliche Einstellung. So zu denken, kann man sich bestimmt nur leisten, wenn wirklich mehr als genug von dem schnöden Mammon vorhanden ist, so würde Düse es wohl ausdrücken, das sehe ich seinem Gesichtsausdruck an. Aber kann man ihr das so ohne Weiteres glauben? Ich bin da jedenfalls skeptisch, denn auch das habe ich von Düse gelernt. Die Leute erzählen viel, wenn der Tag lang ist, das muss nichts heißen.

„Kommen wir noch einmal auf die anonymen Briefe zurück. Haben Sie auch nur die geringste Ahnung, wer die verfasst haben könnte?"

„Nein, da muss ich Sie enttäuschen. Ich war es jedenfalls nicht!"

„Nun gut, dann danke ich Ihnen, gnädige Frau, dass Sie sich die Zeit für dieses Gespräch genommen haben. Darf ich noch einmal kommen, falls doch noch weitere Fragen auftauchen sollten?"

„Selbstverständlich, ich habe absolut nichts zu verbergen, Herr Düsediekerbäumer. Auf Wiedersehen!"

Nach diesen Worten drückt sie auf einen Knopf, der für uns unsichtbar unter dem Tisch der auf der Terrasse steht, angebracht ist. Sofort erscheint die Hausdame und will uns wieder zur Tür bringen. Wir sind also entlassen. In der Diele bedankt sich Düse noch einmal für mein Wasser und fragt die Hausdame, ob sie eventuell auch einige Minuten für uns erübrigen kann. Sie nickt hoheitsvoll und bittet uns, mitzukommen. Dann führt sie uns in einen etwas kleineren Raum, der ebenso geschmackvoll und sicher genauso teuer eingerichtet ist, wie der Rest des Hauses, den wir bisher kennenlernen durften.

„Das ist mein privates Wohnzimmer. Bitte setzen Sie sich. Was kann ich für Sie tun?“, fragt sie.

Aber ihr Blick ist und bleibt wachsam, das fällt mir auf. Ob Düse es auch bemerkt hat? Muss er wohl, denn er fängt erst mal ganz unverfänglich an und fragt: „Sagen Sie, wie lange sind Sie denn schon hier im Hause beschäftigt, Frau…?“

„Seippel, ich heiße Ella Seippel“, gibt sie Auskunft. „Und ich bin damals, anlässlich der Heirat der gnädigen Frau mit Herrn Seewald, hier ins Haus gekommen. Das ist jetzt achtundzwanzig Jahre her.“

„Das ist eine lange Zeit“, stellt Düse fest. „Fühlen Sie sich wohl in Ihrer Stellung?“

„Ja gewiss, Frau Seewald lässt mir, was den Haushalt angeht, weitestgehend freie Hand, und mit Herrn Seewald bin ich bisher auch immer gut ausgekommen.“

„Bisher sagen Sie?“, hakt Düse nach.

„Ja, er ist oft nicht im Haus, daher haben wir kaum miteinander zu tun. Warum sollten wir also nicht miteinander auskommen?", fragt die Hausdame sichtlich irritiert.

Sofort rudert Düse zurück.

„Ich denke, Sie haben mich da falsch verstanden. Aber es interessiert mich doch, inwieweit Sie einen Einblick in die Familienverhältnisse ihrer Herrschaften haben."

„Sie denken doch nicht etwa, dass ich Ihnen intime Details der gnädigen Frau oder ihres Mannes erzählen werde!"

Jetzt ist Frau Seippel empört. Ich glaube, es wird Zeit, dass ich mich einmische. Also stehe ich auf, laufe zu ihr und wedle mit dem Schwanz. Das entspannt die Lage deutlich. Frau Seippel streichelt mich und murmelt: „Du bist ein ganz liebes Hündchen, nicht wahr?"

Dann überlasse ich Düse wieder das Feld. Der hat kapiert und fragt jetzt etwas vorsichtiger.

„Aber natürlich nicht, Frau Seippel, wo denken Sie denn hin? Ich meinte lediglich, ob Ihnen vielleicht einmal aufgefallen ist, dass die gnädige Frau etwas bedrückt war oder sie möglicherweise, natürlich völlig unbeabsichtigt, das versteht sich, einen kleinen Streit der Eheleute mit angehört haben."

Frau Seippel tut so, als würde sie überlegen. Schließlich antwortet sie: „Herr Seewald hat gelegentlich außereheliche Interessen, das gefällt mir weniger, aber es steht mir selbstverständlich nicht zu, darüber zu urteilen. Und die gnädige Frau zieht mich auch nur selten ins Vertrauen."

„Aber als Herr Seewald mit der Frau seines Partners ein Verhältnis begonnen hat, das haben Sie schon mitbekommen?", fragt Düse jetzt wieder etwas direkter. Vorsicht, sonst macht sie endgültig dicht, denke ich. Aber jetzt scheint die nette Frau Seippel ihrerseits umgeschwenkt zu haben, denn sie antwortet prompt: „Das konnte man doch gar nicht übersehen, beim besten Willen nicht. Die junge Frau hat sich doch so an den gnädigen Herrn rangeschmissen, da hätte wohl kaum jemand lange Widerstand geleistet."

„Bei welcher Gelegenheit haben Sie das beobachtet, wenn ich fragen darf", hakt Düse nach. Ab jetzt sind bei Frau Seippel endgültig alle Schranken gefallen, so scheint es mir.

„Es gab einmal ein Essen hier im Haus. Es war keine große Gesellschaft. Nur einige Bekannte der Herrschaften. Wie diese Frau Schuster den gnädigen Herrn angeflirtet hat, das war wirklich skandalös, fand ich."

Sieh an, sieh an, langsam lichtet sich das Dunkel ein wenig.

„Und die gnädige Frau, wie hat sie reagiert?"

„Sie hat sich zunächst nichts anmerken lassen, schließlich ist sie eine echte Dame. Eigentlich hat sie sogar unter ihrem Stand geheiratet, denn sie ist eine geborene von Feldstetten", so erfahren Düse und ich bei dieser Gelegenheit. Aber Düse beeindruckt das wenig. Adelig oder nicht, das spielt für ihn keine Rolle, er ist ein überzeugter Demokrat.

„Aber gefallen hat ihr die Situation bestimmt nicht, oder?", will Düse jetzt von ihr wissen.

„Natürlich nicht, es war ihr ganz sicher peinlich, auch wenn sie es sich nicht anmerken lassen hat. Sie hat mir in dem Augenblick wirklich leid getan. So eine

ordinäre Person, diese Frau Schuster!",
erregt sich Frau Seippel.

„Wer war an dem Abend noch eingeladen,
können Sie sich daran erinnern? Und wie
haben die anderen Gäste auf die dreisten
Annäherungsversuche von Frau Schuster,
Herrn Seewald gegenüber, reagiert?"

„Alle unsere Gäste sind recht wohlerzogen,
natürlich haben alle so getan, als würden sie
es nicht bemerken!", antwortet Frau Seippel.
„Aber Sie wollen wissen, wer dabei war. Das
kann ich Ihnen sagen. Herr Kolbe mit seiner
Gattin und Herr Gerlach mit seiner Frau
waren an dem Abend ebenfalls eingeladen.
Beide sind Geschäftsfreunde von Herrn
Seewald. Benötigen Sie deren Anschriften?"

Mit so viel Entgegenkommen ihrerseits hat
nicht mal Düse gerechnet. Wenn alle so
eifrig wären, dann hätte Thea viel weniger zu
tun. Aber er hat auch eine gute Kinderstube,
wie sich zeigt, denn er bedankt sich artig bei
Frau Seippel und bittet sie, ihm die Adressen
zu geben.

Daraufhin zieht sie eine Schublade der
Kommode auf und reicht ihm einen Zettel.
Hatte wohl schon damit gerechnet, dass

irgendwann jemand danach fragen könnte. Bemerkenswert gut informiert, diese Dame schießt es mir durch den Kopf. Düse scheint ähnlich zu denken, denn er kann seine Überraschung nicht ganz verbergen. Wer ihn gut kennt, so wie ich, der merkt das sofort. Aber entweder hat Frau Seippel es nicht mitbekommen oder auch sie lässt sich nichts anmerken. Ein komischer Haufen, diese reichen Leute!

„Frau Seippel, wissen Sie, wie lange Herr Seewald mit Frau Schuster, äh, befreundet war?", fragt Düse.

„So lange war das nicht, aber sie war dann doch schwanger. Das hat ihm gar nicht geschmeckt, denke ich. Vielleicht war es sogar ein Glücksfall, dass sie das Kind verloren hat. Das hätte garantiert früher oder später zu echten Komplikationen geführt!"

„Sie wussten also alle Bescheid über diese Affäre und ihre Folgen?", vergewissert sich Düse vorsichtshalber noch einmal.

„Natürlich, mir entgeht nichts, was hier im Hause geschieht! Außerdem interessiert man sich in meiner Stellung doch für das Leben seiner Arbeitgeber", ereifert sich Frau Seippel.

Langsam dämmert es mir, dass Herr Seewald wirklich nicht viel Ahnung hat, was um ihn herum geschieht. Er mag ja ein cleverer Geschäftsmann sein, aber privat ist er das eindeutig nicht, das ist keine Frage mehr für mich. Hat er ernsthaft geglaubt, dass seine Frau absolut keine Ahnung von seinen Machenschaften hatte? Das müssen wir auch noch aus ihm rauskitzeln.

Anfangs habe ich Frau Seippel für nett gehalten, jetzt stellt sich leider mehr und mehr heraus, dass sie eine ganz gerissene Person ist. Das ist eine herbe Enttäuschung für mich, das muss ich schon sagen. Da hat mich meine Schnüfflernase beim ersten Eindruck doch getrogen. Na, ja, das kann schon mal vorkommen, aber bitte nicht weitersagen!

„Eine letzte Frage, liebe Frau Seippel, hat Frau Seewald jemals mit Ihnen über diese unerfreuliche Sache gesprochen?"

„Aber nein, wo denken Sie hin? Natürlich nicht, das hätte sie nie getan!"

„Ich danke Ihnen sehr herzlich für Ihre Unterstützung, Frau Seippel. Sie haben mir wirklich sehr geholfen. Sollte ich noch weitere Auskünfte benötigen, dann melde ich mich bei Ihnen. Es wäre allerdings besser, wenn Sie von unserem Gespräch auch Frau Seewald gegenüber nichts erwähnen würden, schon in Ihrem eigenen Interesse."

„Ganz bestimmt nicht, darauf können Sie sich verlassen", betont Frau Seippel, und ich glaube ihr. Düse auch, denke ich.

„Alles klar, dann auf Wiedersehen, Frau Seippel. Komm Donny." Natürlich stehe ich sofort auf und folge der Hausdame und Düse ins Freie. Dann gehen wir zum Tor, und als wir kurz davor stehen, schwingt es auf, wir schlüpfen hindurch und gehen zurück auf die Straße. Frau Seippel hat uns garantiert beobachtet, denn sobald wir draußen sind, schließt sich das große Tor erneut wie von Geisterhand. „Puh Donny, ich weiß ja nicht, wie es Dir geht, alter Junge, aber ich bin froh, dass wir diese Gesellschaft nicht jeden Tag ertragen müssen!", kommt es von Düse. Stimmt, tauschen möchte ich mit diesen Leuten niemals, nicht mal für eine Stunde.

Wir mögen nicht so viel Geld und lange nicht so viele Annehmlichkeiten im Leben haben, aber glücklicher als wir sind die bestimmt auch nicht. Das kann mir keiner weismachen! Außerdem ist eines klar: Es gibt noch viel zu tun für Düse und mich – also packen wir´s an!

Berichterstattung in der Kneipe

Dieser Fall hat es wirklich in sich, das findet Düse auch, denn ich höre, wie er das zu Thea sagt, als wir wieder im Büro sind.

„Sind die Seewald´s wirklich so stinkreich wie man hört?", fragt Thea.

„Noch reicher!", antwortet Düse.

„Ja und, wie ist die Villa eingerichtet? Modern oder mit Antiquitäten, und haben sie viele echte Teppiche im Haus und Kunst an den Wänden? Einen Picasso oder so?"

„Du kannst einem wirklich Löcher in den Bauch fragen, darauf habe ich wirklich nicht geachtet", gibt Düse zurück.

Für unsere Ermittlungen spielt das ja keine Rolle. Aber Thea lässt nicht locker, sie ist halt neugierig, wie alle Frauen. Aber Düse lässt sich nicht mehr allzu viel entlocken. Und schließlich gibt sie schmollend auf.

„Für heute reicht es", findet Düse. „Du kannst gern heute früher Schluss machen, Thea", schlägt er ihr vor.

Vielleicht versöhnt sie das etwas. Schließlich hat gestern der Ausverkauf begonnen, und Thea hat heute früh schon durchblicken lassen, dass sie beabsichtigt, sich nach Feierabend ins Getümmel zu stürzen. Sie will sich schon lange ein Paar rote Schuhe kaufen, das hat sie uns auch erzählt. Muss wohl derzeit der letzte Schrei in der Modewelt sein. Wenn es sie glücklich macht, dann soll sie gern danach suchen. Ich weiß allerdings, dass Düse sie aus einem anderen Grund fortschickt. Denn sobald Thea ihre Tasche geschnappt und aus dem Büro gestürmt ist, greift er zum Telefon. Er will bestimmt Herrn Seewald anrufen und dabei nicht gestört werden. Bei einem so wichtigen Mandanten ist das besser, obwohl Thea genau weiß, wie wichtig Diskretion in einer Detektei ist. Normalerweise hält sie sich auch daran, aber ihre Neugierde, die

Seewalds betreffend, war Düse wohl doch etwas zu viel.

„Herr Seewald, ich würde Ihnen gern Bericht erstatten. Aber besser nicht am Telefon. Wo und wann können wir uns treffen? Ja gut, das ist mir sehr recht", höre ich Düse sagen. „Also, bis gleich."

Herr Seewald hat eine Kneipe ganz in der Nähe unseres Büros vorgeschlagen. Da ist man relativ ungestört, hat er gemeint. Zu uns ins Büro zu kommen, ist ihm nicht mehr so geheuer, seitdem er dabei gesehen worden ist, so wie es scheint. Von wem wohl? Ob seine Frau ihm etwa einen anderen Detektiv auf den Hals geschickt hat, womöglich jemanden von der Konkurrenz? Aber nein, das glaube ich eher nicht. Jedenfalls nimmt Düse seine Schlüssel und wir verschwinden auch aus dem Büro.

Als wir dann vor der Tür des „schmutzigen Löffels", diese Kneipe heißt tatsächlich so, stehen, kommt Herr Seewald gerade vom Parkplatz. Kein Wunder, seine riesige Bonzenschleuder, noch dazu in knallrot, die musste ja auffallen, als sie vor unserem Haus stand. Aber, dass ein Mann wie er diese

Vorstadtkneipe ansteuert, das glauben sicher nur die wenigsten, selbst, wenn sein Auto hier auf dem Parkplatz steht. Ist vielleicht doch eine gute Tarnung, aber das wird sich noch herausstellen. Jedenfalls begrüßen er und Düse sich kurz, und dann gehen wir alle rein. In einer Ecke findet sich noch ein freier Tisch – perfekt. Beide setzen sich, und ich verkrümele mich unter den Tisch. Dann kommt die Kellnerin. Düse und Herr Seewald bestellen sich ein Bier, und kurz darauf steht es auch schon vor ihnen. Als sich die Bedienung wieder verzogen hat, kommt Düse gleich zur Sache.

„Herr Seewald, ich habe heute mit Ihrer Frau gesprochen. Sie hatten mich zwar um Diskretion gebeten, aber wie sich jetzt herausgestellt hat, war das nicht nötig, denn Ihre Frau ist bereits bestens über alles im Bilde."

Herr Seewald wird blass, und das ist nicht gespielt, das spüre ich.

„Woher hat sie denn dieses Wissen?", fragt er ungläubig.

„Das wiederum kann ich Ihnen nicht sagen, aber sie wusste eindeutig von ihrer Affäre, der Schwangerschaft und auch von der Überschreibung der Firmenanteile. Sie war etwas sauer, weil Sie das alles hinter ihrem Rücken arrangiert haben, aber das war's auch schon. Sie hatte sich während unserer Unterhaltung bemerkenswert gut im Griff, das muss ich sagen."

„Wissen Sie, meine Frau ist zu vornehmer Zurückhaltung erzogen worden. Emotionen zeigt sie nur sehr selten. Frau Schuster war da ganz anders, das war es wohl, was mich anfangs so an ihr gereizt hat. Aber auf die Dauer war mir das doch zu wenig. Sie wissen schon, ein hübsches Ding, aber zu wenig Intellekt. Und ohne diese unselige Schwangerschaft wäre unsere kleine Affäre ohnehin so etwas wie eine Eintagsfliege geblieben."

„Denken Sie, dass Frau Schuster es möglicherweise sogar darauf angelegt hat von Ihnen schwanger zu werden, damit sie etwas gegen Sie in der Hand hatte?", mutmaßt Düse.

„Der Gedanke ist mir auch gekommen", gibt Herr Seewald zögernd zu.

„Auf jeden Fall würde ich Ihnen dringend raten, ein offenes Gespräch mit Ihrer Frau zu führen, Herr Seewald."

„Da haben sie sicher recht, das ist längst überfällig, ich weiß."

„Ich möchte auch gern einige Fragen an die anderen Gäste richten, die an dem Abend, als die Sache mit Frau Schuster ihren Anfang nahm, bei Ihnen und Ihrer Frau zu Gast waren. Haben Sie etwas dagegen?", fragt Düse.

„Nein, aber ich denke, dass Sie von denen höchstwahrscheinlich ebenfalls nicht viel erfahren werden. Die Notwendigkeit dieser Maßnahme leuchtet mir allerdings ein. Sie wollen sich bestimmt ein umfassendes Bild von allem machen."

„Richtig!", stimmt Düse zu.

Kurz darauf verabschiedet sich Herr Seewald – als ein gebrochener Mann, so kommt er mir vor. Das war sicher ein herber Schlag für ihn, dass seine Frau schon lange Bescheid weiß, über ihn und seine Weibergeschichten. Düse trinkt noch in Ruhe sein Bier aus, und dann will er auch nach Hause.

„Komm Donny" weckt er mich, denn ich habe die Zeit genutzt, um unter dem Kneipentisch ein Nickerchen zu machen. Bei dem stetigen Gemurmel hier war ich schnell im Land der Träume. Aber jetzt freue ich mich auch auf mein zuhause. Schließlich ist morgen auch noch ein Tag!

Ein Mord ist geschehen

Am nächsten Vormittag sitzt Thea schon im Büro an ihrem Schreibtisch, als Düse und ich ankommen.

„Na, wie war die Schnäppchenjagd?", fragt Düse.

Thea strahlt über seine Anteilnahme und zeigt uns freudestrahlend ein Paar rote Pumps mit ziemlich hohem Absatz.

„Darin kann man laufen?", erkundigt sich Düse misstrauisch.

„Wenn man will, dann schon. Außerdem kennst Du doch sicher den Spruch, wer schön sein will, muss leiden!", sagt Thea keck und Düse lacht.

„Hast ja recht, und chic sind die Treter auch", gibt er zu, bevor er sich an seinen Schreibtisch setzt. Ich verstehe nichts von solchen Dingen, und es ist mir auch egal. Trotzdem laufe ich zu Thea und hole mir mein morgentliches Leckerchen von ihr ab. Dann verziehe ich mich erst mal wieder auf meinen Stammplatz. Düse macht sich einige Notizen und dann ruft er nach mir. Das ist ein Zeichen, dass er loswill, und ich mit darf. Also springe ich auf, und wir gehen los. Das heißt, wir wollen gerade zur Haustür raus, als wir von Thea noch zurückgepfiffen werden.

„Düse, hier ist ein wichtiger Anruf für Dich, von der Polizei – Mordkommission!", meldet sie aufgeregt.

„Was wollen die denn von mir?", wundert sich Düse, geht aber wieder rein und nimmt den Hörer auf, den Thea neben die Gabel gelegt hat.

„Düsediekerbäumer, was kann ich für Sie tun?", sagt er ganz korrekt, weil er ja nicht weiß, wer dran ist. Seitdem er nicht mehr bei der Truppe ist, haben dort schon wieder etliche neue Kollegen angefangen. Dieses

Mal ist allerdings sein alter Kumpel Erwin am anderen Ende der Leitung.

„Hallo Düse, wie geht´s, viel zu tun?", fragt er leutselig.

„Doch, ich kann mich nicht beklagen, die Zeiten waren schon schlechter, aber Du rufst doch ganz sicher nicht an, um mich nach meinem Befinden zu fragen. Was ist los?", will Düse jetzt wissen.

„Tja, das ist keine schöne Sache, es geht um einen Mord, und die junge Frau hatte Deine Karte in der Hand. Du verstehst, dass wir darüber reden müssen."

„Klar! Wie Du weißt, verteile ich meine Karten zwar nicht wahllos, aber trotzdem, um wen handelt es sich denn?"

„Kennst Du eine Frau Schuster, Gunda Schuster?"

„Sicher, mit der habe ich gestern noch gesprochen. Die ist tot? Wie ist das denn passiert?"

„Lass uns lieber auf dem Revier darüber reden. Kannst Du kommen, möglichst schnell?", fragt Erwin.

„Ja, das geht. Bin gleich bei Dir", verspricht Düse.

Dann informiert er Thea darüber, dass wir jetzt erst mal zur Polizei müssen und er nicht weiß, wann wir zurück sind. Schöner Mist! Hoffentlich halten die meinen Düse nicht für tatverdächtig. Darüber mache ich mir schon Sorgen!

Als wir auf der Wache ankommen, werden wir bereits von Erwin erwartet.

„Hallo Düse, ich hätte mir auch gewünscht, dass wir uns unter anderen Umständen treffen würden. Bei Gelegenheit müssen wir unbedingt zusammen wieder mal ein Bierchen zischen!", meint er.

Düse nickt, so reden die alten Kollegen immer, aber noch nie hat sich einer wirklich bei uns gemeldet. Es gibt wohl nur selten echte Männerfreundschaften, die über einen längeren Zeitraum halten, fürchte ich. Vor allem, wenn man sich nicht mehr so oft sieht, dann ist man ganz schnell aus dem Rennen. Aber natürlich behalte ich diese ketzerischen Überlegungen für mich. Düse folgt Erwin in einen Verhörraum, aber ich muss vor der Tür sitzen bleiben. Hunde sind hier nicht erwünscht. Blöd, oder? Früher, als Düse noch hier gearbeitet hat, da war das anders.

Da durfte ich mit ins Büro und neben seinem Schreibtisch liegen. In der Mittagspause sind wir Gassi gegangen, und bei einigen Einsätzen, bei denen Düse mit Erwin einige Ganoven eingebuchtet hat, war ich natürlich auch dabei. Aber so spektakulär wie bei Kommissar Rex war es bei uns leider nie. Inzwischen ist ja ein neuer Chef gekommen, und seither weht ein anderer Wind. Besser ist jedenfalls nichts geworden. Das sagt Düse auch, als sie ihn endlich wieder laufen lassen. Aber er hat seine Aussage gemacht, und es gab ja für ihn wirklich keinen Grund, dieser Frau was anzutun. Das hat auch Erwin festgestellt. Trotzdem soll Düse sich vorläufig nicht einfallen lassen, mit mir zu verreisen, so´n Quatsch, das würden wir doch ohnehin nicht tun. Gerade jetzt, wo wir mitten in einem so wichtigen Fall stecken! Aber er hat Erwin gefragt, ob er ihm denn vielleicht einiges sagen kann, zu dem Fall Gunda Schuster, aber da ist Erwin hart geblieben. Nur, dass sie offenbar erstochen worden ist, das konnte Düse aus ihm rauskitzeln, viel mehr nicht. Womit? Keine Ahnung, mit dieser Information ist Erwin nicht rausgerückt. Von wegen die Kräfte gemeinsam bündeln so wie früher, das hat Düse ihm sicher vorgeschlagen, so wie ich ihn kenne, aber das hat scheinbar nicht geklappt. Na ja, wir werden das aber auch so rausfinden, da bin ich sicher!

Im Büro der Firma Seewald

Als wir wieder auf der Straße vor dem Präsidium stehen, frage ich mich, wohin Düse jetzt seine, beziehungsweise unsere, Schritte lenken wird. Aha, dachte ich es mir doch, denn schon sagt er zu mir:
„Ich bin sehr gespannt, was Herr Seewald dazu sagen wird. Komm Donny, zu dem gehen wir als Allererstes." Das lasse ich mir natürlich nicht zweimal sagen. Ob Herr Seewald wohl traurig ist? Kann ich mir eigentlich nicht vorstellen, schließlich hat sie ihn doch mächtig über den Tisch gezogen, die hübsche Frau Schuster. Durch einen Anruf hat Düse geklärt, dass Herr Seewald in seinem Büro anzutreffen ist. Also fahren wir dorthin. Dieses Mal ist er allein, denn Herr Schuster ist noch bei der Polizei und muss

denen Rede und Antwort stehen. Herr Seewald ist sichtlich geschockt von dem Ereignis.

„Das habe ich ihr wirklich nicht gewünscht, so ein schlimmes Ende", sagt er. Düse nickt verständnisvoll, sagt aber nichts dazu. Dann räuspert er sich und fragt: „Sie haben Frau Schuster wirklich seit damals nicht mehr gesehen?"

„Das hat mich die Polizei auch gefragt, aber nein, ganz sicher nicht!", beteuert Herr Seewald.

Dabei sieht er so unglücklich aus, dass es mir sofort klar wird, dass er die Wahrheit sagt. Düse scheint ihm auch zu glauben, trotzdem fragt er weiter: „Könnte es vielleicht doch sein, dass Ihre Gattin…", aber da wird er von Herrn Seewald brüsk unterbrochen.

„Nein, ganz sicher nicht! Dazu würde sich meine Camilla niemals hinreißen lassen."

„Sachte, sachte, ich wollte damit ja nicht sagen, dass sie Frau Schuster etwas angetan hat, ich meine nur, ob Sie wirklich sicher sind, dass die beiden Damen keinerlei Kontakt mehr miteinander hatten", beruhigt ihn Düse.

„Da bin ich einhundert prozentig sicher!", behauptet Herr Seewald.

Daran gibt es für ihn keinen Zweifel, und Düse nimmt es erst mal kommentarlos hin.

„Haben Sie denn jetzt mit ihrer Frau geredet?", fragt er.

„Ja, wir haben uns ausgesprochen, und das war sehr gut. Ich bin wirklich erleichtert darüber!", antwortet Herr Seewald.

„Also hängt bei Ihnen der Himmel wieder voller Geigen", stellt Düse etwas ironisch fest.

„Das würde ich nun doch nicht gerade behaupten, aber wie ich schon sagte, wir haben uns miteinander arrangiert, und im Grunde liebe ich meine Frau. Das weiß sie letztlich auch."

Komische Verhältnisse, denke ich, und Düse meint das bestimmt auch. Das ist so eine kleine Macke, die sich nur wenige Leute leisten können. Ich meine, diese Geschichte mit einer Ehefrau, die es toleriert, wenn ihr Mann ab und zu mal fremdgeht und irgendwann zurückkehrt an den heimischen Herd. Aber das ist ja auch nicht unsere Sache, darüber zu urteilen. Hat nicht irgendein oller König mal gesagt, dass am Ende jeder nach seinem Gusto glücklich werden soll? Na also, auch ein so genialer Hund wie ich, muss ja nicht alles verstehen!

„Hat die Polizei denn schon irgendwelche Anhaltspunkte?", erkundigt Düse sich bei Herrn Seewald.

„Ich glaube nicht, jedenfalls haben sie mich heute Vormittag sehr zeitig im Büro aufgesucht und mir gesagt, dass Frau Schuster ums Leben gekommen ist. Dann haben sie mir natürlich viele Fragen zu dem Mord gestellt. Ob ich Frau Schuster gut gekannt habe und so einiges mehr. Ich hielt es für das Beste, meine Karten auf den Tisch zu legen. Deshalb habe ich ausgepackt und alles erzählt, das heißt, fast alles. Von der Erpressung durch Herrn Schuster habe ich vorerst nichts gesagt. Aber ob das klug war? Vielleicht bekommen sie es doch noch heraus."

„Ich werde ganz sicher nichts davon sagen, aber Sie sollten vielleicht besser einen Rechtsanwalt Ihres Vertrauens hinzuziehen, und dem sollten sie die ganze Wahrheit sagen, wirklich uneingeschränkt alles, auch die Sache mit der Überschreibung Ihrer Firmenanteile an Herrn Schuster und vor allem auch den wahren Grund dafür. Keine Sorge, jeder Anwalt unterliegt automatisch der Schweigepflicht, aber das wissen Sie doch sicher selbst, nicht wahr?"

„Ja natürlich, und ich denke, ich werde Ihren Rat befolgen."

Zufrieden nickt Düse, und wir machen uns wieder auf den Weg.

Die Befragung von Herrn Kolbe

Als nächstes will Düse jetzt die Kolbes aufsuchen. Thea hat ihm ja die Anschriften der Firmen Kolbe und Gerlach rausgesucht. Nach kurzer Fahrt stehen wir vor dem Kolbe-Konzern. Ein ziemlich imponierendes Gebäude, wie ich finde. Aber Düse geht zielstrebig auf den Eingang zu und lässt sich auch von der Dame am Empfang nicht abschrecken, als sie fragt, ob wir einen Termin haben. Natürlich haben wir den nicht, brauchen wir aber auch nicht, findet Düse, und schließlich kann er die Sekretärin mit seinem öligen Charme auch überreden, uns anzumelden. Dann geht es zwei Treppen hoch, einen Aufzug haben die hier leider nicht, und Düse ist etwas kurzatmig, als wir oben ankommen. Mir hat es nix ausgemacht. Im Gegensatz zu Düse bin ich voll fit und belastbar. Dann stehen wir vor einer großen Glastür, an der etwas geschrieben steht.

„Chefsekretariat", so heißt das, erklärt mir Düse.

Diese Hürde müssen wir auch noch nehmen, bevor wir Herrn Kolbe treffen können. Hinter dieser eleganten Tür sitzt eine sehr nette junge Dame, die uns gleich fragt, ob wir etwas trinken wollen. Einen Kaffee, Tee oder vielleicht ein Wasser? Was darf's sein? Düse entscheidet sich für einen Kaffee und bittet für mich um ein Schälchen Wasser. Beides wird prompt serviert. Der Herr Kolbe ist nämlich in einer wichtigen Sitzung, aber wir dürfen warten, so heißt es. Also machen wir beide „Platz" und warten.

Wir müssen ziemlich lange warten, und Düse hat schon einige Male auf die Uhr geschaut. Dann geht die Glastür endlich auf, und ein

Mann kommt herein, der von der netten Sekretärin mit: „Hallo, Herr Kolbe" begrüßt wird.

Dann stellt sie uns vor, und nach einer weiteren kurzen Wartezeit dürfen wir endlich auch in das Büro des Chefs kommen. Donnerwetter, das ist aber vornehm hier. Das fällt sogar mir auf. Ein Riesenschreibtisch, ein bequem aussehender Bürostuhl, riesige vollgestopfte Bücherregale (Ob er diese Schinken wohl alle gelesen hat?) und viele Grünpflanzen. Düse scheint auch gebührend beeindruckt zu sein, aber wie immer setzt er erst mal sein Pokerface auf. Herr Kolbe bietet uns einen Platz an und fragt, was er für uns tun kann. Düse räuspert sich und sagt mal wieder sein Sprüchlein auf, dass wir Privatdetektive sind und jetzt im Fall Seewald und Schuster ermitteln.

„Sicher haben Sie von der Polizei bereits erfahren, dass Frau Schuster gestorben ist", meint er. Dann macht er eine Kunstpause, um zu sehen, wie Herr Kolbe reagiert. Der scheint betroffen zu sein; aber ob das echt ist? Möglicherweise ist er auch nur ein guter Schauspieler.

„Was? Gunda Schuster ist tot? Nein, bei mir war noch niemand von der Polizei. Wie kommen Sie darauf? Ich kannte sie zwar, aber mit ihrem Tod habe ich ganz sicher nichts zu tun!"

Jetzt klingt sein Ton schon nicht mehr so herzlich. Aber Düse legt nach und fragt: „Aber Sie kannten sie doch, sie waren ja bei den Seewalds schon einmal, zusammen mit den Schusters und dem Ehepaar Gerlach, zum Essen eingeladen."

„Ja, natürlich kenne ich die Schusters. Wir spielen alle zusammen Golf, und bei den Seewalds waren wir auch schon einmal gemeinsam zum Essen eingeladen, das ist richtig. Mit Herrn Schuster arbeite ich zusammen, seine Frau kenne ich nicht wirklich gut, dennoch bin ich natürlich entsetzt über ihren Tod. Was ist denn geschehen und wie kommen Sie in dem Zusammenhang auf mich oder Herrn Seewald? Wie hängt das alles zusammen, das verstehe ich nicht, ehrlich gesagt. Wenn die Menschen das Wort ehrlich in den Mund nehmen, dann sind sie es meistens nicht, das hat Düse oft genug gesagt, und bei diesem

Herrn Kolbe bin ich auch nicht sicher, ob er wirklich die Wahrheit sagt, aber auch ich habe mich selbstverständlich schon mal getäuscht, wenn auch nur selten. Jedenfalls fragt Düse jetzt noch einmal genauer nach und will wissen: „Wie haben Sie denn an diesem Abend, als Sie gemeinsam bei den Seewalds zum Essen waren, das Verhalten von Frau Schuster empfunden? Sie soll ihre Netze sehr deutlich nach dem Hausherrn ausgeworfen haben, so habe ich es gehört, denn anschließend hatten die beiden doch eine Affäre. Was wissen Sie darüber?"

„Ja, Gunda ist, nein war, eine recht attraktive Frau, das ist wahr, und Herr Seewald hat nun mal eine kleine Schwäche für das schöne Geschlecht, das war uns allen durchaus bekannt. Soweit ich weiß, war da auch mal etwas, aber mehr kann ich Ihnen dazu nicht sagen, es tut mir leid!"

„Aber Sie wissen, dass Frau Schuster schwanger war und das Kind verloren hat?"

„Nein, solche intimen Details sind mir nicht bekannt. Damit geht man ja auch nicht hausieren. Die Schusters haben sich getrennt, das weiß ich, mehr nicht. Herr Schuster und ich spiele ja weiterhin Golf, daher weiß ich, dass Gunda ihn verlassen hat, aber warum und weshalb, das habe ich ihn nie gefragt. So eng ist unsere Bekanntschaft nun auch wieder nicht."

Das ist jetzt aber wirklich eine faustdicke Lüge, das wittere ich, und knurre leise, um Düse das klarzumachen. Herr Kolbe beginnt nämlich eindeutig zu schwitzen. Ist das Angst oder nur Unbehagen? Jedenfalls nimmt das Gespräch jetzt eindeutig eine Wendung, die ihm nicht gefällt. Er steht auf und macht uns damit klar, dass diese Unterhaltung für ihn beendet ist.

„Schon gut, alter Junge, wir gehen ja gleich", beruhigt Düse mich zum Schein, er hat bestimmt verstanden. Dann verabschiedet er sich von Herrn Kolbe und wir gehen.

Draußen fragt er die Chefsekretärin, ob denn heute schon die Polizei im Haus war.

„Nein, wieso denn das?", fragt sie entsetzt.

„Ach, nur so, aber sagen Sie, wann kam denn Herr Kolbe heute ins Büro?"

„So etwa gegen zehn Uhr, denke ich. Er wurde wohl zu Hause noch aufgehalten, denn seine Sitzung hätte eigentlich um neun Uhr dreißig beginnen sollen. Ich musste die anderen Teilnehmer auch um etwas Geduld bitten, weil er anrief, um zu sagen, dass er sich verspäten würde. Einen Grund hat er allerdings nicht genannt."

„Vielen Dank, und bitte sagen Sie ihrem Chef nicht, dass ich danach gefragt habe."

„Wenn Sie meinen, dann unterlasse ich es natürlich", verspricht ihm die Sekretärin, sieht dabei allerdings etwas ratlos aus, aber Düse will keine weiteren Erklärungen dazu abgeben. Manchmal ist es besser, wenn man nicht zu viel redet, sagt er immer. Dann verabschieden wir uns auch von dieser netten Frau und machen uns wieder auf den Weg ins Büro.

„Der weiß ganz sicher mehr als er mir gesagt hat", sagt Düse draußen zu mir. Ganz bestimmt, das Gefühl habe ich auch, allein wie der gerochen hat, als er uns glauben machen wollte, dass er die Schusters nicht so gut kennt. Da ist eindeutig etwas faul an diesem Herrn Kolbe.

Die nächste Befragung von Herrn Gerlach verschieben wir erst mal bis nach der

Mittagspause, so will es Düse. Ist mir auch recht.

In der Firma Gerlach

Jetzt ist also die Firma Gerlach dran. Das Bürogebäude ist nicht ganz so imposant, wie das vom Kolbe-Konzern, aber auch ziemlich groß. Wie immer geht Düse mit mir erst mal rein und klopft gleich an die erste Bürotür. Von drinnen ruft eine weibliche Stimme laut: „Herein!"

Da sitzen zwei Damen, eine jüngere und eine ist ein etwas älteres Semester. Beide schauen hoch, als wir reinkommen.

„Ja, bitte?"

Das ist oft die Standardfrage, wenn wir auftauchen. Wieder nennt Düse seinen Namen und trägt seine Bitte, den Herrn Gerlach sprechen zu dürfen, vor.

„Ist er da?", fragt er.

„Kein Problem, er ist im Hause. Bitte Roswitha, kannst Du die beiden zu ihm bringen?", wendet sich die etwas ältere Dame an ihre jüngere Kollegin. Offenbar hat sie hier im Büro das Sagen. Sofort steht

Roswitha auf, streichelt mich und fragt interessiert: „Wie heißt Du denn?"

„Das ist Donny, mein Freund und Partner", antwortet Düse.

Immer, wenn er mich so vorstellt, wird mir ganz blümerant um mein Hundeherz. Guter Düse, liebes Herrchen, wo wäre ich nur ohne Dich? Und Du erst ohne mich!

Roswitha sagt: „Das ist doch mal ein origineller Hundename!"

Dann klopft sie mir noch einmal auf den Rücken und sagt zu Düse gewandt: „Wollen wir los?"

Klar, wollen wir. Düse und ich folgen ihr, und zwei Gänge weiter stehen wir vor der Tür vom Chef. Hier geht es nicht ganz so vornehm zu wie bei den Kolbes, zum Glück, denke ich. Düse scheint sich hier auch entspannter zu fühlen. Und als meine neue Freundin Roswitha an die Tür klopft, ertönt gleich eine freundlich klingende Stimme, die uns auffordert reinzukommen.

„Herr Gerlach, das hier ist der Herr Düsediekerbäumer und sein Hund Donny, die beiden würden Sie gern einmal sprechen!", mit diesen Worten hat Roswitha uns angemeldet und zieht sich anschließend zurück.

„Danke Roswitha", ruft Herr Gerlach ihr noch nach.

Unter uns, der ist mir gleich viel sympathischer als der Kolbe-Kerl! Herr Gerlach kommt hinter seinem Schreibtisch hervor und gibt Düse die Hand, streichelt mich kurz und kommt dann zur Sache. Hier wird uns nichts angeboten, trotzdem fühle ich mich wesentlich wohler als woanders, mag es dort noch so vornehm zugehen.

„Worum geht es?", fragt Herr Gerlach kurz und knapp.

„Ich arbeite für ihren Geschäftsfreund Herrn Seewald, und in dem Zusammenhang hätte ich einige Fragen an Sie."

„Herr Seewald, ja und weiter?"

„Ich nehme an, Sie kannten auch Frau Gunda Schuster, ist das richtig?"

„Ja, selbstverständlich. Die Polizei war heute Morgen bei mir, und hat mir ebenfalls einige Fragen gestellt. Schreckliche Sache, ihre Ermordung, nicht wahr? Stimmt, wir haben uns einmal zu einem Essen im Hause

Seewald getroffen, aber was hat das mit der Firma oder dem Ehepaar Seewald zu tun?"

Sieh an, der scheint wirklich keine Ahnung zu haben, was da mit dem Herrn Seewald und Frau Schuster gelaufen ist. Wenigstens in ihren eigenen Kreisen haben die Schusters offenbar dichtgehalten.

„Frau Schuster soll sich an dem besagten Abend etwas auffällig verhalten haben, war das so?"

„Ja, sie war wohl etwas angeheitert und entsprechend aufgedreht. Ich erinnere mich schemenhaft daran, aber ich fand das nicht so schlimm. Meine Frau meinte allerdings, Frau Schuster hätte sich wirklich sehr unpassend benommen. Sie ist in solchen Dingen etwas sensibler als ich, aber das ist doch schon eine ganze Weile her. Und außer bei diesem einen Essen haben wir die Schusters nicht wieder getroffen. So sympathisch sind mir, ehrlich gesagt, beide nicht."

Diese Aussage klingt in meinen Ohren recht überzeugend.

„Spielen Sie auch Golf?", erkundigt Düse sich.

„Meine Frau tut es gelegentlich, aber ich bevorzuge eher Tennis. Leider fehlt mir auch dafür die Zeit, um regelmäßig in den Club zu gehen. Wenn ich mal in Rente bin, dann hoffe ich, wird das anders. Ich möchte meinem Junior eines Tages die Firma übergeben, wissen Sie, aber noch ist er nicht so weit. Er studiert derzeit in Berlin."

Sein Stolz auf diesen Sohn steht ihm deutlich ins Gesicht geschrieben, und das macht ihn mir noch lieber als vorher. Wirklich ein netter Mensch und harmlos ist er auch, da bin ich mir sicher. Düse scheint denselben Eindruck bekommen zu haben, denn er fragt nur noch: „Herr Gerlach, was wollte denn die Polizei von Ihnen wissen, wenn ich Sie überhaupt danach fragen darf."

„Im Prinzip das Gleiche wie Sie. Vor allem, ob und wie gut wir Gunda Schuster kannten. Und dann haben sie auch noch nach unseren Alibis gefragt. Wir waren gestern in der Oper, meine Frau und ich. Die Karten hatte ich zum Glück noch in der Brieftasche. Außerdem waren wir spät dran, weil ich mich aus diesem Laden mal wieder nicht rechtzeitig abgeseilt hatte. Dann bin ich schnell nach Hause gefahren, kurz unter die Dusche gesprungen und habe mich umgezogen, das alles hat ein Weilchen gedauert, aber netterweise hat der Portier uns trotzdem noch hineingelassen. Wir haben nur ein paar Minuten verpasst, und das bei Wagner, na ja, für mich war es eher ein Segen. Ich bin ohnehin in erster Linie meiner Frau zuliebe mitgegangen, sie ist der eigentliche Opernfan bei uns im Hause."

„Vielen Dank für Ihre Auskünfte, Herr Gerlach."

„Bitte noch eine allerletzte Frage", sagt Düse, schon fast im Gehen.

„Wissen Sie zufällig, ob die Beamten auch bei Herrn Kolbe und seiner Frau oder in der Firma waren?"

„Nein, darüber weiß ich nichts, aber ich nehme es an, denn sie haben auch nach diesem Essen bei den Seewald's gefragt, und in dem Zusammenhang fiel natürlich auch der Name Kolbe. Sie waren recht früh bei uns, es könnte sein, dass sie im Anschluss dort gewesen sind, aber sicher weiß ich das natürlich nicht."

„Dann bedanke ich mich nochmals bei Ihnen, Herr Gerlach und wünsche Ihnen einen schönen Tag!", mit diesen Worten geht Düse endgültig, und ich trotte hinterher.

Herr Gerlach hebt noch kurz die Hand zum Gruß und widmet sich dann wieder den Papieren, die auf seinem Schreibtisch liegen. Bevor wir gehen, sagen wir noch den netten beiden Damen unten im Büro Tschüss. Deren Tür steht nämlich offen, und Roswitha kommt gerade mit einer großen schwarzen Unterschriftenmappe heraus. Sie will sicher damit zum Chef.

„Wie schön, dass wir uns noch mal sehen", sagt sie, und streichelt mich wieder. Schöööön ist das; so kann sie gern eine Weile weitermachen, finde ich. Aber Düse hat leider andere Pläne. Er will schnell weiter. Allerdings fällt ihm da auch noch eine Frage an Roswitha ein.

„Haben Sie gestern die Opernkarten für Ihren Chef reserviert?"

„Nein, die Gerlach´s haben ein Abo, soweit ich weiß, aber gestern wollte der Chef ausnahmsweise mal pünktlich weg, weil es die Lieblingsoper seiner Frau gab. Irgendwas von Wagner, fragen Sie mich bloß nicht nach Einzelheiten, damit kann ich so gar nichts anfangen. Ich glaube, der Chef auch nicht, aber seine Frau, die mag diese schwere Kost."

„Kommen Sie mit Ihrem Chef gut zurecht?", fragt Düse.

„Klar, er ist wirklich nett und überhaupt nicht pingelig, im Gegenteil. Wir mögen ihn alle sehr!", sagt sie noch im Weggehen und ruft: „Tschüss zusammen!"

Herr Gerlach ist also beliebt bei seinen Mitarbeitern; schön für ihn, ich kann ihn ja auch gut riechen, und das im wahrsten Sinne des Wortes. Der ist mir bis jetzt noch am liebsten von dieser ganzen Bande!

Frau Kolbe tritt auf

Unsere Nachfragen in der Firma Gerlach haben ja wenig gebracht, aber ich glaube, das Ehepaar Gerlach können wir getrost von unserer Liste der Verdächtigen streichen. Zumindest vorerst. Aber auf jeden Fall vermuten wir nun, das Herr Kolbe gelogen haben muss, als er uns weismachen wollte, dass er von dem Mord noch nichts wusste, als wir in sein Büro gekommen sind. Zu welchem Zweck hat er uns das bloß verheimlicht? Düse denkt auch darüber nach, das sehe ich an seinem Blick, etwas abwesend und in sich gekehrt. Außerdem sagt er kein Wort, das ist immer ein Zeichen dafür, dass er etwas ausbrütet. Also warte ich erst mal ab, bis er schließlich sagt: „Ich denke, wir nehmen uns den sauberen Herrn Kolbe noch mal vor. Komm, Donny!"

Ohne zu zögern, gehe ich mit, springe brav ins Auto und dann fahren wir noch mal zum Kolbe-Konzern. Wieder fragt Düse nach dem Chef. Er erhält allerdings die Auskunft, dass er nicht im Haus ist, und wir es bei ihm daheim mal versuchen sollen. Soweit so gut – es ist noch relativ früh, also versuchen wir da mal unser Glück.

Als wir vor der Villa Kolbe stehen, ist Düse fast ein wenig eingeschüchtert. Dieser Prachtbau ist wirklich sehenswert, das finde sogar ich. Jedenfalls will Düse trotzdem rein. „Auch nicht gerade ein Sozialbau, Donny!", murmelt er, als er auf die Klingel am Tor drückt. Gegen dieses schlösschenartige Haus, mit den vielen Erkern und einem runden Türmchen, ist selbst die komfortable Villa von Seewalds eher schlicht. Dieses Mal antwortet eine männliche Stimme: „Ja, bitte?"

Wieder sagt Düse sein Sprüchlein auf und fragt ganz vornehm, ob der Hausherr zugegen ist.

„Worum geht es denn?", hören wir aus dem Lautsprecher am Tor.

„Um einen Mordfall!", antwortet Düse kurz und knapp.

„Einen Moment bitte", höre ich den Mann ohne Gesicht sagen.

Dann geschieht eine ganze Weile lang gar nichts. Fast will Düse noch einmal klingeln, die Hand hat er schon erhoben, da geht das Tor auf, und wir dürfen endlich reinkommen. Die schwere Haustür steht offen, und ein Mann in seltsamer Kleidung steht draußen, um auf uns zu warten.

„Die haben einen Butler", flüstert Düse mir zu.

Was ist das denn? So jemanden haben wir doch noch nie getroffen, aber was soll´s.

Brav tripple ich neben Düse her. Hier muss ich wohl wieder mal beweisen, dass ich gut erzogen bin. Fällt mir aber nicht schwer.

„Herr Kolbe ist nicht im Haus, aber die gnädige Frau erwartet Sie im Salon", informiert uns der Butler in seiner steifen Art. Auch gut, ist vielleicht gar nicht so verkehrt, noch eine der Hauptdarstellerinnen in diesem Stück kennenzulernen.

Frau Kolbe ist bestimmt auch eine Dame, aber sie ist zudem eine ziemlich extravagante Erscheinung, das fällt sogar mir auf. Sie trägt ein langes, wallendes Kleid in grellen Farben. Dazu ist sie kräftig geschminkt und ihre Haare hat sie zu einem strengen Knoten frisiert. Wie alt sie wohl sein mag? Auf jeden Fall deutlich älter als ihr Mann. Oder täusche ich mich da etwa?

„James hat mich informiert, dass Sie zu meinem Mann wollten, aber der ist leider nicht da. Kann ich Ihnen helfen?", erkundigt sie sich freundlich. Sie sieht zwar etwas eigenartig aus, scheint aber doch ganz nett zu sein. Auf jeden Fall hat sie was für Tiere übrig, das sehe ich, denn sie steht vor einer

Staffelei und hat einen Farbpinsel in der Hand. Sie ist wohl gerade dabei, das Bild einer Katze zu malen. Für die Samtpfoten habe ich ja nicht viel übrig, aber die wollen auch leben, daher habe ich mich mit ihnen arrangiert, wenn ich mal auf eine treffe. Das Modell für dieses Werk scheint allerdings nicht in der Nähe zu sein, aber vielleicht taucht es noch auf. Düse schaut auch auf das Bild und sagt wie beiläufig: „Sie malen, gnädige Frau?"

„Ja, es ist mein Hobby. Das ist unsere Katze Myrna, ich möchte für meine nächste Ausstellung eine ganze Serie mit Bildern von ihr machen. Es gibt doch auch so viele Katzenfreunde, nicht wahr?"

Düse beeilt sich, ihr zuzustimmen. Nach diesem Vorgeplänkel wird er amtlich.

„Frau Kolbe, ich nehme an, dass auch Sie Frau Gunda Schuster kannten. Wie war Ihr Verhältnis zu ihr?"

Frau Kolbe zuckt die Achseln, bevor sie antwortet: „Um ehrlich zu sein, ich mochte sie nicht."

Mehr sagt sie zuerst nicht, aber ihr Blick spricht Bände. Diese Frau Schuster ist, nein sie war, ja auch erheblich jünger als Frau Kolbe. Für Frauen ist das manchmal wichtig, sagt Düse. Keine will alt sein, aber alt werden wollen sie trotzdem alle – komische Einstellung, finde ich. Wie soll das denn nur gehen? Ist ja zum Glück nicht mein Problem. Aber diese reichen Damen tun oft alles dafür, um jünger auszusehen. Sie schmieren sich alles Mögliche ins Gesicht und lassen sogar manchmal an sich rumschnippeln und vieles mehr, da kann ein Hund wie ich nur den Kopf schütteln. Deren Sorgen möchte sicher manch einer haben. Aber zurück zu Frau Kolbe.

„Würden Sie mir das etwas näher erklären?", hakt Düse vorsichtig nach. Frau Kolbe nickt und sagt erstaunlich offen: „Sie war wirklich ein Flittchen, doch, das war sie, ganz bestimmt! Sie hat sich an alle unsere Ehemänner herangemacht, und bei Herrn Seewald mit Erfolg. Obwohl ich glaube, mein Mann hatte anschließend auch etwas mit ihr. Das kann ich zwar nicht beweisen, und um ehrlich zu sein, ich wollte es auch lieber nicht wissen, aber eine Frau spürt so etwas doch."

„Sie waren also eifersüchtig", stellt Düse fest und wartet auf eine weitere Reaktion von Frau Kolbe.

„Ja, in gewisser Weise schon", gibt Frau Kolbe zu. Dann fährt sie fort: „Sehen Sie, ich bin erheblich älter als mein Mann, da ist es nicht immer leicht mitzuhalten, und Frau Schuster war wirklich eine rassige Schönheit, das muss ich anerkennen."

„Wie kommen Sie darauf, dass auch Ihr Gatte ihr verfallen war?", fragt Düse noch einmal.

„Ach wissen Sie, wenn ein Mann immer häufiger Geschäftsreisen ohne seine Ehefrau unternehmen will, und auch seine Sekretärin sich auf Nachfragen oft in Widersprüche verwickelt, dann ahnt man schon, um was es geht. Aber ich will mich nicht beklagen, wir hatten wirklich schöne Jahre zusammen, und dass mein Mann wahrlich kein Kostverächter ist, das weiß ich schon lange. Eigentlich von Anfang an, aber ich wollte ihn dennoch heiraten. Verlassen würde er mich nie, denn ich habe das Geld! Und um des lieben Friedens willen, zeige ich mich ihm gegenüber tolerant, solange er diskret bleibt.

Außerdem habe ich Myrna und meine Malerei, das hilft mir über viele andere Enttäuschungen hinweg."

Sieh an, also können auch Katzen ihren Menschen viel bedeuten, nicht nur wir Hunde sind ihre besten Freunde. Auf dem Bild sieht diese Myrna auch nett aus, das muss ich, wenn auch ungern, zugeben. Aber Düse soll bloß jetzt nicht auf die Idee kommen, auch noch eine Katze ins Haus zu holen – das gibt Ärger! Dann vergesse ich meine guten Manieren ganz schnell, das kündige ich hiermit schon mal vorsorglich an, obwohl ich nicht wirklich glaube, dass er mir das jemals antun würde, der doch nicht! Düse scheint Frau Kolbe verstanden zu haben, denn er nickt und sagt zu ihr: „Ja, das ist sicher richtig, Frau Kolbe. Aber sagen Sie, Ihr Mann ist doch der Geschäftsführer Ihrer Firma, oder nicht?"

„Ja, natürlich, aber bei allen wichtigen Entscheidungen muss er sich mit mir beraten. Das gefällt ihm zwar ganz und gar nicht, aber völlig freie Hand kann und will ich ihm denn doch nicht lassen."

Ob das dem stieseligen Herrn Kolbe wohl schmeckt? Bestimmt nicht, so wie ich ihn einschätze. Seine Frau ist mir deutlich lieber und Düse bestimmt auch. Ein Motiv, ihre Nebenbuhlerin zu töten, hätte sie streng genommen auch gehabt, aber ich glaube nicht, dass sie das getan hat. Dazu erscheint sie mir viel zu abgeklärt, aber Düse hat sich darüber bestimmt schon eine eigene Meinung gebildet. Und für die anonymen Briefe an Herrn Seewald ist sie ganz bestimmt nicht verantwortlich, dessen bin ich mir sicher. Was hätte sie denn davon? Düse scheint jedenfalls der gleichen Ansicht zu sein, denn er sagt: „Wenn Ihr Mann wieder daheim ist, würden Sie ihn dann bitten, sich einmal bei mir zu melden? Ich würde ihm gern noch einige Fragen stellen. Vielen Dank, Frau Kolbe!"

„Das ist kein Problem, natürlich richte ich ihm das aus", verspricht Frau Kolbe. Mehr können wir im Moment nicht tun, also verabschieden wir uns von Frau Kolbe; aber dass ihr Mann sich freiwillig bei Düse melden wird, das glaube ich eher nicht. Ich fürchte, dem müssen wir doch noch mal selbst auf den Pelz rücken.

Ein Teil klärt sich...

Am nächsten Vormittag empfängt Thea uns im Büro mit der Nachricht, dass Herr Seewald sich gemeldet und um Rückruf gebeten hat. Also geht Düse ans Telefon und erfährt von seinem Klienten, dass ein weiterer böser anonymer Brief bei ihm eingegangen ist. Wieder einer mit großen, aus altem Zeitungspapier ausgeschnittenen, Buchstaben. Dieses Mal ist die Botschaft eindeutiger. Sie besagt, dass er nach Frau Schuster der Nächste sein wird, der stirbt. Au Backe, das hört sich aber nicht gut an. Düse schlägt vor, sich in der Mittagspause wieder mit ihm im „schmutzigen Löffel" zu treffen, aber davon will Herr Seewald nichts wissen. Wir sollen uns gleich darum kümmern. Er hat jedenfalls momentan nicht die Nerven, ins Büro zu gehen, versichert er Düse. Also gut, nicht umsonst heißt es, der Kunde ist immer König. Also machen wir uns eine Viertelstunde später auf den Weg. Als wir in der Kneipe ankommen, haben die gerade aufgemacht, und Herr Seewald sitzt wieder an dem Ecktisch ganz hinten. Außer uns ist natürlich noch kein Gast da. Düse und Herr Seewald bestellen sich einen Kaffee, und Herr Seewald zeigt Düse den letzten Erpresserbrief. Denn das und nichts anderes ist er, weil nicht nur drinsteht, dass er womöglich der Nächste sein soll, sondern auch, dass er das verhindern kann, wenn er bereit ist, eine ziemlich große Summe zu löhnen.

„Können sie eine solche Summe so ohne weiteres auftreiben?", erkundigt sich Düse.

„Das ist kein Problem, aber ich habe inzwischen ein ungutes Gefühl", gibt Herr Seewald zu.

Düse nickt und sagt: „Natürlich, das ist mir durchaus klar. Haben Sie die Polizei schon informiert?"

Herr Seewald zögert, dann sagt er: „Um ehrlich zu sein, habe ich das noch nicht."

„Warum denn nicht, um Himmels willen?", fragt Düse.

Das verstehe ich auch nicht so recht. Aber Herr Seewald scheint tatsächlich einen guten

Grund dafür zu haben, denn er sagt zu uns: „Ich glaube, ich ahne, von wem die Briefe sind, und auch, dass sie nicht ernst gemeint sind, sondern mich eher einschüchtern sollen."

Na, jetzt bin ich aber gespannt! Dann wäre das Ganze ja womöglich viel Lärm um nichts gewesen, aber erst mal hören, was er sagt.

„Es ist so…", druckst Herr Seewald herum.

„Ja, und was weiter?", sagt Düse etwas ungeduldig.

„Also, ich habe gestern beim Frühstück einen längeren Bericht im Wirtschaftsteil in unserer Tageszeitung überflogen, der mich interessiert hat. Leider habe ich ihn nicht gleich ausgeschnitten, daher wollte ich mir die Ausgabe von gestern heute Morgen noch einmal ansehen. Meine Frau sagte mir, dass Frau Seippel die alten Zeitungen vom Vortag immer in die blaue Papiertonne bringt. Daher bin ich nach draußen gegangen und wollte mir die gestrige Ausgabe noch einmal heraussuchen. Dabei ist mir aufgefallen, dass daraus einige Seiten fehlten, auch die mit dem Artikel, den ich noch einmal genauer ansehen wollte. Dann habe ich meine Frau danach gefragt, und sie meinte, sie hätte die Zeitung gestern gar nicht angeschaut. Ich bin bei uns im Haus der Zeitungsleser. Also bin ich in das Zimmer von Frau Seippel gegangen, um sie danach zu fragen. Sie war allerdings nicht da, sondern war schon unterwegs, um Einkäufe zu machen. Tatsächlich habe ich einige kaputte Seiten in ihrem Papierkorb gefunden, und es waren Buchstaben daraus entfernt worden. Eine Zeitschrift lag auch auf ihrem Tisch, und daraus hatte sie offensichtlich auch bei verschiedenen Seiten mehrere Buchstaben ausgeschnitten. Ich kann Ihnen gar nicht sagen, wie schockiert ich war! Unsere gute Fee, die seit über dreißig Jahren hier im Hause ist, eine Erpresserin? Ich kann es kaum glauben, aber die Tatsachen sprechen doch für sich. Hier, ich habe Ihnen die entsprechenden Seiten und die Zeitschrift mitgebracht."

„Das ist allerdings eine gänzlich unerwartete Wendung der Dinge", muss auch Düse zugeben. Ich kann es ebenso wenig glauben, die harmlose Frau Seippel, das kann doch gar nicht wahr sein oder doch? Jedenfalls vergleicht Düse einige der fehlenden Buchstaben mit dem Erpresserschreiben und die stimmen glatt überein. Also hat Herr Seewald sie wirklich ertappt. Aber Anzeige erstatten, das will er vorerst trotzdem nicht. Stattdessen bittet er Düse, mit ihm zu kommen, damit er Frau Seippel mit dem Brief konfrontieren kann. Die Polizei kann er anschließend immer noch verständigen, meint er.

„Na gut, gehen wir", sagt Düse.

Dann bezahlen die Männer ihren Kaffee und wir machen uns auf den Weg zur Villa Seewald. Ich habe ein mulmiges Gefühl im Bauch, weil ich genau weiß, wozu manche Frauen fähig sind. Ob Frau Seippel wohl auch so eine ist? Auf jeden Fall muss sie einen guten Grund gehabt haben, ihrem Arbeitgeber auf diese Tour zu kommen. Unterwegs wird nicht viel geredet, sowohl Düse, als auch Herr Seewald denken sicher darüber nach, welche Motive Frau Seippel für ihr seltsames Verhalten gehabt haben könnte. Dann sind wir am Ziel, und das kleine, dunkelgrüne Auto von Frau Seippel steht auch vor der Tür, also ist sie vom

Einkaufen wieder zurück, wie Herr Seewald feststellt.

„Kommen Sie mit ins Haus", bittet Herr Seewald uns. Klar, ist gebongt! Wozu sind wir denn sonst mitgekommen? Frau Seewald erscheint und wundert sich, dass ihr Mann schon da ist, noch dazu in unserer Gesellschaft.

„Was gibt es denn?", erkundigt sie sich.

„Wir müssen mit Frau Seippel reden, die anonymen Briefe stammen wahrscheinlich von ihr", antwortet Herr Seewald. Seine Frau zieht die Augenbrauen hoch und fragt: „Tatsächlich? Das kann ich kaum glauben!"

„Ich habe in ihrem Zimmer Zeitungen gefunden, in denen einzelne Buchstaben fehlten, also sieht es ganz danach aus", antwortet ihr Mann.

„Konntest Du das nicht selbst mit ihr klären?"

„Nein, das geht nicht, schließlich habe ich Herrn Düsediekerbäumer selbst mit ins Boot geholt, indem ich ihn bat, herauszufinden, von wem diese Briefe stammten. Außerdem brauchen wir doch einen glaubwürdigen Zeugen, falls wir sie später bei der Polizei anzeigen. Wir wollen jetzt mit ihr reden, möchtest Du vielleicht dabei sein?", erkundigt sich ihr Mann.

Aber Frau Seewald winkt ab und meint: „Nein, besser nicht, zwei Männer und ein Hund sind bestimmt schon einschüchternd genug für sie. Bist Du wirklich sicher, dass diese Briefe von ihr sind?"

Na bitte, wenigstens hat Herr Seewald seine Frau wohl inzwischen in alles eingeweiht, das wurde doch auch Zeit, finde ich.

„Wo ist sie denn?", fragt er seine Frau.

„Sie hat mir vorhin gesagt, dass sie sich nicht wohlfühlt, deshalb hat sie sich noch einmal in ihr Zimmer zurückgezogen", erwidert Frau Seewald. Deshalb marschieren wir nun zu dritt zu dem Appartement von Frau Seippel. Herr Seewald vorneweg mit den ausgeschnittenen Zeitungen in der Hand, und Düse und ich gehen hinterher. Jetzt bin ich wirklich gespannt, was sie sagen wird, wenn sie gleich auf den ersten Blick merkt, dass sie ertappt worden ist. Herr Seewald klopft an ihre Wohnzimmertür, und von drinnen hören wir ihre kraftlose Stimme, die uns bittet, einzutreten. Das tun wir dann auch.

Frau Seippel liegt in ihrem Bett, zwar komplett angezogen, aber sie sieht sehr blass aus. Düse stürzt gleich zu ihr hin und fragt: „Was haben Sie genommen? Los, sagen Sie es mir!"

Was ist das denn? Hat sie etwa versucht, sich das Leben zu nehmen? Lieber Himmel, sooo schlimm sind diese Briefe doch wohl nicht, dass man dafür sterben möchte. Frau Seippel denkt allerdings sicher anders darüber, denn sie schüttelt nur den Kopf und sagt nichts. Dumme Trine! So was Blödes kann auch nur einer Frau wie ihr einfallen! Jedenfalls steht Herr Seewald völlig fassungslos neben ihrem Bett, während Düse schon sein Handy zückt und einen Krankenwagen ruft. Dann sagt er zu Frau Seippel: „Sie waren es, Sie haben diese Briefe verfasst, nicht wahr?"

„Ja", antwortet sie nur. Fast flüstert sie es, so leise ist ihre Stimme.

„Was haben Sie sich nur dabei gedacht?", schaltet sich Herr Seewald nun ein.

„Ich konnte es einfach nicht mehr mit ansehen, wie Sie mit ihrer armen Frau umgesprungen sind, aber um das Geld ging es mir wirklich nicht, das sollte Sie nur einschüchtern", beteuert sie.

Jetzt ist Herr Seewald komplett verwirrt. Um ehrlich zu sein, ich auch. Die Menschen behaupten doch immer, man könnte nie genug von dem Zaster kriegen, aber Frau Seippel hatte ganz andere Gründe. Jetzt haucht sie noch: „Es tut mir so leid, wirklich!"

Na, also, das hätte sie sich wirklich früher überlegen sollen, finde ich.

Düse hat inzwischen die Packung mit den Schlaftabletten gefunden, die sie genommen hat. Sie ist komplett leer.

„Haben Sie die alle geschluckt?", fragt er.

Frau Seippel nickt ergeben.

„Gleich ist der Krankenwagen hier, keine Sorge", versucht er Frau Seippel erst mal zu beruhigen.

Dann hilft er ihr zusammen mit ihrem Chef auf die Beine. Sie darf nämlich jetzt nicht einschlafen! Also versuchen die beiden Männer mit ihr durch das Zimmer zu laufen, besser sie schleppen sie zwischen sich hin und her. Ob sie wirklich sterben wollte? Als sie gemerkt hat, dass ihr Papierkorb leer und die Zeitung auch weg ist, da wusste sie bestimmt, dass wir ihr auf die Schliche gekommen sind. Genauer gesagt, eigentlich war es ja ihr Chef, der alles aufgedeckt hat. Da hat sie wohl in dem Augenblick keinen anderen Ausweg mehr gewusst, nehme ich an. Ich jaule leise, damit sie weiß, dass ich auch hier bin, vielleicht hilft ihr das durchzuhalten. Gern würde ich ihr einmal tröstend über das Gesicht lecken, aber das wage ich in dem Moment nicht. Düse hilft das immer, wenn er mal depressiv ist, aber nicht alle Menschen haben das gern, das weiß ich. Frau Seippel mag ja eine verschrobene Person sein, aber sie war auch nett zu mir, und das habe ich nicht vergessen. Dann hören wir die Sirene, und im nächsten Moment stürmt auch schon der Notarzt ins Zimmer, gefolgt von Frau Seewald. Als der Krankenwagen kam, ist sie gleich zur Tür gelaufen und hat aufgemacht, das ist sonst die Aufgabe von Frau Seippel, aber die kann ja momentan nicht. Frau Seewald wird ganz bleich, als sie die fast leblose Frau Seippel auf der Trage liegen sieht. Inzwischen hat Düse dem Notarzt die leere Pillenschachtel gezeigt, und der fuhrwerkt weiterhin an Frau Seippel rum. So muss ich das ausdrücken, denn übermäßig vorsichtig geht er nicht mit ihr um, im Gegenteil, aber es muss wohl alles sehr schnell gehen. Jedenfalls hat er genickt, als er die Schachtel sah und gemeint: „Das ist ein gängiges Schlafmittel, aber selbst wenn die Schachtel voll war, es würde nicht reichen um Schluss zu machen. Die kriegen wir schon wieder auf die Beine, keine Sorge!"

Frau Seippel scheint das gehört zu haben, denn sie stöhnt auf, und dabei laufen ihr dicke Tränen übers Gesicht. Inzwischen liegt sie auf einer Trage, und dann verschwinden die Rettungssanitäter mit ihr. Sie wird erst mal ins Krankenhaus gebracht, aber morgen schon dürfen die Seewald`s sich nach ihr erkundigen und sie besuchen, wenn sie wollen. Dieser Zwischenfall hat sogar die sonst so zurückhaltende Frau Seewald sichtlich mitgenommen.

„Ich kann es nicht fassen!", sagt sie. „Diese Briefe waren tatsächlich von Frau Seippel, warum nur?"

Düse versucht ihr zu erklären, dass Frau Seippel es eigentlich ihretwegen getan hat, weil sie es nicht mehr mit ansehen konnte und wollte, dass ihr sauberer Ehemann sie nach Strich und Faden betrog, noch dazu mit so einer halbseidenen Dame wie Gunda Schuster. Da war die Seippel einfach sauer auf den Hausherrn.

„Das ist einfach unglaublich", findet Frau Seewald.

Ist es ja auch in gewisser Weise, aber Frau Seippel scheint ihre Chefin echt gern zu haben, sonst wäre sie doch nie auf so eine blöde Idee gekommen. Sie hätte doch ganz einfach mal mit Frau oder Herrn Seewald sprechen sollen, bevor sie solche Mätzchen macht, das ist jedenfalls meine Meinung in dieser Angelegenheit. Was nun wohl mit ihr geschieht? Wer weiß, ob sie hier im Haus bleiben kann, das frage ich mich schon und Düse sicher auch.

Klar, wir sind mal wieder gleicher Meinung, denn jetzt höre ich ihn zu den Seewald´s sagen: „Ich weiß, es ist natürlich eindeutig eine Straftat, die Ihre Hausdame begangen hat, aber Sie sollten trotzdem überlegen, ob sie eine Anzeige erstatten wollen oder nicht, Sie hat es doch nur aus Treue zu Ihnen, gnädige Frau, getan."

„Das ist mir durchaus klar", erwidert Frau Seewald steif, dabei bleibt ihre Miene undurchdringlich, und nur ihr Mann nickt verständnisvoll.

„Das besprechen wir nachher", sagt er.

Das kann alles oder nichts heißen, jedenfalls will er sich in dieser Angelegenheit uns gegenüber ganz eindeutig nicht festlegen. Das kann ich verstehen, der Schock über diese ganze Sache sitzt wohl sehr tief. Kann man ja auch verstehen.

„Mein Job bei Ihnen ist damit wohl erledigt, denke ich", schaltet Düse sich jetzt noch mal ein.

„Ja, natürlich, vielen herzlichen Dank. Schicken Sie mir Ihre Abschlussrechnung", bittet Herr Seewald. Er ist jetzt wirklich ungewöhnlich zahm, finde ich. Düse nickt und sagt: „Gut, dann möchte ich mich gern von Ihnen beiden verabschieden, komm, Donny!"

Um ehrlich zu sein, selten bin ich einer Aufforderung so gern nachgekommen. Dieses riesengroße Haus, in dem so eigenartige Menschen wohnen, das geht mir ganz entschieden gegen den Strich, nee, da ist mir Düse und seine etwas chaotische Lebensweise wahrhaftig lieber. Bei dem weiß ich meistens sehr genau, woran ich bin.

Wieder im Büro

Wir fahren zurück ins Büro, Düse und ich. Da erklärt er Thea erst mal, warum er so früh am Morgen außer einem starken Kaffee auch noch einen kleinen Cognac braucht. Scheint ihm doch an die Nieren gegangen zu sein, dieser Selbstmordversuch von Frau Seippel. Er ist ja eigentlich tief im Herzen immer noch ein hartgesottener Bulle, jedenfalls dachte ich das bisher, aber da muss ich mich wohl getäuscht haben. Marlene ist immer noch seine Schwachstelle, das weiß ich, aber offenbar doch nicht die einzige. Wer konnte aber auch mit einer solchen Entwicklung des Falles rechnen? Ich jedenfalls nicht, aber ich kriege trotzdem keinen Kaffee und auch keinen Cognac zur Beruhigung; ist eigentlich ungerecht. Oder doch? Thea, meine liebe, gute Thea geht nämlich zum Schrank, in dem die Leckerlis aufbewahrt werden, und jetzt holt sie tatsächlich die besagte kleine Tüte raus. Ich höre es schon verheißungsvoll rascheln und dann sagt Thea: „Donny hat auch eine Belohnung verdient, findest Du nicht, Düse?"

„Doch, komm her, alter Junge!"

Dieser freundlichen Aufforderung komme ich selbstverständlich schnellstens nach, Leckerlis und Kraulen, das ist eine unschlagbare Kombination für mich! Aber ist der Fall nun damit zu Ende?

Nein, für Düse noch nicht. Ich ahnte es doch. Der Auftrag von Herrn Seewald lautete ja nur, zu klären, von wem er diese anonymen Briefe erhalten hat, aber da ist ja noch der bisher ungeklärte Mord an Gunda Schuster. Düse wäre nicht Düse, wenn er den so einfach vergessen würde.

„Aber Deine ehemaligen Kollegen haben es gar nicht gern, wenn Du ihnen ins Handwerk pfuscht, das weißt Du doch, und bezahlt wirst Du in dem Fall auch nicht mehr", gibt Thea ihm zu bedenken.

Klar, das weiß er doch. So wie er arbeitet, wird er bestimmt nie reich, das können wir uns abschminken, Thea und ich. Aber er ist eben gründlich und außerdem ein feiner Kerl, und er findet, dass auch Leuten wie dieser toten Gunda Schuster Gerechtigkeit widerfahren soll, eher hat er keine Ruhe. So ist er eben, unser Düse. Seufzend wendet Thea sich wieder ihrem PC zu. Sie hat noch viel zu tun, aber als Erstes wird sie den Seewald's eine gepfefferte Rechnung schicken, bei denen kommt es doch auf eine Stunde mehr oder weniger nicht an, findet sie. Das sagt sie aber nur zu mir, Düse darf das nicht wissen, denn seitdem er solche Kleinigkeiten an Thea abgegeben hat, kümmert er sich in der Regel nicht weiter darum, sondern überlässt ihr das Feld. Bisher sind wir damit auch immer gut gefahren. Ich sage es ja, Thea ist schwer in Ordnung, wenn Düse das nur endlich kapieren würde! Stattdessen jammert er immer noch seiner alten Liebe Marlene hinterher. Er sagt es nicht, aber ein Hund wie ich, der spürt so was einfach. Bald ist ihr Hochzeitstag, das wird für Düse noch schwer, aber ich bin ja auch noch da.

Kaum sind wir nach der Mittagspause wieder im Büro, kriegt Düse einen interessanten Anruf. Es ist Erwin, sein alter Kollege. Der will jetzt plötzlich wissen, was wir beide so ermittelt haben, und Düse lässt sich tatsächlich einiges aus der Nase ziehen. Im Gegenzug erzählt Erwin Düse, dass er und die anderen Polizisten ebenfalls den Kolbe in Verdacht haben, ihm allerdings noch nichts nachweisen können. Dann rückt Erwin noch mit der Info raus, dass diese Frau Schuster wohl doch mit dem Kolbe ein Verhältnis gehabt hat, und das nach deren Ermittlungen zur gleichen Zeit wie mit dem Herrn Seewald. Sieh an, das ist ja interessant – von wem war das Kind denn nun eigentlich? Ach ja, sie war nie schwanger, das hat der Pathologe auch festgestellt. Das hat sie nur so gesagt, um dem Seewald die Hölle heiß zu machen. Natürlich hat sie auch nie ein Baby verloren. Alles Lüge! Ist das zu fassen? Dass der Seewald darauf überhaupt reingefallen ist, das wundert mich denn doch, aber der hatte ja solche Angst, dass alles rauskommt, da hat er gar nicht so richtig nachgehakt.

„Das war echt naiv!", höre ich Düse sagen, und er setzt hinzu: „Das wäre mir nie passiert, niemals!"

Na, da habe ich aber doch leise Zweifel, wenn ich an Marlene denke, die hat ihn doch auch komplett in die Tasche gesteckt. Zu ihren Glanzzeiten hätte sie Düse bestimmt den größten Unsinn als Wahrheit verkaufen können – jede Wette! Aber ich halte mich natürlich zurück und halte die Schnauze, wenn die Rede auf seine Ex kommt. Überhaupt Marlene; morgen ist ihre zweite Hochzeit, und Düse hat immer noch nicht entschieden, ob er nun zur Trauung gehen will oder nicht. Danach fragt Erwin ihn auch, denn er kennt Marlene ja noch gut von früher, damals als Düse noch bei der Polizei war. Seine Frau ist immer noch mit ihr befreundet, deshalb muss Erwin mit zu dieser Hochzeit, ob es ihm passt oder nicht.

„Na ja, ich werde es mir überlegen", sagt Düse.

Er kann ja noch eine Nacht darüber schlafen, wenn er will. Aber auf eines kann er sich felsenfest verlassen, ich werde an seiner Seite sein, egal was kommt!

Im Büro liegt noch immer die offizielle Einladung zu dieser Hochzeit. Düse hat sie kaum angesehen und hätte sie wohl am liebsten ganz vergessen. Marlene hat sie ja dagelassen, als sie kam um Düse einzuladen. Aber Thea hat dieses Datum gewissenhaft in seinem Terminkalender notiert, und die edle Einladungskarte demonstrativ jetzt wieder auf seinen Schreibtisch gelegt, bevor sie gegangen ist, denn der große Tag ist morgen. Jetzt muss er sich damit befassen, ob er es will oder nicht. Seinem Gesichtsausdruck entnehme ich, dass er das nur sehr ungern tut, aber er nimmt sie noch mal in die Hand und schaut sich an, wo und wann die Trauung stattfinden soll. Dann seufzt er und greift zum Telefon. Wen will er denn nur anrufen?

„Thea? Ja, danke, das habe ich gesehen. Ich wollte Dich fragen, ob Du mitkommen möchtest. Ja? Das wäre wirklich toll! Wir lassen das Büro morgen zu, und ich hole

Dich von zu Hause ab. Mach Dich chic, ich möchte auch eine tolle Frau an meiner Seite haben, wenn meine Ex noch mal heiratet. Prima, dann also bis morgen, ich werde pünktlich sein!", verspricht er.

Düse ist vielleicht ein ulkiger Vogel, meint er wirklich, dass es Marlene an ihrem Hochzeitstag etwas ausmacht, wenn unsere liebe Thea zu dieser Gelegenheit scharfe Geschütze auffährt? Das leidige Thema mit der Eifersucht haben Düse und Marlene doch wohl hinter sich. Mehr Sorgen mache ich mir allerdings um Thea. Sie hat es wirklich nicht verdient, dass Düse ihr erst schön tut und sie dann wieder links liegen lässt. Na ja, warten wir erst mal ab, wie das morgen so abläuft.

„Bist Du zufrieden mit mir?", fragt Düse mich. Vielleicht ahnt er ja, was hinter meiner Denkerstirn so vor sich geht. Auf jeden Fall halte ich es für angebracht, ihn liebevoll anzusehen und ihm mit meiner Zunge kurz das Gesicht zu lecken. Das zieht immer bei ihm.

„Ist ja schon gut, alter Junge!", sagt er, aber an seinem Tonfall höre ich, dass ich genau das Richtige getan habe.

Dann sieht er noch einige Papiere durch und schließlich steht er auf, damit wir nach Hause gehen können. Auf den morgigen Tag muss er sich wohl vorbereiten, denke ich. Wird nicht so ganz einfach für ihn, aber was soll`s? Dass Marlene es sich noch mal anders überlegt, das glaube ich wirklich nicht – alles, was recht ist!

Die Hochzeit

Heute ist also Marlenes großer Tag! Ich gönne es ihr, das strahlende Sommerwetter. Um elf Uhr soll die Trauung sein, und Düse ist schon früh aufgestanden und hat sich fertig gemacht. Wir sind ganz kurz Gassi gegangen, man hat ja schließlich auch seine Bedürfnisse, und dann haben wir den riesigen Blumenstrauß, den er gestern noch bestellt hat, bei der Floristin abgeholt. Pünktlich, wie verabredet, klingeln wir bei Thea. Donnerwetter, die hätte ich kaum wiedererkannt, so elegant ist sie. Im Büro trägt sie ja meistens Jeans und Turnschuhe, aber heute hat sie sich aufgebrezelt. Düse macht auch große Augen. Endlich nimmt er sie mal als Frau wahr, nicht nur als Kleiderständer. Aber Spaß beiseite, Thea sieht wirklich umwerfend aus. Sie war heute Morgen ganz früh schon beim Friseur und hat sich eine Hochsteckfrisur machen lassen. Dazu ist sie ein wenig geschminkt, gar nicht viel, aber der Unterschied zu ihrem Alltagsgesicht ist trotzdem immens. Auch das reizende, weich fließende Sommerkleid lässt endlich mal ihre hübschen Beine gut zur Geltung kommen und betont zudem ihre weiblichen Kurven. Außerdem schmeicheln die pastelligen Farben ihrem Teint. Das alles weiß ich,weil Düse Thea diese Komplimente gemacht hat, bevor er ihr ganz altmodisch seinen Arm anbietet. Ich glaube, er findet sie tatsächlich toll in diesem Augenblick, denn so habe ich ihn noch nie mit ihr reden gehört. Deshalb spitze ich natürlich ganz besonders meine Ohren. Thea lacht und stöckelt auf ihren neuen Pumps glücklich neben ihm her. Nicht zu fassen, dass sie auf solchen Stelzen so gut laufen kann! Am Auto angekommen, öffnet Düse sogar galant für sie die Beifahrertür. So förmlich kennt sie Düse gar nicht, aber egal. Beide sind bester Stimmung, als wir beim Standesamt ankommen.

„Hunde dürfen hier aber nicht mit hinein", das ist das Erste, was wir dort von dem äußerst unfreundlichen Pförtner zu hören bekommen, aber er hat nicht mit Düse`s Beharrlichkeit gerechnet. Wenn man ihm so kommt, dann wird er erst recht störrisch. Ich finde es natürlich prima, dass er so für mich eintritt, aber ich glaube, Thea hätte eher nachgegeben. Ich sitze währenddessen ganz brav daneben und warte einfach ab, was bleibt mir auch anderes übrig? Na eben – nix! Zunächst gibt es einen heftigen, aber noch höflichen Wortwechsel, bevor Düse kurz vor dem Ende der Auseinandersetzung zur Höchstform aufläuft. Er kriegt ein knallrotes Gesicht, und dann sehen Thea und ich erschrocken zu, wie ihm endgültig der Kragen platzt.

„Jetzt reicht es! Entweder darf Donny jetzt mitkommen, oder wir warten auch draußen – und damit basta!", poltert er los.

Thea versucht noch zu vermitteln, aber Düse lässt sich auf keine weitere Diskussion mehr ein. Schließlich gibt der Mann an der Pforte zähneknirschend nach, und wir dürfen doch alle rein - ätsch! Triumphierend laufe ich mit an ihm vorbei. Im Flur wartet schon die Hochzeitsgesellschaft. Auch Marlene sieht gut aus, das muss ich zugeben. Sie ist zwar einige Jahre älter als Thea, aber immer noch eine schöne Frau. Marlene stutzt, als sie Düse und mich mit Thea ankommen sieht. Sie kennt Düse`s Assistentin ja aus dem Büro, aber sie hat sie noch nie privat gesehen. Jedenfalls glitzern ihre Augen verräterisch, aber sie fängt sich schnell wieder, kommt auf uns zu und begrüßt uns freundlich. Schließlich hat sie uns ja selbst eingeladen. Sie ist die Braut und will an ihrem Ehrentag selbstverständlich allein im Mittelpunkt stehen, das gehört sich ja so. Marlene hat ein geschmackvoll und raffiniert geschnittenes helles Kostüm an, das ihre schlanke Figur betont. Dazu trägt sie einen passenden Hut, und in der Hand hält sie einen Blumenstrauß. Als Thea ihr sagt, wie hübsch sie ihr Ensemble findet, da ist Marlene schon wieder versöhnt, scheint mir. Trotzdem darf ich sie nicht anspringen, so wie früher, das weiß ich, sonst wird ihr hübsches, neues Kostüm womöglich noch schmutzig dabei, das hat mir Düse extra eingeschärft. Außerdem hat er dem Pförtner hoch und heilig versichert, dass ich mich gut benehmen werde; und deshalb tue ich das auch. Schließlich kann ich Düse ja nicht bloßstellen. Dann gehen wir auch rein in das Trauzimmer, alle setzen sich, und ich mache auf Düse`s Befehl hin brav „Platz" und halte wieder mal meine Schnauze. Vor dem großen Schreibtisch sitzen Marlene und ihr Bräutigam, dahinter eine Frau, die eine Rede hält. Danach müssen Marlene und ihr Zukünftiger irgendetwas unterschreiben und die Trauzeugen tun das auch. Das war´s, und damit ist Düse Marlene wohl endgültig und unwiderruflich los. Dann schüttelt die Frau hinter dem Schreibtisch Marlene und ihrem neuen Mann noch die Hand, und dann dürfen wir alle endlich wieder raus. Draußen, vor dem Standesamt, gratulieren alle anderen Gäste dem frisch gebackenen Brautpaar. Als Düse seine ehemalige Frau in die Arme nimmt und ihr gratuliert, da meine ich fast eine kleine Träne in ihren Augen schimmern zu sehen, aber da habe ich mich bestimmt verguckt, denn gleich darauf lacht Marlene wieder und strahlt ihren neuen Mann an. So gehört sich das doch schließlich.

Nach dem Gang zum Standesamt löst sich die Gesellschaft auf. Marlene sagt zu uns, dass wir selbstverständlich auch zu der Feier im Lokal eingeladen sind, aber das will Düse nicht. Er holt nur schnell den Blumenstrauß für Marlene aus dem Wagen, und dann winken er und Thea dem Brautpaar nach, bevor wir wieder in Düse´s Klapperkiste steigen.

„Oder wärest Du gern noch mit denen zum Essen gefahren?", erkundigt Düse sich bei Thea.

Die zuckt nur mit den Achseln und meint: „Wenn Du mich jetzt auf eine Currywurst einlädst, dann ist das auch in Ordnung."

Düse schaut sie an, dann sieht er an sich herunter und stellt fest: „Dazu sind wir zu fein angezogen. Komm, heute gehen wir beide mal wirklich richtig gut essen, ich kenne einen Nobelitaliener. Da fallen wir selbst in diesen Klamotten nicht auf."

„Prima, dann los!", freut sich Thea.

Und ich hoffe bloß, dass ich nicht draußen vor der Tür sitzen bleiben muss. Als wir bei dem Lokal ankommen, klebt natürlich das Schild „Hunde dürfen hier nicht rein" an der Tür – wusste ich es doch! Aber Düse umgeht das Problem höchst elegant, indem er Thea vorschlägt, dass wir bei dem wunderbaren Wetter draußen auf der Terrasse des Restaurants sitzen können. Sie stimmt sofort zu, und als wir da noch einen Platz finden, ist auch mein Hundeglück perfekt! Wirklich, manchmal kann Düse echt einfühlsam sein. Er fragt sogar noch nach einer Schale Wasser für mich, und als das Essen für ihn und Thea gebracht wird, steht das Wasser schon vor mir. Außerdem hat der nette Kellner sogar noch einen Knochen für mich angeschleppt.

„Für das liebe Hündchen", hat er gesagt. Na ja, sooo lieb bin ich ja nicht immer. Aber heute schon, und zum Dank schlecke ich ihm auch kurz die Hand, immerhin hat er mir den Knochen gegeben. Netter Kerl, dieser Luigi, so hat er sich vorgestellt. Thea genießt dieses Essen mit Düse sichtlich, also kann ich, nachdem ich eine Weile an meinem Knochen herumgenagt habe, mich in aller Ruhe ein bisschen aufs Ohr legen. Aber diesen tollen Knochen, den nehme ich mit nach Hause, den soll Düse für mich einpacken lassen, bevor er mit Thea aufbricht.

Irgendwann werde ich von Düse geweckt.

„Donny, komm, wir müssen gehen", sagt er. Na gut, aber es ist schade, denn ich habe gerade so schön geträumt. Egal, die beiden wollen los, und ich staune, denn sie steigen nicht wieder ins Auto, sondern wir machen alle noch einen Spaziergang.

„Damit Du Dein hübsches Kleid noch einigen Leuten zeigen kannst", sagt Düse galant zu Thea, als wir in Richtung Stadtpark laufen. Mir soll das nur recht sein, Ihr wisst ja, ich mag Thea. Aber ob Düse wirklich anbeißt oder ob das nur sentimentale Gründe hat? Wer weiß das schon bei ihm. Thea und er genießen jedenfalls diesen Tag, und deshalb tue ich das auch.

Es ist schon spät, als wir sie wieder zu Hause abliefern. Aber irgendwann geht auch der schönste Tag einmal zu Ende, und Düse verabschiedet sich von Thea und sagt: „Also bis Montag, ich wünsche Dir ein schönes Wochenende."

Das klingt nun gerade nicht sehr romantisch, aber ich glaube, das merkt Thea nicht mal, denn sie strahlt und antwortet: „Ja, bis Montag – ich freue mich!"

Das irritiert sogar Düse ein bisschen, aber er sagt nichts mehr, sondern hebt nur noch grüßend die Hand zum Abschied, und dann fahren wir beide endlich in Richtung Heimat. Zuhause wartet das Sofa auf uns – und Kommissar Rex. Die haben nämlich die Sendezeit verlegt, statt dienstags werden ihre Abenteuer jetzt immer am Freitag wiederholt.

Zwischenbericht

Vom Wochenende ist eigentlich nicht viel zu berichten, weil Düse sich zwei Tage lang so gut wie ausgeklinkt hat. Das brauchte er scheinbar. Nur zu dumm dass er mich dabei völlig vergessen hat. Ich musste ihn an jede Mahlzeit lautstark erinnern, und Gassi ist er mit mir auch nicht gegangen. Er hat mir lediglich die Terrassentür aufgemacht, damit ich in den Garten laufen konnte.

Aber am Montagmorgen ist im Büro alles wie immer. Thea ist bester Laune. Sie pfeift und singt, als sie kommt, und Düse ist auch wie immer. Nein, nicht ganz, denn er ist doch noch ein bisschen verkatert, weil er zwei Tage lang durchgesoffen hat, auf Marlene`s Wohl, das versteht sich. Ihm ist diese Hochzeit doch wohl mächtig an die Nieren gegangen, und um ehrlich zu sein, ich hätte nie vermutet, dass ihn das so schlimm treffen könnte! Nachdem wir beide Thea zuhause abgeliefert hatten, hat er sich zuerst den restlichen Cognac vorgenommen, der ist sonst nur was für die ganz harten Tage, aber nachdem die Flasche leer war, hat er sich immerhin jeden Tag noch mehrere Flaschen Rotwein reingezogen und das völlig allein. Seine ganzen Vorräte hat er auf einmal niedergemacht. Sonst ist er meistens dabei irgendwann auf dem Sofa eingeschlafen, und ich konnte ihn nicht wach kriegen. Also habe ich es aufgegeben und mich in mein Körbchen verzogen. Nur gut, dass ihn niemand außer mir so gesehen hat, das wäre ihm bestimmt nicht recht gewesen. Nach außen mimt er gern den Unerschütterlichen, aber tief drinnen in seinem Herzen sieht es ganz anders aus. Da ist er ab und zu doch ein bisschen sentimental, aber das soll keiner wissen, vor allem seine Klienten nicht, ist ja klar. Als er heute in der Frühe aufgewacht ist, da hat er sicher alle Knochen einzeln gespürt, vor allem die, von denen er nicht wusste, dass er sie überhaupt hat. Aber heute Morgen bringt ihn der besonders starke Kaffee von Thea wieder in Schwung. Von der Hochzeit am Freitag fällt allerdings kein einziges Wort mehr. Thea hat sicher auch kapiert, dass es besser ist, Düse nicht mehr an diesen Tag zu erinnern. Ich glaube, sie ist ein bisschen enttäuscht deswegen, aber sie ist klug genug, es sich nicht anmerken zu lassen. Allerdings ist sie heute auch wieder ein bisschen zurechtgemacht, na bitte, hat sie doch gemerkt, dass Düse das gefallen hat. Steht ihr auch wirklich gut, sie sollte überhaupt viel mehr aus sich machen, finde ich.

Ein Verdächtiger kriegt kalte Füße

Düse überlegt, was er als Nächstes tun soll. Deshalb bespricht er sich sogar mit Thea. Das ist wirklich ungewöhnlich, das macht er sonst nur selten, aber in diesem Fall ist ihre weibliche Intuition gefragt, so sagt er, und Thea nickt. Sie fühlt sich geschmeichelt und ernst genommen. Aber ich finde auch, dass es manchmal wichtig sein kann, die Dinge aus einer anderen Sicht zu beleuchten. Thea überlegt, und dann hat sie eine Idee.

„Du sagst, diese Frau Schuster war so eine hübsche Frau. Hatte sie eventuell noch einen anderen Lover?"

„Könnte sein, aber das weiß ich nicht", überlegt Düse.

„Was ist denn mit den Männern aus dem Tennis- oder Golfclub? So reiche Frauen haben doch die Auswahl!", sagt Thea.

Höre ich da etwa einen kleinen, neidischen Unterton in ihrer Stimme? Ach Thea, diese Kerle wolltest Du doch eigentlich gar nicht! Reiche Männer sind oft nicht die nettesten, das weiß inzwischen sogar ich. Aber Düse hat eine Idee, denn er sagt: „Also, den

Gerlach, den schließe ich vorerst mal aus, der ist nicht der Typ für so was, aber der Kolbe, dem traue ich einiges zu."

Stimmt, und unsympathisch ist der Kolbe auch, da sind wir uns wieder mal einig, als Düse das sagt. Aber wo ist der Kolbe? Wir waren ja bei ihm zu Hause, und seine Frau wusste nicht wo er war. Aber er kann ja seine Firma nicht unbegrenzt allein lassen. Irgendwann wird er wohl wieder auftauchen. Das meint Düse auch, deshalb machen wir uns erst mal auf den Weg zum Kolbe-Konzern.

Wieder stehen wir vor dem Empfangstresen und Düse fragt höflich, ob Herr Kolbe wohl einige Minuten seiner kostbaren Zeit für uns zu opfern bereit ist. Er kann sich tatsächlich vornehm ausdrücken, wenn er will. Darüber staune ich immer wieder. Jedenfalls hat Herr Kolbe wohl sein o.k. gegeben, und wir dürfen zu ihm. Allerdings sieht er gleich auf die Uhr und empfängt uns mit den Worten: „Fünf Minuten Zeit kann ich Ihnen geben, mehr nicht!

„Alles klar, vielen Dank, Herr Kolbe, ich komme auch gleich zur Sache, wenn Sie gestatten", antwortet Düse und gibt sich ganz gelassen. Er fragt den Kolbe unumwunden: „Herr Kolbe, hatten Sie eventuell auch ein Verhältnis mit Frau Schuster?"

„Was ist das denn für eine Frage?", ereifert sich der Kolbe sofort. „Natürlich nicht! Wie kommen Sie nur darauf?", will er dann wissen. Düse zuckt nur die Achseln, bedankt sich für die Auskunft und meint: „Vielen Dank, das war´s für den Augenblick, Sie sind doch so beschäftigt, da will ich Sie nicht weiter aufhalten. Komm, Donny!"

Dass Herr Kolbe gelogen hat, das ist eindeutig - für uns beide! Aber wir wissen ebenso, dass er dazu nichts weiter sagen wird, dem müssen wir anders beikommen, das ist klar. Für´s Erste beschließt Düse ihn eine Weile zu beschatten. Meinetwegen, ich kann ja im Wagen ein bisschen schlafen. Lange ist mir das allerdings nicht vergönnt, denn kurz nachdem wir auf der Straße gegenüber dem Firmengebäude Posten bezogen haben, wird die Sache interessant. Herr Kolbe kommt raus, geht zu seinem silbernen Angeberschlitten und fährt weg. Wir hinterher und ich bin echt gespannt, ob

Düse es schafft, mit seiner alten Mühle, dem Kolbe mit seinem schnellen Wagen auf den Fersen zu bleiben. Es wird eng, aber Düse holt aus seiner Karre raus, was er nur kann, und schließlich wird der Kolbe von einer roten Ampel ausgebremst, und dann haben wir ihn wieder eingeholt. Schließlich hält der flotte Sportflitzer vor dem Haus, in dem Frau Schuster gewohnt hat. Was will er denn bloß hier? Also kannte er die Schuster doch, da hatten Düse und ich doch den richtigen Riecher! Ihre Wohnung ist doch ein Tatort, den hat die Polizei ja versiegelt, aber der Kolbe geht gar nicht zur Haustür, sondern durch einen Seiteneingang in den Garten. Jetzt wird es interessant. Düse klettert etwas schwerfällig, er ist ja schließlich nicht mehr der Jüngste, aus dem Auto, und ich springe hinterher. Vorsichtig schleichen wir dem Kolbe nach. Der geht zielstrebig auf ein hölzernes Gartenhaus zu. Über einem Fenstersims tastet er nach irgendwas, dann hält er einen kleinen, glitzernden Gegenstand in der Hand. Das könnte vielleicht ein Schlüssel sein, vermute ich. Stimmt auch, denn wir sehen dabei zu, wie er ihn ins

Türschloss steckt, ihn rumdreht und dann geht die Tür auf. Kurze Zeit später kommt er zurück; Düse und ich können gerade noch hinter einem Busch verschwinden, ehe er uns bemerkt. Das Ganze ist so schnell gegangen, dass Düse gar keine Gelegenheit hatte durch ein Fenster zu spähen, um zu sehen, was der Kolbe in dem Gartenhaus gewollt hat. Aber wir können es uns ja denken, in dem Haus war etwas versteckt, was die Polizei nicht gefunden hat, und von dem nur er wusste, wo er es suchen konnte. Aber es muss ein Schlüssel oder etwas anderes ganz Kleines sein, denn er hat nichts in seiner Hand, als er aus der Holzhütte wieder rauskommt. Vorschriftsmäßig schließt er wieder ab, legt den Schlüssel ordnungsgemäß zurück und geht zurück zum Auto. Wir rennen so schnell wir können ebenfalls wieder zu Düse's Wagen. Düse gibt alles und ich sowieso. Wir sind also wieder im Auto und starten neu durch. Gerade können wir noch sehen, wie der silbrige Flitzer vom Kolbe plötzlich rechts abbiegt. Er fährt Richtung Innenstadt und will zum Bahnhof, so wie es aussieht. Richtig geraten, zum Glück sind hier meistens genug Parkplätze. Wir schaffen es, in der Nähe von Kolbe zu parken, ohne dass er uns bemerkt. Leute wie er merken sich ohnehin nur selten Gesichter, die für sie nicht wichtig sind. Mein Herrchen hat ein Durchschnittsgesicht, wie er immer sagt; wäre er eine schöne Frau, dann hätte der Kolbe ihn sich bestimmt genauer angesehen. So aber merkt er nicht, dass wir uns in seiner Nähe aufhalten, während er zu der Reihe von Schließfächern geht. Er zieht wahrhaftig einen Schlüssel aus der Tasche und öffnet eines der Fächer. Jetzt muss Düse aber echt aufpassen! Tut er auch, genauso wie ich. Wir sehen zu, wie der Kolbe ein dünnes Bündel mit Geldscheinen daraus hervorholt, aber das ist alles. Er guckt allerdings etwas ratlos aus der Wäsche, offenbar hat er darin etwas anderes zu finden gehofft. Geld bringt man doch in aller Regel zur Bank, vielleicht war es Schwarzgeld, von dem keiner was wissen durfte, vermutet Düse. Es muss jedenfalls etwas sehr Wichtiges für ihn gewesen sein, was der Kolbe da gesucht hat, aber es ist eindeutig nicht da. Enttäuscht wendet er sich ab und geht langsam weg. Jetzt können wir uns auch Zeit lassen. Es ist egal, wohin der Kolbe fährt, wir wollen ihn vorerst in Ruhe lassen, entscheidet Düse. Na, wenn er meint…

Informationsaustausch

Am späten Nachmittag läutet das Telefon und Erwin ist dran. Er hat tolle Neuigkeiten für uns. Eine kleine Sensation, wie Düse sagt. Eigentlich hätte Erwin ihm das noch gar nicht erzählen dürfen, aber es wird in den nächsten Tagen ohnehin in der Zeitung stehen, das ist sicher, deshalb hat Erwin Düse vorab eingeweiht, weil er weiß, dass Düse die Klappe halten kann.

Die Sache ist nämlich die: Bei der Polizei hat sich ein Rechtsanwalt gemeldet, der hatte Urlaub und war einige Wochen verreist. Zu Hause hat er dann von dem Mord an Gunda Schuster erfahren. Die Frau Schuster war nämlich seine Mandantin, und hat ihm einen Brief anvertraut, den er im Fall ihres Todes öffnen und zur Polizei bringen soll. Das hat er getan, und in dem Brief gibt Frau Schuster zu, auch mit Kolbe ein Verhältnis gehabt zu haben. Tatsächlich zur gleichen Zeit wie mit dem Herrn Seewald. Von dieser Affäre mit dem Kolbe hat sie ein paar verräterische Fotos aufgehoben, die hat vielleicht eine Freundin gemacht oder sie hatte eine Kamera irgendwo aufgebaut, solche Einzelheiten hat Erwin uns nicht verraten. Aber eines steht fest, sie hat versucht, den Kolbe mit diesen Fotos zu erpressen, weil er irgendwann mit ihr Schluss gemacht hat. In den hatte sie sich wohl echt verguckt, aber der ist ja von dem Geld seiner Frau abhängig und kann sich gar nicht leisten, sie zu verlassen. Tja, Pech gehabt. Jedenfalls wollte Frau Schuster ihn mithilfe der Fotos dazu bewegen, doch bei ihr zu bleiben. Ansonsten wäre sie damit zu seiner Frau gelaufen und hätte ihr brühwarm von ihrem Verhältnis mit ihm erzählt. Die Bilder sind der Beweis, und die wollte sie Frau Kolbe auch zeigen, das hat sie ihm allen Ernstes angedroht. Das konnte der Kolbe natürlich nicht riskieren, deshalb vermutet die Polizei, hat er sie abgemurkst. Sie hat ihm weisgemacht, dass sie die Bilder und einige andere persönliche Wertsachen in einem Schließfach am Bahnhof aufbewahrt.

Damit hat sie ihn auf eine falsche Fährte gelockt, denn in dem Schließfach war ja nur etwas Geld, das haben Düse und ich ja mit eigenen Augen gesehen. Seine Enttäuschung darüber muss wirklich grenzenlos gewesen sein, und so wie es aussieht, waren Düse und ich die Letzten, die ihn gesehen haben. Er ist auch schon seit Tagen nicht mehr zuhause aufgetaucht, sondern ist flüchtig. So sieht es also aus. Morgen früh soll Düse nun ins Präsidium kommen, um noch mal eine Aussage zu machen. Darüber, wie wir den Kolbe bis zum Bahnhof verfolgt und gesehen haben, wie er sich an dem Schließfach zu schaffen gemacht hat. Das muss alles schriftlich festgehalten werden, sagt Erwin. Wissen wir doch, schließlich sind wir auch Profis, Düse und ich.

Aber was ist nun mit Frau Seippel? Das lässt Düse keine Ruhe. Er hat sogar bei den Seewalds angerufen und sich nach ihr erkundigt. Frau Seewald war am Telefon und hat gesagt, dass sie Frau Seippel nach dieser Geschichte natürlich nicht mehr im Haus behalten wollen, aber sie bekommt eine kleine Rente von ihnen ausgesetzt, weil sie es schließlich gut gemeint hat. Nachdem Frau Seippel ins Krankenhaus gekommen ist, haben die Seewald's auf ihrem Schreibtisch einen Abschiedsbrief gefunden, den sie an das Ehepaar geschrieben hatte, denn da dachte sie ja noch, dass sie sterben würde. In diesem Brief hat sie zugegeben, dass sie Herrn Seewald öfter nachgestiegen ist und ihn beobachtet hat, weil sie hinter seine Affäre mit Frau Schuster gekommen ist. Es hat sie total sauer gemacht, dass ihr Chef seine Frau ausgerechnet mit so einer wie der Schuster betrogen hat. Deshalb hat sie die Briefe geschrieben, weil sie gehofft hat, dass Herr Seewald dann Angst kriegt und alles seiner Frau beichtet. Aber stattdessen ist ja alles ganz anders gekommen. Sie ist ihm auch nachgegangen, als er das erste Mal zu uns gekommen ist. Aber ihn persönlich zur Rede zu stellen, dazu war sie leider zu feige, schließlich war sie ja auch nur seine Hausangestellte. Deshalb hat sie ihm die Briefe in den Postkasten gesteckt, damit kein Poststempel darauf zu erkennen war und ihn einmal mit verstellter Stimme angerufen. Auf eine Anzeige wegen der Briefe werden die Seewald´s verzichten, und wenn Frau Seippel aus dem Krankenhaus entlassen wird, dann zieht sie zu ihrer Schwester nach Hannover. Das wollte sie ohnehin, wenn sie nicht mehr arbeitet, allerdings wäre das offiziell erst in zwei Jahren gewesen, aber nun geht sie eben etwas eher dorthin. Das wäre also geklärt.

Düse und ich waren gerade eben bei Erwin. Der hat ein Protokoll geschrieben von Düse`s Aussage und dann konnten wir wieder gehen. Erwin hat sich noch erkundigt, wer denn die Frau war, mit der wir zur Hochzeit von Marlene gekommen sind, und Düse hat ihm verraten, dass Thea für ihn arbeitet.

„Das ist aber mal eine Nette, die solltest Du Dir vielleicht auch privat an Land ziehen", hat Erwin Düse vorgeschlagen. Aber ich fürchte, Düse ist noch nicht über Marlene hinweg. Ob er das wohl jemals schaffen wird?

„Sobald Ihr Kolbe geschnappt habt, möchte ich Bescheid bekommen", hat Düse Erwin gebeten, und der hat ihm das auch fest versprochen. Auf Erwin kann man sich verlassen, sagt Düse. Er ist ein echter Freund, und so einen kann Düse jetzt wirklich gut gebrauchen.

Dann tut sich eine Weile gar nichts, und wir kriegen auch keine neuen Aufträge.
„Ist vielleicht das Sommerloch", sagt Düse lapidar dazu.
Thea poliert sich im Büro die Nägel, jedenfalls, wenn Düse nicht hinschaut, und ich langweile mich auch. Außerdem wird es Zeit, dass endlich wieder etwas Geld in die Kasse gespült wird, sonst müssen wir bald am Hungertuch nagen, fürchte ich. Notfalls muss Düse doch wieder untreue Ehefrauen und Männer, die fremd gehen, beschatten. Aber noch hat er ein paar Reserven, wie er sagt.

Das Ende

Dann läutet eines Tages das Telefon und Erwin meldet sich.
„Wir haben Kolbe geschnappt!"

Das brüllt er fast ins Telefon. Seit Wochen läuft ja schon eine Fahndung nach ihm, und sein Steckbrief hängt immer noch an vielen Stellen in der Stadt. Gerade vorgestern habe ich das Plakat noch in einem Schaufenster gesehen. Da war es nur eine Frage der Zeit, bis ihn jemand erkennen und an die Polizei verpfeifen würde. Eine Frau hat sich gemeldet und gesagt, dass sie ihn an einem Geldautomaten in der Stadt gesehen hat. Das Geld aus dem Schließfach hat er wohl aufgebraucht. Aber am Automaten hat er nichts mehr gekriegt, denn seine Frau hat verständlicherweise schnell alle Konten sperren lassen. Die ist wohl mächtig sauer auf ihn. Bei allen anderen Weibergeschichten hat sie ja lange beide Augen zugedrückt, aber bei Mord hört der Spaß eindeutig auf, das hat sie wörtlich gesagt, so hat Erwin erzählt.

Erwin hat auch berichtet, dass die Polizei einen anonymen Hinweis gekriegt hat. Die Anruferin hat gesagt, dass sie meinte, den Kolbe in der großen Einkaufspassage der Stadt gesehen zu haben. Da gibt es ein Pfandhaus, das ist ein Geschäft, in dem man kurzfristig Sachen abgeben kann, Geld dafür bekommt, und wenn man rechtzeitig wieder flüssig ist, dann hat man die Möglichkeit sie wieder zu bekommen, so hat Düse mir das seinerzeit erklärt. Er musste nämlich da auch mal seine goldene Armbanduhr hinbringen, das war zu der Zeit als wir fast pleite waren, aber zum Glück konnte er sie doch irgendwann wieder auslösen. Damals ging es uns gar nicht gut, daran erinnere ich mich auch noch. Jedenfalls wollte die Anruferin da wohl auch etwas hinbringen oder abholen, aber das ist den Leuten meistens peinlich, daher wollte sie der Polizei ihren Namen nicht nennen, als sie angerufen hat, meint Erwin. Sie hat den Kolbe wohl gleich erkannt, obwohl der sich in der Zwischenzeit einen Bart zugelegt hat und eine Brille aufgesetzt hatte. Vielleicht war das sogar eine Bekannte oder auch eine abgelegte Geliebte von ihm, wer weiß? Natürlich haben die Bullen sofort reagiert und eine Streife hingeschickt. Als der Kolbe dann die Uniformierten gesehen hat, da ist er sofort total panisch geworden und hat den Leihhausbesitzer kurzfristig sogar als Geisel genommen. Aber eigentlich hätte er wissen müssen, dass er keine echte Chance hatte, denke ich. Trotzdem hat er es geschafft, die beiden Polizisten zu zwingen, ihm ihre Waffen zu geben. Der Besitzer vom Pfandhaus musste die Beamten mit ihren eigenen Handschellen fesseln, und dann ist der Kolbe mit seiner Geisel raus. In der Zwischenzeit war aber zum Glück die zuvor angeforderte Verstärkung der Polizei angekommen. Dann gab es tatsächlich noch einen kurzen Schusswechsel mit Kolbe, bevor er dann vernünftigerweise doch aufgegeben hat. Verletzt worden ist dabei zum Glück aber niemand, weil die Einkaufspassage zu der Zeit noch relativ menschenleer war.

Die Beweise gegen Kolbe sind letztlich erdrückend, daher musste er auch zugeben, dass er einen heftigen Streit mit Frau Schuster gehabt hat, und in dessen Verlauf einfach die Nerven verloren hat. Sie hat ihn furchtbar angebrüllt und wollte partout nicht nachgeben. Immer nur die Geliebte im Hintergrund zu sein, das war ihr auf die Dauer nicht mehr genug, so soll sie gesagt haben. Wäre aber eindeutig besser für sie gewesen, sich mit dieser Rolle abzufinden, dann würde sie schließlich noch leben. Da lag ein Brieföffner rum, und den hat der Kolbe sich geschnappt und im Affekt zugestochen. Weil der Kolbe wusste, dass Frau Schuster in dem Gartenhäuschen ein geheimes Versteck hatte, für einige Sachen, die sie nicht in der Wohnung aufbewahren wollte, und um die sie ihren Mann seinerzeit auch beschummelt hatte, konnte er den Schlüssel zu dem Schließfach da rausholen. Frau Schuster hat aber wohl doch eine leise Ahnung gehabt, dass es besser sein könnte, einem Rechtsanwalt die verräterischen Fotos anzuvertrauen, und deshalb hat sie das Schließfach zwar behalten, aber es war außer dem gebunkerten Geld nix mehr drin. Deshalb hat Kolbe sie eigentlich umsonst um die Ecke gebracht, sagt Düse. Außerdem kommt ja jetzt noch die Geiselnahme hinzu, der Kolbe wird bestimmt lange Zeit hinter schwedischen Gardinen verbringen müssen, aber leid tut mir das nicht.

Also ehrlich, auf Mord und Totschlag kann ich in Zukunft gern verzichten! Thea sagt auch, dass ihr die weniger gefährlichen Sachen eindeutig lieber sind. Düse hat jetzt einen Auftrag ergattert, in dem es darum geht, eine junge Frau zu suchen, die seit einigen Monaten untergetaucht ist. Ihre Eltern machen sich große Sorgen, weil sie einer Sekte beigetreten ist. Mit diesen Leuten wollte sie nach Indien. Seither ist sie von der Bildfläche verschwunden. Aber dahin will ich keinesfalls, das muss ich Düse unbedingt klarmachen! Da bleibe ich lieber bei Thea, das steht fest. Aber ich glaube eigentlich gar nicht, dass Düse sie tatsächlich bis nach Indien verfolgen wird, er hat doch Flugangst. Aber das hätte ich vielleicht gar nicht verraten dürfen, tut mir leid! Macht es gut und passt weiterhin auf Euch auf.

Man sieht sich – Euer Donny.

Donny´s

große

Stunde

Der Auftrag

Hallo Leute, sicher erinnert Ihr Euch an Düse und mich, den Donny. Ach ja, Thea gibt's natürlich auch noch. Die Arme ist nach wie vor rettungslos in ihren Chef verliebt. Ich hätte sie ja gern als Dauerfrauchen, aber ich fürchte, Düse trauert seiner Ex, der Marlene, immer noch nach. Dabei würde Thea viel besser zu ihm passen, ehrlich! Aber da muss ich mich raushalten, alles andere gibt nur Ärger.

Nachdem wir unseren letzten Fall, da spielte ja sogar ein Mord eine Rolle, gelöst hatten, gab es erst mal wieder eine Flaute – leider. Zwar hätte Düse einen richtig großen Auftrag haben können, aber dazu hätte er nach Indien fliegen müssen, und das wollte er nicht. Kann ich verstehen, in so einen Flieger hätte mich auch keiner reingekriegt. Leider kann man nicht sagen, dass wir vom Glück verfolgt sind, denn seitdem haben wir uns nur mühsam über Wasser gehalten. Mal wieder mit dem Beschatten von untreuen Ehemännern und solchen Sachen. Düse hasst solche Aufträge, aber was will er machen, wenn sein Magen knurrt, und ich auch mit traurigem Blick vor meinem leeren Napf stehen muss – irgendwann wird er mürbe und nimmt auch solche Allerweltsaufträge an. Netterweise hat mir Thea ab und zu im Büro eine Extramahlzeit spendiert.

„Ehe Du ganz vom Fleisch fällst", hat sie mitleidig gesagt.

Und sie hat Düse und mich sogar zu sich nach Hause eingeladen und für uns gekocht. Mehrfach sogar, damit er sieht, was für eine tolle Hausfrau sie ist. Ich verstehe ihn nicht, Thea ist lieb, sieht blendend aus und sie ist sogar einige Jahre jünger als Marlene. Düse muss mindestens auf einem Auge blind sein, wenn er nicht sieht, wie gern Thea ihn hat. Und es war Thea, die ihm diesen grandiosen Auftrag zugeschustert hat, an dem wir momentan arbeiten. Sie ist wirklich eine unverzichtbare Stütze für Düse. Thea hat eine Freundin, die arbeitet in einem großen Modehaus in der Damenabteilung. Immer, wenn die da Ausverkauf machen, sagt sie Thea rechtzeitig Bescheid. Dann kann man da nämlich superteure Markenklamotten sehr günstig kaufen. Deshalb ist Thea immer so gut angezogen, während Düse meistens in seinen alten Jeans rumläuft. Aber das sind Äußerlichkeiten, mich stört´s nicht. Und manchmal ist es sogar hilfreich, wenn man sich so tarnen kann. Jedenfalls kam die Freundin von Thea gestern zu uns ins Büro und wollte mit Düse sprechen. Thea hat sie in sein Büro geführt und sie ihm vorgestellt.

„Nanu? Haben Sie ein Problem, wie kann ich Ihnen helfen?", fragte der erstaunt.

„Mir im Grunde gar nicht, aber ich habe den Verdacht, dass unserer Chefin etwas passiert ist", sagte sie.

„Wie kommen Sie denn darauf?", fragte Düse verblüfft. „Außerdem ist dafür die Polizei zuständig."

„Das weiß ich doch, aber bis jetzt ist es ja nur eine Vermutung."

„Und was kann ich da tun?"

„Ich bin mit der Sekretärin der Chefin befreundet. Frau Wieland ist seit gestern nicht in der Firma gewesen, sonst ist sie immer die Erste und abends die Letzte. Sie arbeitet sehr viel, im Gegensatz zu ihrem Mann. Die Chefin ist die Eigentümerin unseres Modehauses. Ihr Mann hat da nur eingeheiratet und spielt sich gern ein bisschen auf, aber eigentlich ist er mehr eine Art Frühstücksdirektor. Er fährt am liebsten nach München, Paris und Mailand zu den großen Modemessen, geht mit wichtigen Kunden teuer essen und flirtet mit deren Ehefrauen, das wissen wir alle."

„Und wieso kommen Sie auf die Idee, dass Ihrer Chefin etwas passiert sein könnte? Vielleicht ist sie doch selbst zu einer Messe gefahren oder macht eine Kur auf einer Schönheitsfarm. Womöglich ist sie mit ihrem Liebhaber durchgebrannt. Da gibt es tausend Möglichkeiten, warum sie für ein paar Tage nicht ins Büro kommt."

„Nein, so ist sie nicht. Sie würde nie wegbleiben, ohne irgendjemandem in der Firma Bescheid zu geben. Wir machen uns wirklich große Sorgen um sie. Im Gegensatz zu ihrem Mann ist unsere Chefin bei allen sehr beliebt. Wenn sie etwas zu bemängeln hat, bleibt sie stets sachlich und freundlich. Herr Wieland war bis gestern wieder zu einer Modemesse in Hamburg unterwegs, und als er heute ins Büro kam, hat er angedeutet, dass sie zu einer Freundin nach Stuttgart gefahren ist, aber das glauben wir alle nicht."

„Schön und gut, aber wo soll ich denn ansetzen?", fragt Düse etwas ratlos.

Mann, der ist doch sonst nicht so schwer von Begriff. Zum Glück greift Thea ein und sagt: „Du könntest doch auf jeden Fall mal zu den Wielands nach Hause gehen. Vielleicht weiß einer der Hausangestellten was."

„Na gut, aber wenn sich dabei doch kein Ansatzpunkt für 'ne krumme Sache ergibt, dann war's das."

Erleichtert nickt die Freundin von Thea.

„Machen Sie sich keine Sorgen um Ihr Honorar. Selbst, wenn Sie nicht viel rausfinden, bezahlen werden wir Sie auf jeden Fall."

„Sie kennen meinen Stundensatz?"

„Ja."

Dann öffnet sie ihre Handtasche und zieht einen Umschlag heraus, den sie Düse übergibt.

„Hier ist Ihr Honorar für die ersten drei Tage."

Düse nickt scheinbar gleichmütig, aber er nimmt den Umschlag gnädig entgegen. Also wirklich, er pfeift mal wieder aus dem letzten Loch und markiert nach außen trotzdem immer noch den dicken Maxe. Komisch, das ist doch sonst nicht seine Art. Er kann doch froh sein, wenn mal wieder ein bisschen Geld in die Kasse gespült wird. Aufmunternd stupse ich ihn mit meiner Nase an, damit er das kapiert. Aber er fühlt sich in so betuchten Kreisen nicht sonderlich wohl, das weiß ich noch von unserem letzten Fall. Schließlich verabschiedet sich Thea´s Freundin und bittet Düse darum, ihr sofort Bescheid zu geben, wenn er etwas rausgekriegt hat.

„Und sei es noch so unwichtig. Wir wollen alles wissen", betont sie.

Und dann stöckelt sie aus dem Büro. Wenn ich nicht mitgekriegt hätte, dass sie nur als Angestellte in der Damenabteilung eines Modehauses arbeitet, hätte ich sie glatt selbst für eine feine Dame gehalten. Aber von solchen Sachen verstehe ich natürlich nicht viel.

„Du gehst jetzt sofort zu den Wielands", bestimmt Thea und schaut Düse ganz vorwurfsvoll an. Ich glaube, sie hat ihm noch nicht verziehen, dass er den lukrativen

Auftrag, das verschwundene Mädchen zu suchen, abgelehnt hat.

„Na gut. Komm, Donny, wir gehen", ergibt sich Düse in sein Schicksal. „Thea findet, wir sollten was tun."

Recht hat sie, belle ich. Als wir draußen stehen, wirkt Düse wieder unschlüssig. Dann kramt er ein bisschen Kleingeld aus der Tasche und sagt: „Für einen Kaffee im schmutzigen Löffel wird es noch reichen. Vielleicht kommt mir dabei eine Idee. Und einen Vorschuss habe ich schließlich auch schon kassiert."

Ich kenne meinen Freund Düse. Wenn er sich etwas in den Kopf gesetzt hat, dann macht er es auch. Und heute braucht er erst einen Kaffee, damit sein Hirn anfangen kann zu arbeiten. Ich wette, Thea´s Kaffee ist viel besser und auch preiswerter, aber ich glaube, Düse will Zeit schinden. Wenig später sitzen wir an einem kleinen Tisch vor dem Lokal und schauen die Leute an, die da auf und ab flanieren. Bei dem schönen Wetter ist das viel angenehmer als drinnen zu hocken. Und die nette Wirtin hat mir sogar eine Schale mit frischem Wasser hingestellt. Eigentlich habe ich keinen Durst, aber ihr zuliebe schlabbere ich ein wenig davon und lege mich dann zu Düse´s Füßen unter den Tisch und döse ein bisschen. Er wird mich schon wecken, wenn es losgeht.

Eine erste Spur

Uah, das Nickerchen hat gutgetan – ich fühle mich voller Tatendrang, als Düse mich weckt.

„Komm alter Junge, es hilft ja nichts. Ich muss für den Vorschuss wenigstens ein bisschen tun", sagt er, und wir gehen zum Wagen. Die Villa der Wieland´s steht in einem der vornehmeren Viertel unserer Stadt. Es ist zwar ein älteres Haus, aber recht groß, und der Vorgarten sieht sehr gepflegt aus. Düse und ich klettern aus dem Auto und klingeln. Eine Frau in den mittleren Jahren öffnet uns die Tür.

„Sie wünschen?", fragt sie misstrauisch. Düse schenkt ihr sein nettestes Lächeln und sagt: „Bin ich hier richtig bei den Wielands? Gnädige Frau...", setzt er hinzu.

„Ich bin nicht die gnädige Frau", erwidert sie geschmeichelt, aber ihre Miene wird deutlich entspannter. „Ich bin hier nur die Putze", vertraut sie ihm an.

„Was? Das hätte ich mir nicht träumen lassen", sagt Düse galant.

Hoffentlich trägt er nicht zu dick auf, sonst merkt sie doch noch, dass er sie ein wenig veräppelt. Ab und zu hat er nämlich solche Anwandlungen, zum Glück nicht allzu oft, denn ich finde ihn dann einfach nur peinlich. Aber diese Frau ist eindeutig nicht die Hellste, sondern fällt sofort auf ihn rein und lässt sich von seinem öligen Charme glatt komplett einwickeln.

„Worum geht es denn?", fragt sie.

„Ja...", beginnt Düse. „Vielleicht dürfen wir erst mal eintreten. Es ist eine etwas delikate Sache, über die ich mit Ihnen reden möchte."

„Bitte treten Sie näher", fordert sie ihn nun auf.

„Darf ich meinen Hund mit ins Haus nehmen?", fragt Düse bescheiden. „Er neigt dazu, laut zu bellen, wenn man ihn allein lässt."

Ist gar nicht wahr, aber natürlich bleibe ich gern an seiner Seite. Und schon sind wir drinnen - im Allerheiligsten. Düse sieht sich bewundernd um und lobt die elegante Einrichtung. „Und alles macht, sicher dank Ihrer Bemühungen, einen so gepflegten Eindruck", schleimt er sich weiter bei der arglosen Putzfrau ein.

„Ja, das stimmt, hier ist einiges zu tun", bestätigt sie.

Und dann bittet sie uns von der Halle ins Wohnzimmer. Da dürfen wir uns hinsetzen, und sie sieht Düse erwartungsvoll an. Jetzt will sie bestimmt endlich wissen, warum wir gekommen sind.

Düse beginnt also: „Sind Sie schon lange hier beschäftigt?"

„Seit etwa fünf Jahren", bekommt er Auskunft.

„Dann kennen Sie die Herrschaften sicher ganz gut, oder?"

Ihre Miene wird plötzlich verschlossen. „Es ist nicht meine Art, über meine Arbeitgeber zu klatschen", sagt sie missbilligend.

„Um Himmels willen, so habe ich es nicht gemeint", rudert Düse schnell zurück. Dann hat er offenbar beschlossen zu riskieren, die Karten offen auf den Tisch zu legen. Ist manchmal auch das Beste. Und dann erzählt er ihr, allerdings ohne Namen zu nennen, dass einige Freunde, der gnädigen Frau sich große Sorgen machen, weil sie offenbar verschwunden ist und angeblich niemandem gesagt hat, was los ist. „Ich muss Sie in dieser Angelegenheit allerdings um äußerste Diskretion bitten", setzte er hinzu.

„Habe ich mir doch gedacht, dass da was nicht stimmt", platzt die Putzfrau heraus.

„Wie kommen Sie darauf?"

„Also, wenn Sie mich fragen, dann glaube ich, dass die gnädige Frau entführt worden ist. Ihr Mann hat mir vorhin erzählt, dass sie einige Tage zu einer Freundin gefahren ist, aber das habe ich ihm nicht abgenommen, denn es fehlt weder ein Koffer, noch hat sie ihre Kosmetiksachen mitgenommen. Wo doch unsere Gnädige so viel Wert auf ein gepflegtes Äußeres legt. Nee, das kann mir keiner erzählen, die ist nicht freiwillig verschwunden, da bin ich mir sicher!"

Donnerwetter, das hörte sich aber wirklich besorgniserregend an, und Düse macht auch ein bedenkliches Gesicht.

„Sonst hat er Ihnen nichts gesagt?"

„Nein, aber so jemand wie er wird seine Privatangelegenheiten sicher nicht mit seiner Putzfrau besprechen!"

Logisch, wie kann Düse das auch nur einen Moment lang annehmen. Dann prescht er vor und fragt die Putzfrau, ob er mal das Zimmer der gnädigen Frau anschauen darf. Sie zögert einen Moment, aber dann nickt sie und geht voraus, um es uns zu zeigen. Also stiefeln wir über eine breite Treppe hinter ihr her. Den Raum, den wir dann betreten, werde ich so schnell nicht vergessen, denn er ist riesig, so groß wie ein Tanzsaal. Ein gepolstertes und bequem aussehendes Bett steht drin. Am liebsten würde ich gleich draufspringen und es ausprobieren, aber ich fürchte, das gäbe Ärger. Eine breite Wand ist mit eleganten und komplett verspiegelten Schränken bedeckt, während die andere fast nur aus einem großen bodentiefen Fenster besteht. Vor dem Fenster steht ein kleines Tischchen, auf dem jede Menge Glasflacons und

165

Schminksachen stehen. Solchen Frauenkram kenne ich von Thea, die hat im Büro auch so eine Ecke. Wenn sie nach der Arbeit etwas vorhat, dann setzt sie sich davor und macht sich schön. Aber dieses große Zimmer ist irgendwie komisch, es sieht so unbewohnt aus. Total aufgeräumt, kein Staubkörnchen tanzt in der Luft, und es wirkt sogar auf mich irgendwie unpersönlich. Nicht mal eine Grünpflanze steht darin.

„Haben Sie hier schon aufgeräumt?", erkundigt sich Düse jetzt.

„Natürlich habe ich hier geputzt, aber der gnädige Herr hat offenbar vorher schon aufgeräumt. Frau Wieland ist zwar auch eine ordentliche Person, aber ab und zu lässt sie schon mal ein Kleidungsstück auf dem Boden liegen oder so. Auch die Sachen, die ich in die Reinigung bringen soll, legt sie mir raus. Aber als ich heute kam, war schon alles picobello, das hat mich schon ein bisschen gewundert", gibt die Putzfrau zu.

„Aha", mehr sagt Düse nicht dazu. Sicher denkt er das Gleiche wie ich.

„Verzeihen Sie die indiskrete Frage, aber schlafen beide Wielands hier oder nur die gnädige Frau?", prescht Düse nun vor.

„Eigentlich ist es schon das gemeinsame Schlafzimmer, aber es gibt noch mehrere Gästezimmer im Haus, und eines davon wird häufig von Herrn Wieland genutzt."

Wieder ein verstehendes aha von Düse. Und dann fragt er ganz direkt: „Hat er eine Freundin oder ist die Ehe glücklich?"

Die Putzfrau wird schlagartig wieder sehr vorsichtig, und dann sagt sie: „Das entzieht sich meiner Kenntnis, und im Übrigen möchte ich Sie bitten, jetzt zu gehen."

Verlegen entschuldigt sich Düse. „Verzeihen Sie, ich wollte Ihnen nicht zu nahetreten. Es ist nur so...", weiter kommt er nicht.

„Ja, ich weiß, angebliche Freunde von Frau Wieland machen sich Sorgen. Dann schicken Sie die doch mal her. Die meisten von Ihnen kenne ich von Partys, die häufig hier im Haus stattfinden. Dann komme ich immer zum Servieren. Ich habe Ihnen schon viel zu viel gesagt."

Jetzt hat sogar Düse begriffen, dass es klüger ist, wenn wir uns verkrümeln. Hier ist nix mehr zu holen, soviel ist klar.

„Komm Donny, wir gehen", sagt er zu mir.

Und natürlich widerspreche ich nicht. Er wird sich wohl etwas anderes einfallen müssen, um mehr rauszufinden.

Zufall?

Aber erst mal wollen wir zurück ins Büro. Unterwegs klingelt Düse´s Handy, und als er abnimmt, meldet sich Thea in ungewohnt geschäftsmäßigem Ton, also ist sie nicht allein.

„Wo sind Sie, Herr Düsediekerbäumer? Ein neuer Klient wartet hier auf Sie."

„Wir sind ohnehin schon auf dem Weg ins Büro", vertröstet Düse Thea.

„Gut, dann bis gleich", antwortet sie und legt auf.

„Das ist doch wirklich komisch, findest Du nicht?", fragt Thea, als wir reinkommen.

Sie hat Herrn Wieland schon in Düse´s Büro geführt und ihm einen Kaffee serviert, damit ihm die Wartezeit nicht zu lang wird.

„Herr Wieland ist hier?", vergewissert sich Düse ungläubig.

„Ja, das finde ich auch seltsam", bestätigt Thea.

Dann betreten Düse und ich den Raum, den er Büro nennt. Thea schimpft immer, dass er keine Ordnung halten kann, aber so ist Düse nun mal. Er nennt das „kreatives Chaos", wenn sein Schreibtisch überquillt mit allem möglichen Kram. Düse weigert sich nämlich konsequent, einen neumodischen Computer zu benutzen, wie Thea ihn bevorzugt. Sein alter reicht ihm, obwohl der längst nicht so viele Funktionen hat. Ab und zu versucht sie seine erledigten Sachen in den Aktenschrank zu räumen, aber anschließend behauptet Düse oft, er könnte nichts wiederfinden. Dann muss Thea ran und ihm raussuchen, was er braucht. Notfalls geht sie zu ihrem PC und druckt es ihm noch mal aus. In Düse´s Büroraum gibt es eine kleine Besucherecke. Dort sitzt Herr Wieland und wartet auf Düse und mich. Düse begrüßt ihn freundlich und bittet ihn, Platz zu behalten. Während ich es mir unter seinem Schreibtisch bequem mache, fragt er: „Herr Wieland, was führt Sie zu mir?"

„Das kann ich Ihnen sagen. Meine Frau ist entführt worden", platzt er heraus. „Hier sehen Sie, dieses Schreiben fand ich heute früh hinter der Windschutzscheibe meines Wagens", erklärt er und reicht Düse ein Blatt Papier.

Der nimmt es, schaut kurz darauf und sagt: „Ist das nicht eher ein Fall für die Polizei?"

Daraufhin wird Herr Wieland sehr verlegen, aber schließlich antwortet er: „Im Grunde schon, da haben Sie ganz recht. Aber abgesehen davon, dass die Entführer das natürlich nicht wollen, wie Sie ja gelesen haben, möchte ich es auch nicht."

„Wieso?", fragt Düse verblüfft.

„Nun, die Sache ist die", beginnt Herr Wieland etwas umständlich zu erklären, „ich bin polizeilich kein unbeschriebenes Blatt. Schon allein deshalb würde ich garantiert sofort zu den Verdächtigen gehören. Aber ich liebe meine Frau. Ich könnte ihr nie etwas antun. Und zuerst habe ich das Ganze ohnehin für einen üblen Scherz gehalten. Aber als meine Frau nicht im Büro war und ich sie auch zu Hause nicht erreichen konnte, da war mir klar, dass der Zettel leider kein Witz war."

Jetzt ist sogar Düse einen Moment lang um Worte verlegen. Dann erkundigt er sich vorsichtig: „Ihre Frau wusste, äh, von Ihrer Vergangenheit?"

„Selbstverständlich, das war unvermeidlich. Aber ich habe meine Strafe abgesessen, außerdem ist es lange her, fast noch eine Jugendsünde. Aber ich fühle mich immer noch sehr unsicher im Umgang mit den Strafbehörden, deshalb möchte ich die Polizei aus dieser Sache möglichst heraushalten."

„Aber bei der Kripo hat man ganz andere Möglichkeiten, den Tätern auf die Spur zu kommen. Das ist Ihnen schon klar, oder?", fragt Düse.

„Natürlich weiß ich das. Aber seit damals vertraue ich nur noch wenigen Leuten. Auch in der Firma gelte ich als arrogant und schroff. Aber das ist Selbstschutz", behauptet Herr Wieland.

Ich kann mir nicht helfen, irgendwie glaube ich ihm, und Düse scheint das auch zu tun, denn er sagt: „Also gut. Aber ich übernehme keinerlei Garantien in dieser Sache, das muss ich betonen. Verzeihen Sie, aber was haben Sie angestellt? Kann die Entführung Ihrer Frau womöglich mit Ihrer damaligen alten Verfehlung zusammenhängen?"

Herr Wieland überlegt eine Weile, bevor er antwortet. Dann sagt er: „Wir haben damals einen Bruch gemacht, zwei Freunde und ich. Dabei sind wir erwischt worden. Ich habe nur das Fluchtfahrzeug gefahren, aber als es drauf ankam, sprang meine Karre nicht an. Deshalb haben die Bullen uns erwischt. Das haben Viktor und Holger mir natürlich schwer übelgenommen. Drei Jahre haben sie dafür kassiert und auch abgesessen. Ich habe zweieinhalb Jahre bekommen, weil ich an der Tat nicht direkt beteiligt war. Aber das war ja auch nicht viel weniger. Wie gesagt, das ist lange her. Ich habe bei unserer Heirat den Namen meiner Frau angenommen, unter anderem auch deshalb, weil ich mit meinem alten Leben komplett abschließen wollte."

„Gut, aber ich brauche dennoch Ihren vorigen Namen und die Ihrer Komplizen von damals ebenfalls. Es könnte sein, dass sich einer von ihnen oder auch alle beide an Ihnen rächen wollen, schließlich haben Sie Ihnen drei Jahre Knast zu verdanken. Haben Sie mit einem von ihnen später noch einmal Kontakt gehabt?"

„Nein. Nach meiner Entlassung aus der Haft bin ich in eine andere Stadt gezogen. Zwei Jahre später bin ich hierhergekommen. Ich weiß nicht, wo meine Freunde von damals abgeblieben sind. Aber das ist schon weit über zehn Jahre her, und ich habe doch auch gesessen, so ist es ja nicht", wendet Herr Wieland ein.

„Trotzdem. Vielleicht hat einer von ihnen nun rausgefunden, wo und vor allem in welch gutsituierten Verhältnissen Sie jetzt leben. Ich brauche auf jeden Fall ihre vollständigen Namen."

„Holger Dunst und Viktor Klemm. Ich hieß früher Sven Michalke", kommt es wie aus der Pistole geschossen.

„Gut, fangen wir damit an. Aber einige weitere Fragen müssen Sie mir dennoch beantworten. Und wie kommen Sie gerade auf mich? Meine Detektei ist keinesfalls die größte und bekannteste in der Stadt."

„Ich habe einfach in den Gelben Seiten nachgeschlagen. Da wurde Ihre Agentur als Erste aufgeführt. Ich nehme an, weil Ihr Nachname mit D beginnt, also im Alphabet relativ weit vorn ist. Wenn Sie keinen vertrauenswürdigen Eindruck auf mich gemacht hätten, dann hätte ich mich einfach unter einem Vorwand ganz schnell wieder verabschiedet. Aber, als sie mit Ihrem Hund hereinkamen, hatte ich sofort ein gutes Gefühl", beteuert Herr Wieland treuherzig.

Das mag stimmen oder nicht, auf jeden Fall tut Düse so, als ob er ihm Glauben schenkt. Ich bin mir da allerdings nicht so sicher. Womöglich hat er seine alten Kumpane von früher sogar mit der Entführung seiner Frau beauftragt, und hat Düse und mich nur zur Tarnung angeheuert. Vielleicht denkt er, dass wir kein Spitzenteam sind und das nicht rauskriegen werden. Zu diesem Zeitpunkt ist noch alles offen. Düse quetscht Herrn Wieland noch eine ganze Weile aus. Er fragt nach den Gewohnheiten seiner Frau und vielen anderen Dingen, die ihm helfen können, Licht ins Dunkel zu bringen. Auf der ersten Nachricht der Entführer stehen nur wenige Worte. Trotzdem bittet Düse Herrn Wieland darum, den Zettel eine Weile behalten zu dürfen, damit er ihn erst mal auf mögliche Fingerabdrücke untersuchen kann. Schließlich rückt Herr Wieland noch einen Vorschuss raus, und dann verabschiedet er sich von uns. Er verspricht, sich gleich bei Düse zu melden, wenn die Entführer seiner Frau sich wieder gemeldet haben.

Erwin wird eingeschaltet

Nachdem Herr Wieland gegangen ist, will Thea sofort wissen, was er gesagt hat. Eigentlich ist Düse ja der Privatdetektiv, aber er bespricht seine Fälle trotzdem oft mit Thea. So zeigt er ihr auch den Zettel, den Herr Wieland angeblich heute Morgen hinter dem Scheibenwischer seines Autos gefunden hat. Darauf steht nur:

Wir haben Ihre Frau. Keine Polizei, sonst sehen Sie Ihre Frau nie wieder! Wir melden uns.

Das ist auf einem Computer geschrieben. Und eine Unterschrift fehlt natürlich auch. Könnte also jeder gewesen sein. Das bringt uns nicht wirklich weiter. Aber immerhin kennt Düse die Namen der ehemaligen Komplizen von Herrn Wieland. Und weil Erwin, sein alter Freund bei der Polizei, ihm noch einen Gefallen schuldig ist, wird Düse ihn in diesem Fall um Hilfe bitten.

„Aber ich denke, die Polizei soll davon nichts erfahren, wie willst Du das denn anstellen?", fragt Thea.

Aber da hat Düse schon eine Idee.

„Natürlich kann ich Erwin nicht sagen, worum es geht, aber vielleicht kriege ich ihn dazu, dass ich einen Blick in die Akten von damals werfen kann. Damit wäre mir schon sehr geholfen", meinte Düse.

„Das ist aber für Erwin ein ziemlich großes Risiko", wendet Thea ein.

Düse nickt. „Ich weiß."

Erwin ist gutmütig und hat Düse schon öfter geholfen. Die beiden kennen sich schon ewig, das verbindet, auch wenn Düse seinen Dienst bei der Polizei quittiert hat. Seitdem ist er da nicht mehr so gern gesehen. Aber

Erwin stört sich nicht daran und schmuggelt Düse notfalls nach Feierabend rein. Marlene, seine Exfrau, hat ihm nie verziehen, dass er seinen Beamtenstatus aufgegeben hat, bloß, weil er mit einem seiner Vorgesetzten nicht klargekommen ist. Düse ist eben impulsiv. Er ruft Erwin an und fragt ihn, ob er Zeit und Lust hat, sich mit ihm auf ein Glas Bier zu treffen.

„Was willst Du?", fragt Erwin unverblümt.

Bestimmt hat er den Braten gerochen, denn Düse ruft ihn meistens nur an, wenn er seine Hilfe braucht.

„Wieso?", tut Düse unschuldig, „ich will mal wieder mit Dir ein Bier trinken gehen."

„Das ist doch nicht alles."

„Na ja, um ehrlich zu sein, nicht ganz. Ich brauche einige Infos über zwei Ex-Knackis. Die Sache ist schon etwas länger her", gibt Düse zu.

„Alles klar. Wie heißen sie und was haben sie verbrochen?"

„Holger Dunst, Viktor Klemm und Sven Michalke. Die drei sind bei einem Bruch erwischt worden. Die Sache liegt fünfzehn Jahre zurück."

„Dir ist schon klar, dass ich mich dafür ziemlich weit aus dem Fenster lehne, wenn ich Dir die Akten besorge, oder?", fragt Erwin.

„Ja, schon", gibt Düse zu, „aber es ist wichtig!"

„Bei Dir ist immer alles wichtig", brummt Erwin. „Ich melde mich."

Und dann legt er auf, und Düse bittet Thea mal die Namen der beiden ehemaligen Komplizen von Herrn Wieland durch den Computer zu jagen. Vielleicht findet sie dabei auch schon was heraus. Sie hat da so ihre ganz eigenen Methoden, wie Düse sagt. Außerdem kennt sie Gott und die Welt, hat einen Bekannten im Einwohnermeldeamt und auch Freunde an einigen anderen strategisch wichtigen Stellen. Thea ist für Düse echt Gold wert. Für mich natürlich auch, und das nicht nur, weil sie mich morgens immer mit einem Leckerli begrüßt. Nee, auf Thea lasse ich nix kommen. Sie soll außerdem ihre Freundin aus dem Modehaus Wieland anrufen und ihr sagen, dass Düse inzwischen auch denkt, dass ihre Chefin entführt worden ist. Mehr darf sie zu diesem

Zeitpunkt natürlich nicht wissen. Vor allem nicht, dass Düse Erwin von der Sache was gesagt hat. Aber auch in diesen Dingen, ist auf Thea Verlass.

„Du machst das schon", sagt Düse zu Thea, bevor wir gehen.

Düse will sich nämlich noch mal in der Nachbarschaft umhören, möglicherweise hat von denen doch jemand etwas mitgekriegt. Und, nachdem Herr Wieland ihn ja selbst eingeschaltet hat, kann er das tun, ohne mit ihm Ärger zu kriegen.

Entführt

Elke Wieland erwachte fröstelnd. Langsam schlug sie die Augen auf und versuchte sich daran zu erinnern, was geschehen war. Sie fühlte sich noch immer ganz benommen von dem Zeug, mit dem man sie außer Gefecht gesetzt hatte. Sie seufzte, und versuchte mühsam sich aufzurichten, aber das war gar nicht so einfach. Ihr ganzer Körper fühlte sich stocksteif an. Zudem hatte sie arge Kopfschmerzen. Langsam, ganz langsam vielen ihr Bruchstücke des vergangenen

Abends ein. Sie war allein zu Hause gewesen, hatte ein Glas Wein getrunken und wollte gerade zu Bett gehen, als sie ein Geräusch gehört hatte. Gleich danach hatte man ihr einen scheußlich riechenden Lappen auf Mund und Nase gedrückt, und kurz darauf war sie ohnmächtig geworden. Das war´s. Gesehen hatte sie leider niemanden. Wenn doch nur ihr Kopf nicht so heftig pochen würde. Wo war sie hier? Gab es wirklich keine Möglichkeit, um Hilfe zu rufen oder sich zu befreien? Gefesselt hatte man sie zum Glück nicht. Sie lag auf einer Art Pritsche, über die eine dünne, nicht besonders saubere Decke gebreitet war. Ein kleines Sofakissen für den Kopf hatte der Entführer ihr auch zugestanden. Neben ihr stand eine Flasche Mineralwasser, aber kein Glas. Elke verabscheute es normalerweise aus der Flasche zu trinken, aber nun griff sie danach und trank gierig einen Schluck, dann noch einen und noch einen. Danach fühlte sie sich etwas besser. Langsam begann ihr Hirn wieder normal zu arbeiten. Sie tastete ihre Arme und Beine ab, konnte aber keine blauen Flecken oder andere Verletzungen entdecken. Außerdem war sie vollständig bekleidet. Eine Vergewaltigung schied wohl aus, wie sie erleichtert feststellte, obwohl sie sich an nichts weiter erinnern konnte. Sie stand auf und untersuchte den Raum, in dem man sie gefangen hielt. Er war relativ klein, und außer der Liege stand kein Möbelstück darin. Spärliches Licht fiel durch ein schmales, vergittertes Fenster, das relativ hoch angebracht war. Zu hoch, um es zu erreichen. Elke nahm an, dass sie sich in einem Keller befand. Aber wieso hatte man ausgerechnet sie entführt? So groß war ihr Vermögen nun auch wieder nicht. Die Leute dachten immer, jemand, der ein Modehaus besaß, müsse automatisch reich sein. Die meisten unterschätzten leider die finanziellen Verpflichtungen, die damit einhergingen. Natürlich mussten sie und Sven nicht am Hungertuch nagen, aber mehrere Millionen hatten sie trotzdem nicht auf ihren Konten. Und einen aufwändigen Lebensstil, der den Neid anderer Leute hervorrufen konnte, führten sie auch nicht. Warum also? Sie zermarterte sich ihr Gehirn und versuchte verzweifelt, ein Motiv zu finden. War sie jemandem zu nahegetreten? Nein, auch daran konnte sie sich beim besten Willen nicht erinnern. Und selbst wenn, wer würde daraufhin zu einer so drastischen Maßnahme greifen, um sie zu bestrafen. Am Ende kam sie zu dem Schluss, dass ihre derzeitige Situation eigentlich nur mit Sven´s Vergangenheit zu tun haben konnte. Er hatte ihr seine Vorstrafe gebeichtet, aber seitdem hatten sie nie mehr darüber gesprochen, und in der Firma hielt sie weiterhin die Fäden in der Hand. Selbst, wenn er sich dort ohne ihr Wissen hätte bereichern wollen, dann wäre das unweigerlich aufgefallen. Aber hatten seine alten Kumpel von damals wirklich damit zu tun? Soweit sie wusste, hatte Sven seit der Zeit zu keinem von ihnen mehr Kontakt. Trotzdem war es natürlich möglich, dass ihn seine Vergangenheit eingeholt hatte. Je länger sie über diese Möglichkeit nachdachte, desto wahrscheinlicher erschien es ihr, dass seine Freunde von früher sie entführt hatten, um von ihm Lösegeld für ihre Freilassung zu erpressen. Natürlich kam es dabei auf die Höhe der Summe an, viel Bargeld war nicht da, das wusste sie.

Notfalls würde ihre Hausbank sicher helfen. Diese Ungewissheit machte sie noch nervöser. Sie hoffte, einer der Entführer würde endlich auftauchen, um nach ihr zu schauen. Ein Blick auf ihre kleine, goldene Armbanduhr sagte ihr, dass es kurz vor Mittag war. Sie begann zu rufen: „Hilfe! Hilfe, hört mich jemand?"

Erst leise, dann immer lauter. Keine Reaktion. Wollte man sie hier etwa verhungern lassen? Das durfte doch wohl nicht wahr sein! Sie spürte, wie ihre anfängliche Verzweiflung langsam mehr und mehr in Zorn umschlug. Derzeit war sie machtlos, aber dieses Gefühl durfte sie keinesfalls zulassen. Sie war immer eine Kämpferin gewesen, gerade und vor allem in Krisenzeiten hatte sie immer Stärke bewiesen, das war die einzige Möglichkeit, die ihr blieb, auch das hier unbeschadet zu überstehen. Daher setzte sie sich hin und entwarf einen Plan, was sie tun könnte, wenn jemand auftauchen würde. Reden! Hieß es nicht immer, man sollte die Leute in ein Gespräch verwickeln, um zu versuchen, eine persönliche Beziehung zu den Entführern aufzubauen? Ab und zu war das hilfreich. So kannte sie das jedenfalls aus dem Fernsehen. Aber dies hier war kein Krimi, sondern die raue Wirklichkeit. Da sah sicher manches anders aus.

Was wissen die Nachbarn?

Nachdem wir unsere Mittagspause im „schmutzigen Löffel" verbracht haben, das ist ja Düse´s Stammlokal, fühlen wir uns beide gestärkt für weitere Aktivitäten. Während Thea im Büro ihr Telefon und den PC heiß laufen lässt, fahren Düse und ich noch mal los, um die Nachbarn von Wielands zu befragen. Mal sehen, was dabei rauskommt. Das Viertel, in dem Wielands wohnen, ist wirklich nobel. Da stehen einige tolle Häuser, aber ihres fällt trotzdem nicht besonders auf. Es ist sogar noch eine der weniger pompösen Villen, jedenfalls von außen.

„Was meinst Du, Donny? Mit wem fangen wir an?"

Das war ja wohl eher eine Scherzfrage, deshalb antworte ich erst gar nicht darauf, sondern schaue Düse nur an. Wer von uns beherrscht denn letztlich die Sprache der Menschen - er oder ich? Langsam lässt Düse seinen Blick über die schönen Hausfassaden schweifen. Dann sagt er: „Hier lässt sich's leben!"

Stimmt, aber ich fühle mich in unserem Zuhause ebenso wohl. Düse's Haus ist sicher nicht so elegant, aber recht gemütlich und für uns zwei auch groß genug. Was will man denn mehr? Dann hat Düse sich entschieden und driftet nach links ab. Er steuert auf das größte Haus in dieser kleinen Straße zu. An der Haustür sind gleich zwei Klingelschilder. Zunächst drückt er auf die untere Klingel, und wir hören eine fragende Stimme sagen: „Ja bitte?"

„Guten Tag. Gestatten Sie, mein Name ist Düsediekerbäumer. Kann ich Sie bitte einen kurzen Moment sprechen?"

Wenn nötig, kann Düse durchaus höflich und verbindlich sein.

„Wir kaufen nichts!", schallt es zurück.

Und dann bleibt die Sprechanlage still. Düse drückt noch einmal, aber mit mehr Nachdruck, auf die Klingel. Nichts. Er versucht es noch mal. Dann hören wir: „Ich sagte doch..."

„Nein, Moment mal, darum geht es nicht", unterbricht Düse.

„Was wollen Sie dann?"

„Ich hätte gern mit Ihnen ein paar Worte über Ihre Nachbarn gewechselt, es ist wirklich wichtig...", beginnt Düse, und schon geht die Tür wie von Zauberhand auf. Wir gehen rein und stehen in einer geräumigen Diele. Eine breite Treppe führt hinauf ins Obergeschoss. Vor uns steht eine rundliche ältere Dame mit grauen Locken.

„Bitte kommen Sie herein", sagt sie und führt uns in einen großen Raum, der mit vielen Möbeln vollgestellt ist. Sie deutet auf eins der kleinen, goldenen Sesselchen mit den Spindelbeinen und bittet Düse darauf Platz zu nehmen. Er tut es ungern, wie ich sehe. Kann ich verstehen, die Dinger sehen wirklich nicht sehr stabil aus, und Düse ist nicht gerade ein Leichtgewicht. Dann setzt er sich ganz vorsichtig auf den Rand des angebotenen Stuhls, und die alte Dame nimmt ihm gegenüber Platz.

„Sie wollten mir etwas über die Nachbarn erzählen. Legen Sie bitte los!", sagt sie erwartungsvoll.

„Da muss ein Irrtum vorliegen", erklärt Düse. „Ich wollte fragen, ob Sie mir über Ihre Nachbarn, die Wielands, etwas erzählen können", stellt er klar.

„Ach, daher weht der Wind", kontert die alte Dame. Sie scheint ein wenig enttäuscht, fährt dann aber fort: „Die Wielands von nebenan sind nette Leute. Mit der Mutter der jetzigen Frau Wieland war ich lange Jahre gut befreundet, aber leider ist sie vor ein paar Jahren verstorben."

Als sie das sagt, klingt ihre Stimme immer noch traurig. Ich mache es wie mein großes Vorbild Kommissar Rex. Ich gehe zu ihr und lege ihr meine Schnauze aufs Knie, um sie zu trösten. Leider reagiert sie gar nicht darauf. Na ja, wenigstens stößt sie mich nicht von sich weg.

„Über die jungen Leute kann ich Ihnen nicht viel erzählen. Er ist wohl oft unterwegs, und sie hält sich tagsüber meistens in der Firma auf. Kinder haben sie leider keine, wollen sie möglicherweise auch nicht. Tut mir leid, ich kann Ihnen wirklich nichts weiter über sie sagen. Warum fragen Sie?"

Düse bedankt sich höflich, ohne auf ihre Frage einzugehen. Schließlich darf er ja nicht zu viel verraten.

„Wohnen Sie hier allein im Haus?", fragt er stattdessen.

Sofort wird die Miene der alten Dame misstrauisch und sie steht auf.

„Nein, mein Sohn und seine Familie wohnen im Obergeschoss, aber die sind zurzeit im Urlaub", sagt sie schließlich. „Ich glaube, es ist besser, Sie gehen jetzt", fordert sie uns unmissverständlich auf.

Das ist ganz in Düse´s Sinn, denn von ihr werden wir garantiert nichts mehr erfahren. Im Gehen fragt er aber noch: „Ist Ihnen in den letzten Tagen etwas Ungewöhnliches aufgefallen, ein fremdes Auto oder etwas in der Art?"

„Nein", sagt die alte Dame energisch und schiebt uns endgültig zur Tür hinaus. Dann stehen wir wieder auf der Straße und Düse geht auf das nächste Haus zu. Auf sein

Klingeln öffnet keiner. Deshalb versucht er es erneut, aber es bleibt still. Die Bewohner dieses Hauses scheinen nicht da zu sein. Auch im nächsten Haus ist alles ruhig, und niemand macht uns die Tür auf.

Aber an der letzten Haustür haben wir Glück. Ein groß gewachsener Herr, etwa im Alter von Düse, macht uns auf. Düse nennt höflich seinen Namen und trägt sein Anliegen vor. Daraufhin werden wir auch hier gebeten, näherzutreten. Dieses Wohnzimmer sieht ganz anders aus als das, in dem wir eben gesessen haben. Darin stehen nur sehr wenige Möbel. Große, bequem aussehende Ledersessel flankieren einen niedrigen Glastisch, und in einer Ecke des Raumes steht ein Fernseher mit einem riesigen Bildschirm. Von sowas träumt Düse schon lange, wie ich weiß. Aber solange unser alter Röhrenapparat seinen Dienst noch tut, will er ihn nicht rauswerfen, sagt er. Ich glaube, es liegt daran, dass er diesen Fernseher schon gehabt hat, als Marlene noch bei ihm gewohnt hat. Was sie angeht, da ist Düse schrecklich sentimental, wie er selbst zugibt.

Mensch, so einen tollen Fernseher zu haben, das wäre schon was! Wenn dann meine Lieblingssendung mit Kommissar Rex käme, könnte ich fast mit ihm spielen, so groß wäre er auf so einer großen Leinwand zu sehen. Tja, Hundeträume! Erneut wird Düse aufgefordert, sich hinzusetzen, und ich platziere mich neben ihm. Dann ruft der Mann nach seiner Frau: „Helene, komm doch bitte mal her. Wir haben Besuch."

Einen Moment später rollt seine Ehefrau ins Zimmer. Jawohl, sie rollt, denn sie sitzt im Rollstuhl, die Arme.

„Und Sie haben einen Hund mitgebracht, wie schön! Wie heißt er, und darf ich ihn streicheln?", fragt sie entzückt. Sie sieht wirklich freundlich aus, deshalb erhebe ich mich sofort und schlendere auf sie zu, um mich ausgiebig von ihr kraulen zu lassen. Das tut sie wirklich mit Hingabe und großem Einfühlungsvermögen. Bestimmt eine große Hundefreundin, denke ich. Lächelnd sieht ihr Mann uns zu und bemerkt dann leise: „Vor Helene´s Unfall hatten wir auch einen Hund. Einen kleinen Dackel. Aber seitdem er nicht mehr da ist, möchte sie kein Tier mehr. Der Abschied tut so weh, Sie verstehen..."

Düse nickt. Natürlich versteht er das. Wenn ich plötzlich nicht mehr an seiner Seite wäre, ich glaube, dann wäre er auch sehr traurig. Und ich erst, aber daran will ich gar nicht denken. Momentan genieße ich es über alle Maßen, so liebevoll gestreichelt zu werden.

„Können wir Ihnen etwas anbieten?", fragt unsere Gastgeberin höflich.

„Nein, vielen Dank, aber wenn es möglich ist, hätte ich gern einige Auskünfte von Ihnen", beginnt Düse. „Mein Hund heißt übrigens Donald, aber ich rufe ihn meistens Donny."

„Worum geht es denn? Wenn wir helfen können, dann tun wir das sehr gern", erwidert der Mann.

Wieder fragt Düse ob sie die Wielands kennen und ob ihnen in den letzten Tagen etwas Ungewöhnliches aufgefallen ist. Ja, die Wielands sind ihnen bekannt, aber viel Kontakt haben sie zu denen auch nicht.

„Natürlich grüßt man sich, wenn man sich begegnet, aber sie sind so viele Jahre jünger als wir, da hat man einfach nicht viele

Gemeinsamkeiten", bedauert der nette Mann. Seine Frau nickt, aber dann sagt sie: „Sie haben doch gefragt, ob uns in den letzten Tagen etwas aufgefallen ist. Wissen Sie, ich verbringe viel Zeit damit, auf der Terrasse zu sitzen und mich an unserem Garten zu erfreuen. Gerade jetzt im Frühsommer blühen die Rosen so herrlich", sagt sie stolz. „Vor einigen Tagen stand hier in der Straße ein kleiner Lieferwagen. Den habe ich sonst noch nie hier gesehen. Ich glaube, Sprinter oder so nennt man die Dinger. Dann habe ich ihn vorgestern noch mal gesehen, aber das war schon relativ spät, so gegen 21.00 Uhr. Kurz danach bin ich ins Haus gegangen, weil es mir zu kühl wurde."

Düse horcht auf. „Welche Farbe hatte der Wagen und haben Sie gesehen, ob er leer war, oder ob jemand auf dem Fahrersitz saß?"

„Dunkel war er, schwarz oder dunkelblau. Ob er leer war, das konnte ich nicht sehen. Ich wusste ja nicht, dass es wichtig sein könnte. Und um es gleich zu sagen, auch auf das Kennzeichen habe ich nicht geachtet, geschweige denn es mir gemerkt. Es tut mir leid", sagt sie bedauernd.

„War das Fahrzeug eventuell beschriftet oder konnte man vielleicht ein Firmenlogo darauf erkennen?", bohrt Düse weiter.

Die Dame im Rollstuhl überlegt fieberhaft, das sehe ich an ihrem Gesicht. Schließlich schüttelt sie den Kopf und sagt: „Nein, daran erinnere ich mich leider auch nicht."

„Na schön, trotzdem haben Sie mir sehr geholfen", bedankt sich Düse. „Komm, Donny, wir müssen gehen", fordert er mich auf.

Schade, ich hätte mich gern noch weiter so verwöhnen lassen. Aber nun ist es der Hausherr, der jetzt von Düse wissen will, warum er dass alles gefragt hat.

„Sind Sie von der Polizei?"

„Nein, ich bin Privatdetektiv", erklärt Düse knapp. „Darf ich vielleicht Ihnen meine Karte dalassen? Falls Ihnen doch noch etwas einfällt, rufen Sie mich bitte an. Ich danke Ihnen, dass Sie sich Zeit genommen haben für das Gespräch."

„Jederzeit gern", antwortet Frau Helene. „Mach´s gut, Donny! Vielleicht magst Du mich mal wieder besuchen", bittet sie.

Von mir aus gern, aber das muss Düse entscheiden. Erst mal verabschieden wir uns und gehen. Schade, bei diesen netten Leuten hätte ich es durchaus noch eine Weile ausgehalten.

Im Keller

Nachdem Elke Wieland noch einige Male um Hilfe gerufen hatte, gab sie es endgültig auf. Sie zermarterte sich stattdessen weiterhin ihr Gehirn, ob jemand Grund haben könnte, sich an ihr zu rächen. Aber wofür? Aber nein, das konnte nicht sein. Sie behandelte ihre Angestellten anständig, zahlte ihnen sogar großzügig Urlaubs- und Weihnachtsgeld, was ja in diesen Zeiten wahrhaftig nicht selbstverständlich war, und war auch sonst nicht kleinlich, im Gegenteil. Sie unterstützte außerdem regelmäßig einige Wohltätigkeitsorganisationen und hatte eine Patenschaft für ein kleines Mädchen in Afrika übernommen. Wenn ihr jemand in der

Stadt eine Spendendose vor die Nase hielt, war sie ebenfalls nicht kleinlich. Auch an den vielen Obdachlosen der Stadt konnte sie nicht vorbeigehen, ohne ihr Portemonnaie zu zücken. Vor allem dann nicht, wenn sie womöglich von einem Hund begleitet wurden. Die Tiere taten ihr leid, wenn sie stundenlang, ohne sich rühren zu können, neben ihrem Herrchen oder Frauchen ausharren mussten. Sie waren leider oft die einzigen Freunde und Beschützer der Menschen, die auf der Straße lebten. Ihr Mann hatte ihr schon häufig deswegen Vorhaltungen gemacht und gemeint: „Du musst Dich nicht wundern, wenn Dein Geld sofort in die nächste Kneipe wandert."

„Na und? Wenn der Mann da eine nette Stunde hat, dann ist das doch gut für ihn. Diese Leute haben es schwer genug, vor allem im Winter", hatte sie schnippisch geantwortet.

Nein, in dieser Hinsicht ließ sie sich nichts vorschreiben. Ihnen beiden ging es gut, und dafür war sie dankbar. Ihre Entführung konnte eigentlich nur mit der Vergangenheit ihres Mannes zu tun haben, ein anderer

Grund fiel ihr beim besten Willen nicht ein. Aber je länger sie darüber nachgrübelte, desto mehr zweifelte sie dennoch auch daran. Er hatte damals alle Brücken hinter sich abgebrochen, wie er ihr glaubhaft versichert hatte. Sollte er etwa selbst dahinterstecken? Nein, auch diesen Gedanken verwarf sie schnell. Er hatte doch keine Geldsorgen. Sie überwies ihm monatlich ein angemessenes Gehalt und fragte niemals, wofür er es ausgab. Sie vertraute Sven. Außerdem war sie sicher, dass er sie liebte. Er hatte ihr nie, auch nur den geringsten Anlass gegeben, etwas anderes zu vermuten. Und sie war ebenfalls glücklich an seiner Seite. Sie war recht froh, ihm die anstrengenden Reisen zu den Modemessen überlassen zu können. Ihm machte es offensichtlich Freude, mit den Lieferanten zu verhandeln, und auch sein Geschmack war untadelig. Er hatte wirklich ein gutes Gespür für tragbare Mode, das hatte er oft genug bewiesen. Lediglich seine Personalführung ließ gelegentlich ein wenig zu wünschen übrig. Er war nun mal kein Diplomat, daher war er nicht bei allen Mitarbeitern beliebt. Und da war doch die

Sache mit der Entlassung von diesem dubiosen Herrn Gahlen. Sven hatte ihr geschworen, dass der Mann ihn zu Unrecht beschuldigte, ihn geschlagen zu haben, und sie hatte ihm geglaubt. Ihr Mann war nicht gewalttätig. Sicher war er ab und zu recht aufbrausend, aber mehr auch nicht.

Mitten in diesen Gedanken hörte sie ein Geräusch und horchte. Schlurfende Schritte näherten sich der Tür. Was hätte sie darum gegeben, wenn sie jetzt eine Waffe hätte, mit der sie sich hätte verteidigen können. Aber die Wasserflasche war aus Plastik und eignete sich leider nicht dazu, jemanden damit niederzuschlagen. Dann öffnete sich quietschend die Tür ihres Gefängnisses. Eine schwarz gekleidete Gestalt trat ein. Der Größe und Figur nach musste es ein Mann sein. Aber das konnte Elke Wieland nur vermuten, denn eine Maske bedeckte sein Gesicht. Lediglich die Augen und der Mund waren frei. Wortlos stellte er ihr eine neue Flasche Wasser hin und hielt ihr eine Pizzaschachtel entgegen. Am liebsten hätte sie ihm alles vor die Füße geworfen, aber inzwischen war sie hungrig geworden. Und wem nütze es schließlich, wenn sie in den Hungerstreik trat, damit würde sie nur ihre eigenen Kräfte schwächen. Also nahm sie die Pizza entgegen und versuchte so kühl wie möglich zu sagen: „Wer sind Sie und was soll das Ganze hier? Das ist doch wohl ein übler Scherz, oder?"

Der vermummte Mann schüttelte nur den Kopf und wandte sich zum Gehen.

„Reden Sie mit mir!", schrie Elke Wieland ihn an.

Am liebsten hätte sie ihn geschlagen, aber er war ihr körperlich überlegen, und sie wollte nicht riskieren, dass er sie womöglich fesseln würde. Schon fiel die schwere Eisentür hinter dem Mann zu. Elke hörte, wie der Schlüssel umgedreht wurde, seine Schritte sich entfernten und dann war wieder alles still. Tränen liefen ihr übers Gesicht. Sie fühlte ich unendlich hilflos. Nachdem sie sich einigermaßen beruhigt hatte, öffnete sie die Pizzaschachtel. Sie und Sven gingen gern Italienisch essen, bevorzugten aber beide eher Fisch oder Nudelgerichte. Sie aßen selten Pizza. In ihrer Situation konnte sie leider nicht wählerisch sein, daher aß sie einen Großteil auf, obwohl ihr der labbrige Teig ebenso wenig schmeckte wie der fettige Wurstbelag. Angewidert schob sie die Reste von sich. Danach wartete sie erneut. Irgendwann musste er ihr doch sagen, wie es weitergehen sollte. Sven würde heute aus Hamburg zurückkommen, das wusste sie. Allerdings hatte sie am vorigen Abend am Telefon nicht gefragt, mit welcher Maschine er landen würde. Er wollte anschließend sofort ins Büro kommen, hatte er zu ihr gesagt, weil er wusste, dass sie tagsüber dort anzutreffen war. Wenn er sie weder dort noch zu Hause vorfand, würde er sich bestimmt Gedanken über ihren Verbleib machen. Sie fragte sich bang, ob ihr Entführer wohl schon Kontakt zu ihm aufgenommen hatte. Wieder blieb ihr nichts weiter übrig als zu warten. Vielleicht sollte sie sich ein wenig hinlegen und zu schlafen versuchen, die Zeit verging so unendlich langsam, wenn man nichts anderes tun konnte, als feuchte Kellerwände anzustarren.

Thea hat Neuigkeiten

Nachdem wir beide die Nachbarschaft von Wielands abgeklappert haben, fahren Düse und ich wieder ins Büro. Als wir eintreten, schwenkt Thea ein Blatt Papier und ruft: „Hier, ich habe noch was rausgefunden."
Eigentlich hat sie schon Feierabend, deshalb wollte sie Düse die Ergebnisse ihrer Recherchen gerade auf den Schreibtisch legen, aber jetzt erzählt sie uns doch noch schnell, was sie weiß. Sie hat die Angaben, die Herr Wieland zu seiner Person gemacht hat, überprüft. Das stimmt alles, daran gibt's nichts zu deuteln. Aber es gab da mal einen Vorfall, von dem er nichts erzählt hat. Ein ehemaliger Angestellter hat ihn nämlich angezeigt, weil er ihn fristlos entlassen hat. Der Mann hat einige Sachen aus dem Laden mitgehen lassen und im Internet verkauft. Herr Wieland ist dahintergekommen und hat sich ihn vorgeknöpft. Dabei soll er sogar handgreiflich geworden sein, wie der entlassene Verkäufer behauptet hat. Aber weil er keine Zeugen dafür hatte, und sein ehemaliger Chef das energisch geleugnet hat,

ist das Verfahren am Ende eingestellt worden. Das ist erst ein paar Monate her.

„Dieser Herr Gahlen hätte doch Grund, sich an den Wielands zu rächen", findet Thea.

„Aber, dass er deshalb gleich Frau Wieland entführt, das kann ich kaum glauben", sagt Düse. „Eine Entführung ist doch kein Kavaliersdelikt, das muss gut durchdacht und organisiert sein. Und was ist, wenn das Opfer den Entführer erkennt? Dann muss er es womöglich loswerden. Also ich glaube, das ist eine Nummer zu groß für einen kleinen Verkäufer. Meinst Du nicht auch?"

Thea zuckt die Achseln. Sie hat sicher von Düse erwartet, dass er sie für ihren Fleiß lobt. Sie schnappt sich die Handtasche, reißt ihren Mantel vom Haken und ruft: „Tschüss! Bis morgen."

„Thea, warte doch, so habe ich es doch nicht gemeint. Natürlich werde ich dem auf jedem Fall nachgehen, das ist ja klar", versucht Düse sie zu versöhnen.

Wie immer gelingt es ihm beinahe, denn Thea stoppt vor der Bürotür und sagt: „Es war gar nicht so leicht, das rauszufinden."

„Weiß ich. Du bist doch mein bestes Stück, liebste Thea", schmeichelt Düse.

Aber damit hat er ein bisschen zu dick aufgetragen. Thea hat ihn sofort durchschaut.

„Bilde Dir bloß keine Schwachheiten ein", kontert sie. Und dann ist sie endgültig weg.

„Tja, da bin ich mal wieder ins Fettnäpfchen getreten", bedauert Düse. Leider kann ich ihm nicht widersprechen, deshalb senke nur den Kopf und jaule kurz auf.

„Ach was, die beruhigt sich auch wieder", sagt Düse selbstsicher.

Er nimmt solche kleinen Plänkeleien mit Thea nicht wichtig. Selbst, wenn sie damit droht zu kündigen, nimmt er das nicht ernst. Er weiß genau, das würde sie nie tun.

„So Donny – Feierabend!", wendet er sich an mich.

Und dann gehen wir nach Hause. Da isst Düse noch ein Brot, füllt meinen Napf, und dann machen wir es uns vor dem Fernseher gemütlich. Dummerweise gibt es derzeit keine Wiederholungen von Kommissar Rex, aber Düse informiert mich, dass es einen anderen tollen Film gibt, den er sich gern noch mal anschauen will. Der heißt: Mein

Partner mit der kalten Schnauze, und darin geht es auch um einen Detektiv, dem ein Hund zur Seite steht. Bevor der Film anfängt, holt Düse sich noch schnell ein Bier. Dann stellt er den Fernseher an, und schon geht es los. Stimmt, er hat nicht zu viel versprochen. Der Hund ist wirklich ein Knaller! Sein Benehmen übrigens auch. Nicht zuletzt durch seinen Hund stolpert auch sein Herrchen immer wieder in die unglaublichsten Situationen hinein. Dagegen bin ich superbrav - ich hoffe bloß, Düse registriert das auch. Aber ich denke schon, denn er amüsiert sich köstlich, krault mich zwischendurch und hat gute Laune. Mir fällt der tolle Fernseher wieder ein, den wir vorhin bei den netten Nachbarn seines neuen Klienten gesehen haben. Die Filme auf so einem riesigen Bildschirm sehen zu können, das wäre schon klasse. Ich habe ja die Hoffnung noch nicht aufgegeben, dass Düse eines Tages doch so erfolgreich sein wird, dass er sich solche Extravaganzen leisten kann. Falls nicht, können wir sicher aber auch ohne leben.

Nachricht von Erwin

Am nächsten Morgen sitzt Thea schon wieder an ihrem Schreibtisch, als Düse und ich kommen. Er hat heute glatt verschlafen, und wenn ich ihn nicht geweckt hätte, wären wir sicher noch viel später gekommen. Das eine Bier gestern hat ihm nicht gereicht. Er hat sich, in einer der Werbepausen, ein zweites und am Schluss noch ein drittes aufgemacht. Danach hat er geschlafen wie ein Murmeltier. Ich hatte echt Mühe ihn wach zu kriegen. Aber er ist schließlich der Chef, deshalb sagt Thea nix. Wie immer kriege ich mein Begrüßungsleckerli von ihr und zu Düse sagt sie: „Erwin hat angerufen. Du sollst Dich bei ihm melden."

„Hat er gesagt, was er rausgefunden hat?"

„Nee, nur, dass Du ihn zurückrufen sollst", antwortet Thea knapp und wendet sich wieder ihrem Computer zu. Offenbar ist sie noch ein bisschen ärgerlich wegen gestern. Da greife ich ein und stelle mich vor sie und wedle auffordernd mit dem Schwanz. Geknuddelt hat sie mich heute auch noch nicht, das fordere ich jetzt ein.

„Ja, Donny, Du hast ja recht, mein Lieber. Du bist ein guter Hund", flötet sie und streichelt mich ausgiebig.

Dann rückt sie noch ein Leckerli raus, und ich trolle mich in mein Körbchen in Düse´s Büro. Aber Thea´s Gesicht wirkt schon nicht mehr so angespannt. Düse sitzt inzwischen auch an seinem Schreibtisch. Er hat sich erst mal einen Becher Kaffee geholt, denn die Kaffeemaschine wirft Thea morgens immer als Erstes an. Normalerweise serviert sie Düse immer eine Tasse, wenn wir das Büro betreten, aber heute ist sie eben noch ein bisschen sauer auf ihn. Düse ignoriert das. Er weiß, spätestens bis zur Mittagspause wird sie sich wieder beruhigt haben. Dann greift er zum Telefon und ruft Erwin an.

„Hallo Erwin", höre ich ihn sagen. Und dann noch die Worte: „Ah ja. Prima. Du hast alles für mich kopiert? Ich danke Dir sehr! Ich bin Dir echt was schuldig, alter Freund. Donny und ich kommen gleich vorbei, ist das in Ordnung? Super. Also bis dann."

Das hört sich nicht so an, als könnte ich noch lange in meinem Körbchen dösen. Schon rappelt Düse sich auf und sagt zu Thea: „Ich hole mir schnell ein belegtes Brötchen und fahre dann zu Erwin ins Präsidium. Soll ich Dir für Deine Mittagspause auch was mitbringen?"

Thea hört sofort auf zu tippen und schaut hoch. „Ach ja, bitte. Wenn möglich, bring mir ein Baguette mit Tomaten und Mozzarella mit. Falls sie das nicht haben, nehme ich eins mit Käse. Danke!"

Na also, sie hat Düse´s Versöhnungsangebot angenommen. Und er hat Glück, denn in der kleinen Bäckerei, die wir nun ansteuern, gibt es reichlich Auswahl an belegten Brötchen. Düse bestellt eines mit Mozzarella und Tomaten für Thea, und er nimmt Salami.

„Wenn ich das jetzt mit bezahle, kann ich das mit Tomate und Mozzarella und ein zweites Salamibrötchen kurz vor Mittag abholen?", fragt er.

Die Verkäuferin kennt uns und nickt. Sie wird es für ihn beiseitelegen. Dann machen wir uns auf den Weg zu Erwin. Er hat Düse darum gebeten, ihn noch mal anzurufen, wenn wir da sind. Seine Kollegen dürfen auf keinen Fall mitbekommen, dass er Düse einen Stick zusteckt, auf dem er alles findet, was den Überfall von damals betrifft. Deshalb will sich Erwin mit uns in der Caféteria treffen. Um diese Zeit ist da nämlich so gut wie keiner. Also zückt Düse schnell sein Smartphone, sobald wir vor dem Polizeigebäude stehen, um Erwin Bescheid zu geben, dass wir da sind. Dann gehen wir in die Caféteria und suchen uns einen Platz. Wenig später biegt Erwin um die Ecke.

„Hast Du Zeit für einen Kaffee?", erkundigt Düse sich.

Aber Erwin will nicht riskieren, dass ihn womöglich doch einer sieht, deshalb lehnt er ab.

„Du weißt doch, der neue Staatsanwalt ist ein ganz scharfer Hund."

Düse nickt verständnisvoll. Der Mann war seinerzeit schuld an seinem Ausscheiden bei der Polizei. Keiner kann ihn so richtig leiden, wie Erwin meint, aber es hilft nichts, seine Kollegen und er müssen nun mal mit ihrem Vorgesetzten auskommen.

„Aber halt bloß die Schnauze, und sag niemandem, woher Du diese Infos hast", beschwört Erwin Düse, bevor er sich verdrückt. „Außerdem kostet Dich das mindestens einige Bierchen, das sage ich Dir."

„Na klar, sag Bescheid, wann Deine Frau Dich mal für einen Abend entbehren kann", erwidert Düse.

Es ist immer dasselbe Spiel. Düse weiß genau, so schnell wird das nicht geschehen. Erwin weiß das auch, aber trotzdem sagt er so gut wie nie nein, wenn Düse ihn um einen Gefallen bittet. Froh kann er sein, dass Erwin so gutmütig ist. Und solange er noch im Polizeidienst ist, wird Düse ihn garantiert immer wieder angraben, aber das ist zum Glück nicht mein Problem. Nachdem Erwin verschwunden ist, gehen wir auch. Düse steuert das nächste Internet-Cafe´ an und schiebt den Stick in den Computer.

„Sieh an", sagt er laut, als er die ersten Zeilen liest.

Dann ist eine ganze Weile Stille. Endlich zieht er den Stick wieder raus, bezahlt und wir können gehen. Draußen sagt er zu mir: „Wir kümmern uns erst mal um den Herrn Gahlen. Die Anschrift hat Thea mir gestern gegeben. Ich glaube nicht, dass er etwas mit dem Fall zu tun hat, aber überprüfen muss ich das natürlich."

Wieder fahren wir in die Innenstadt und suchen die Lindenstraße. Da wohnt Herr Gahlen. Diese Gegend ist beileibe nicht so schick wie die, in der wir gestern unsere Ermittlungen aufgenommen haben. Hier steht ein großer Wohnblock neben dem nächsten. Einige haben nicht mal einen Balkon. „Käfighaltung" nennt Düse solche Behausungen. Mann, ich bin echt froh, dass Düse nicht in so einer Wohnung lebt. Wenn er abends keine Lust mehr hat, mit mir noch 'ne Runde Gassi zu gehen, kann ich wenigstens in den Garten, um mich da zu erleichtern. Aber hier ist wohl auch keine Grünanlage in der Nähe, hier kann man nur Pflastertreten üben. Im Zuge unserer Ermittlungen haben wir beide ja schon die elegantesten Häuser gesehen, aber auch richtige Löcher, und dieses gehört eindeutig in die zweite Kategorie. Wieder mal wird mir klar, wie gut ich es bei Düse habe. Ausgesetzt hatte man mich, jawoll. Was wäre gewesen, wenn er mich damals nicht entdeckt und mitgenommen hätte? Das mag ich mir gar nicht ausmalen. Diese gute Tat vergesse ich Düse nie! Wir hatten auch schlechte Zeiten, aber wir haben immer zusammengehalten, egal was auch kam. Aber jetzt muss ich meine Aufmerksamkeit auf etwas anderes richten. Wir stehen nämlich vor Herrn Gahlens Wohnung. Düse klingelt, und eine junge Frau reißt die Tür auf. Sie hält ein greinendes Baby auf dem Arm.

„Guten Tag. Sind Sie Frau Gahlen?", erkundigt sich Düse.

„Ja, was gibt es?", fragt sie unwirsch.

„Verzeihen Sie die Störung, aber ich bin von der Kripo", stellt Düse sich vor. Er hat seinen alten Dienstausweis nämlich immer noch nicht abgegeben. Angeblich hat er den verloren, hat er damals gesagt. Das hat ihm zwar keiner wirklich geglaubt, aber niemand konnte ihm das Gegenteil beweisen. Ab und zu setzt er diesen Ausweis ein, wenn es ihm geboten erscheint, und das Ding war uns schon einige Male recht nützlich. Bis jetzt ist auch noch keiner auf die Idee gekommen, bei der Polizei anzurufen und nachzufragen. Dann wäre Düse vermutlich dran und müsste den Lappen endgültig abgeben. Die Leute werden meistens viel schneller gesprächig, wenn sie denken, eine Amtsperson will etwas von ihnen. Der Respekt vor der Polizei ist, vor allem in gewissen Kreisen, immer noch erfreulich groß, wie Düse sagt. Auch auf die junge Frau Gahlen verfehlt der Dienstausweis seine Wirkung nicht. Sie bittet uns hereinzukommen. Die Wohnung ist recht klein und auch unaufgeräumt, wofür sie sich verlegen entschuldigt. Aber Düse nimmt ihr gleich den Wind aus den Segeln, indem er sagt: „Aber ich bitte Sie, da schaue ich doch gar nicht hin. Mich interessiert viel mehr, wo Ihr Mann vorgestern Abend gewesen ist. Können Sie mir das sagen?"

„Hier natürlich, wo sonst?" giftet sie.

„Er ist schließlich Familienvater, und ich bin mit der Kleinen völlig überfordert, das sehen Sie ja selbst. Sobald er vom Dienst kommt, muss er sie übernehmen. Sonst käme ich gar nicht dazu, uns etwas zu kochen. Unsere Tochter bekommt ihren ersten Zahn, da schreit sie Tag und Nacht."

Düse äußert sein Mitgefühl und fragt dann noch: „Wo arbeitet Ihr Mann denn?"

„Er hat zum Glück eine Anstellung in dem großen EDEKA-Markt in der Neubertstraße gefunden."

„Ist er dort jetzt zu erreichen?"

„Aber ja, natürlich", versichert sie ihm eifrig. Ich glaube, sie möchte uns loswerden. Düse spürt das wohl auch. Er bedankt sich bei ihr, wünscht ihrer Tochter alles Gute, und dann verschwinden wir.

„Komm, Donny. Wir gehen einkaufen", sagt er zu mir, als wir vor dem Supermarkt stehen. Hat Düse kein Bier mehr im Haus? Er schnappt sich einen Einkaufswagen, während ich draußen angeleint werde. Denn ein Schild weist ganz deutlich darauf hin, dass Hunde drinnen nicht erwünscht sind. Es dauert zum Glück nicht lange, dann kommt Düse zurück. Natürlich hat er für sich einen Container Bier mitgebracht und auch eine große Tüte mit Trockenfutter für mich. Erleichtert stehe ich auf und begrüße ihn schwanzwedelnd.

„Ist ja schon gut, alter Junge", sagt er gerührt, während wir zum Auto gehen. Er hat Herrn Gahlen gefunden, und der hat ihm genau das Gleiche erzählt, wie seine Frau.

Die beiden hatten ja keine Zeit mehr, sich abzusprechen, also wird es stimmen, meint Düse. Als er ihn allerdings auf den Vorfall im Modehaus Wieland angesprochen hat, ist Herr Gahlen richtig sauer geworden. Am Schluss hat er dennoch zugegeben, dass er die Unwahrheit gesagt hat, als er seinen Chef angezeigt hat. Der hat ihm zwar Schläge angedroht, aber mehr auch nicht. Und die fristlose Kündigung, die wollte er natürlich sowieso nicht mehr zurücknehmen. Sein Arbeitszeugnis ist nicht rosig ausgefallen, klar. Deshalb wollte er sich an Herrn Wieland rächen und hat ihn angezeigt, wohl wissend, dass es ohne Beweise nicht klappen würde. Aber er wollte eben nicht so schnell aufgeben. Na ja, Schnee von gestern, hat er gesagt. Und Düse hat ihm das geglaubt. Immerhin kann er Thea sagen, dass er die Sache überprüft hat. Dann fahren wir noch schnell bei der Bäckerei vorbei und holen das Essen für die Mittagspause der beiden. Mir ist es immer am liebsten, wenn sie im Büro bleiben. Thea hat ihre gute Laune wiedergefunden und freut sich, als Düse ihr schwungvoll, und mit großer Geste, ihr Mittagessen überreicht.

„Du Spinner!", lacht sie.

Dann sitzen sie einträchtig zusammen, essen ihre belegten Brötchen, und Düse erzählt ihr von dem Gespräch mit Herrn Gahlen und dessen junger Frau.

„Nee, den können wir von der Liste der Verdächtigen streichen", sagt er.

„Schade, das hätte so gut gepasst", meint Thea, aber sie stimmt ihm zu.

Herr Gahlen mag ja ein kleiner Ganove sein, aber mehr auch nicht. Mit der Entführung hat er sicher nichts zu tun.

Gewissensbisse

Nachdem der Mann in Schwarz seinem Entführungsopfer das Essen gebracht hatte, ging er gedankenvoll in sein Haus am Stadtrand zurück. War es richtig, was er tat? Aber er hatte doch keine Wahl. Selbst, wenn er erwischt würde, er tat es für seine Enkelin. Zoe brauchte dringend diese Medikamente, und vor allem die teure Operation, die nur in Amerika möglich war. Das war ihre einzige

Chance. Die Krankenkasse weigerte sich, die teure Behandlung zu bezahlen, und einen Kredit in der erforderlichen Höhe bekam seine Tochter als Alleinerziehende leider auch nicht. Er hatte sogar schon erwogen, sein Haus zum Verkauf anzubieten, aber abgesehen davon, dass es sicher nicht genug bringen würde, dauerte so ein Hausverkauf viel zu lange. Dann wäre es für seine geliebte Zoe ohnehin zu spät. Aber nun war es Zeit für den zweiten Schritt. Er ging ins Wohnzimmer, startete seinen Computer und loggte sich in das Schreibprogramm ein. Seine erste Nachricht hatte den Firmenchef bereits erreicht. Das hatte er selbst gesehen, als Herr Wieland den Zettel hinter der Windschutzscheibe des Autos entfernt und gelesen hatte.

Für die Freilassung Ihrer Frau fordern wir 250.000 Euro in kleinen, gebrauchten Scheinen. Sie haben 24 Stunden Zeit, das Geld zu besorgen. Wir melden uns.

Dann druckte er diese Zeilen aus und legte sie beiseite. Die würde Herrn Wieland später in seinem Briefkasten finden.

Die alten Freunde

Auf dem Stick, den Düse von Erwin bekommen hat, steht ja ganz genau. wie das damals abgelaufen ist, mit Herrn Wieland und seinen Kumpeln. Düse hat sich, mit Thea´s Hilfe, die Akten an ihrem PC ganz gründlich und in Ruhe angeschaut. Wieder einmal hat sie mit ihm geschimpft, weil er sich konstant weigert, für sich einen neuen Computer anzuschaffen.

„So schwer ist es wirklich nicht. Kein Mensch kommt heute im Geschäftsleben noch ohne einen richtig guten Computer aus. Du musst es nur wollen. Ich zeige Dir die verschiedenen Programme jederzeit gern", hat sie zum wiederholten Male angeboten. Aber ich fürchte, solange er sie hat, überlässt er ihr die Spurensuche nur zu gern. Für Thea hat er nämlich gleich einen neuen, leistungsstarken Computer angeschafft, weil er genau weiß, dass sie recht hat, aber er weigert sich, ihn selbst zu benutzen. Und ich kann ihm dabei natürlich nicht helfen, aber ich wundere mich immer, wie viel Thea mithilfe dieses Dings rauskriegt. So hat Thea einige interessante Informationen darüber gefunden, was die Jungs von damals heute machen. Einer von ihnen ist schnell wieder auf die Füße gefallen. Holger Dunst ist inzwischen ein sehr erfolgreicher Spediteur geworden. Seine Firma ist in Berlin ansässig. Er hat ein Dutzend Lastwagen laufen, und die jagt er durch ganz Europa. Finanziell ist der Betrieb offenbar auch gesund. Holger Dunst hat es geschafft, sich eine solide, bürgerliche Existenz aufzubauen. Für den gibt es keinen Grund, Frau Wieland zu entführen.

Trotzdem hat Düse in der Firma angerufen und wollte ihn sprechen, hat aber von seiner Sekretärin die Auskunft erhalten, dass ihr Chef für drei Wochen Urlaub auf Malle macht. Letzte Woche ist er mit seiner Frau dorthin abgeflogen. Er hat da ein Ferienhaus. Das klingt durchaus glaubwürdig, meinte Düse, nachdem er den Hörer aufgelegt hat.

Anders sieht es mit Viktor Klemm aus. Der hat nach seiner Haftentlassung noch einige Male Ärger mit den Bullen gekriegt, und inzwischen verliert sich seine Spur im Nirwana. Was bedeutet das denn nun schon wieder?

„Meinst Du, er ist obdachlos?" vermutet Thea.

„Könnte sein, und falls das so ist, hätte er ganz sicher nicht die Möglichkeit, eine Entführung durchzuziehen", meint Düse.

„Ich glaube eher, wir müssen den Täter doch in der Firma oder im Bekanntenkreis der Wielands suchen."

„Meinst Du nicht, dass es langsam doch unumgänglich sein wird, endlich die Polizei einzuschalten?", fragt Thea.

„Das habe ich ja von Anfang an gesagt, aber Herr Wieland wollte nichts davon wissen."

„Stimmt auch wieder."

Während die beiden noch darüber reden, wie sie Herrn Wieland am besten dazu überreden können, klingelt das Telefon. Düse meldet sich und nachdem er gehört hat, wer dran ist, stellt er es laut, damit Thea mitkriegt, worum es geht.

„Herr Wieland, bitte beruhigen Sie sich erst mal. Sie haben also Post von den Entführern erhalten. Das ist gut so. Jetzt wissen wir ja auf jeden Fall schon mal die Summe. Können Sie die geforderten 250.000 Euro denn ohne Probleme lockermachen?"

„Das ist durchaus möglich. Ich habe mich über diese relativ niedrige Summe auch gewundert. Aber die kann ich recht schnell in bar auftreiben."

„Ich habe Sie doch richtig verstanden, dass in dem neuen Schreiben keine Übergabe vorgeschlagen wird", vergewissert Düse sich noch einmal.

„Nein, darin steht nur, wir melden uns wieder. Aber auch nicht wann und wie. Soll ich Ihnen den Brief wieder bringen oder haben Sie ein Faxgerät? Dann sende ich es kurz rüber", bietet Herr Wieland an.

„Ja, wir haben noch ein Fax. Das ist eine gute Idee", sagt Düse und gibt Herrn Wieland die entsprechende Nummer durch. Nur Sekunden später rattert das Faxgerät und Düse hält die Nachricht in der Hand. Er zieht das Fax raus und vergleicht die Schrift der beiden Nachrichten. Sie scheinen absolut identisch zu sein. Das sagt er Herrn Wieland auch und erzählt ihm, dass er sich seine alten Kumpel mal vorgenommen hat und was dabei herausgekommen ist – im Grunde leider gar nichts.

„Entweder schalten Sie jetzt offiziell die Polizei ein, oder Sie erlauben mir wenigstens Ihren Angestellten endlich reinen Wein einzuschenken, damit ich sie gezielt befragen kann. So kommen wir nicht weiter, Herr Wieland."

„Aber...", protestiert unser Kunde.

Düse bleibt hart. „Wollen Sie Ihre Frau wiederhaben, oder nicht?"

„Natürlich will ich das – was ist das denn für eine Frage?", schnappt Herr Wieland.

„Also, was ist Ihnen lieber: Die Polizei einzuschalten, oder Sie geben mir freie Hand?", will Düse energisch wissen.

Daraufhin ist erst mal lange Funkstille. Düse trommelt währenddessen ungeduldig mit den Fingern auf den Schreibtisch. Endlich hat Herr Wieland sich entschlossen und sagt: „Also gut, aber bitte gehen Sie äußerst diskret vor."

„Natürlich, das ist doch selbstverständlich. Aber vielleicht können Sie mir insofern helfen, indem Sie mir sagen, ob Ihnen bekannt ist, dass eventuell jemand von Ihren Angestellten sich in einer angespannten finanziellen Lage befindet."

„Nein, so gut kenne ich leider niemanden vom Personal. Meine Frau hätte vielleicht etwas mehr gewusst, aber ich kann Ihnen darüber wirklich nichts sagen", bedauert Herr Wieland.

Aber zum Glück gibt er sein Einverständnis, dass Düse seine Leute offiziell befragen darf. Düse kann und will ihm aber trotzdem nichts versprechen. Er ist nach wie vor der Ansicht, dass es klüger wäre, die Polizei mit ins Boot zu holen. Deshalb sagt er: „Ich mache Ihnen einen Vorschlag, Herr Wieland. Wenn es mir innerhalb der nächsten drei Tage nicht gelingt, eine ernst zu nehmende Spur zu finden, dann kommen wir nicht drum herum, die Behörden zu informieren. Alles andere wäre nicht zu verantworten. Und sollte Ihrer Frau wider Erwarten doch etwas geschehen, dann machen Sie mich bitte nicht dafür verantwortlich, das möchte ich schriftlich von Ihnen haben."

Er meint es wirklich ernst, das hat Herr Wieland auch begriffen, denn er wird ganz kleinlaut und sagt: „Ich mache alles, was Sie vorschlagen."

Damit gibt Düse sich vorerst zufrieden. Aber heute kann er leider ohnehin nichts mehr tun, denn das Modehaus ist schon seit einer ganzen Weile geschlossen. Die Angestellten sind längst alle auf dem Heimweg. Aber morgen in aller Herrgottsfrühe werden wir dorthin fahren, beschließt Düse. Eventuell hat sich der Entführer bis dahin ja noch mal gemeldet. Thea schlägt Düse vor, einen Teil der Befragungen zu übernehmen.

„Manches lässt sich von Frau zu Frau leichter bereden", meint sie.

Außerdem geht es schneller, wenn die beiden sich die Ermittlungen teilen. Thea ist ohnehin ganz wild darauf, ihre Zeit nicht nur hinter ihrem Schreibtisch zu verbringen, dass weiß ich. Und Düse weiß es auch, aber wenn es gefährlich ist, dann will er sie auf keinen Fall dabeihaben, deshalb blockt er solche Vorstöße meistens ab. Aber in diesem Fall hat er keine Ausrede. Was soll ihr schon passieren, wenn sie im Modehaus mit einigen Verkäuferinnen spricht?

„Aber nicht, dass Du die Zeit für einen Shopping-Bummel nutzt", sagt er scherzhaft zu ihr.

„Manchmal kommt man so aber am besten mit den Frauen ins Gespräch", wendet Thea ein. Sie hat garantiert andere Methoden, die Leute auszuhorchen als Düse.

„Na ja, Hauptsache, Du bringst Ergebnisse, sonst ist es das letzte Mal, dass ich Dir erlaube, Detektiv zu spielen", schließt Düse das Thema ab.

Und dann verabreden sie, dass wir sie morgen früh abholen kommen, und dann zusammen in die Stadt zum Modehaus Wieland fahren, anstatt ins Büro. Damit ist Thea einverstanden. Und dann ist endlich Feierabend und unser Sofa wartet. Hunger habe ich auch, wie gut, dass Düse einkaufen gewesen ist.

Verzweifelt

Dieses Loch bringt mich noch um, dachte Elke Wieland verzweifelt. Ihr Entführer hatte sich schon einige Stunden nicht sehen lassen. Sie hatte großen Hunger, hätte gern einem dringenden Bedürfnis nachgegeben und fühlte sich elend. Sie war in ihrer Lage ja zum Nichtstun verurteilt und konnte nur hoffen, dass ihr Mann inzwischen Bescheid wusste und besonnen handeln würde. Bestimmt würde er alle Hebel in Bewegung setzen, um sie zu befreien. Geschäftlich war die Heirat mit ihm nicht unbedingt ein Glücksgriff gewesen, das war ihr schon lange klar, aber privat sah die Sache anders aus. Sie liebte ihn sehr und war sicher, dass er ihre Gefühle erwiderte. Alles andere war im Grunde unwichtig. Sie nahm an, dass er momentan genauso litt wie sie, aber im Gegensatz zu ihr war er handlungsfähig. Sie hoffte, er würde durch seinen Eigensinn nicht alles vergeigen, sondern auf die Forderungen ihres Entführers eingehen. Nach wie vor zerbrach sie sich den Kopf, wer dahinterstecken könnte, aber es wollte und wollte ihr niemand einfallen. Dicke Tränen der Hilflosigkeit und der absoluten Verzweiflung liefen ihr übers Gesicht. Ärgerlich wischte sie die fort, straffte sich energisch und ermahnte sich, einen klaren Kopf zu behalten. Sie musste unbedingt versuchen, mit ihrem Peiniger ins Gespräch zu kommen, vielleicht würde das helfen, nahm sie sich vor. Als sie endlich seine Schritte näherkommen hörte, stand sie auf und sagte: „Ich muss unbedingt zur Toilette, und ich würde mich auch gern ein wenig frisch machen. Wie sieht es damit aus?"

Ohne ein Wort wurde sie von dem maskierten Mann über den Flur geführt. Ebenso wortlos öffnete er dort die Tür zu einem kleinen Badezimmer, und ließ sie eintreten. Dann machte er die Tür hinter ihr zu und schloss sie ab. Elke Wieland war klar, dass sie nicht viel Zeit haben würde. Also setzte sie sich zunächst einmal hin, um sich zu erleichtern. Dann wusch sie sich, so gut sie es auf die Schnelle konnte, und registrierte erfreut, dass auch saubere, frisch duftende Handtücher für sie bereitlagen. Das Bad hatte kein Fenster, wie auf den ersten

Blick gesehen hatte, sodass es hier keine Chance zur Flucht gab. Aber den Versuch mit ihm zu sprechen, den wollte sie unbedingt noch einmal machen. Nachdem sie fertig war, klopfte sie an die Tür und sofort hörte sie, wie sich der Schlüssel drehte. Dann ging die Tür auf. Ihr Entführer musste davor gewartet haben.

„Danke", sagte sie höflich und ließ sich von ihm in ihre Zelle zurückführen. Er war zu kräftig, als dass es sich gelohnt hätte, ihn anzugreifen. Damit hätte sie nichts gewonnen, sondern ihn nur gegen sich aufgebracht. Bevor sie ihr Gefängnis wieder betrat, drehte sie sich noch einmal zu ihm um und bat, um etwas zu trinken. „Und Hunger habe ich auch", setzte sie trotzig hinzu.

Er nickte nur wortlos und schob sie in den Keller, schloss die Tür ab und schlurfte davon. Aber es dauerte nicht lange, da kam er zurück und hielt ein Tablett in der Hand. Darauf stand ein geblümter Teller mit einem Fertiggericht, wie sie auf den ersten Blick erkannte. Eine volle Flasche Wasser hatte er ihr ebenfalls mitgebracht. Er stellte beides auf den Boden und wollte sich wieder entfernen, als sie noch einmal das Wort ergriff: „Was wollen Sie von mir? Geld? Das wird mein Mann sicher zahlen. Ich nehme an, Sie haben ihm Ihre Forderung schon übermittelt, oder?"

Der Mann nickte.

„Warten Sie bitte. Sie können mich nicht ewig hier festhalten, das wissen Sie. Und je länger das Ganze dauert, desto größer sind die Chancen, dass Sie gefasst werden. Ist Ihnen das egal?"

Daraufhin verzerrte sich sein Gesicht und sie dachte schon, sie wäre zu weit gegangen. Aber dann antwortete er leise: „Ich mache das nicht aus Spaß, glauben Sie mir."

Das klang eher nicht böse, sondern total verzweifelt, fand Elke Wieland. Trotzdem tat er ihr nicht wirklich leid. Plötzlich witterte sie eine Chance. „Wir können uns sicher einigen. Lassen Sie mich frei, und ich helfe Ihnen so gut ich kann. Sie haben mich schließlich gar nicht so schlecht behandelt", versuchte sie es erneut.

Ihre Gedanken rasten. Wenn der Mistkerl darauf hereinfallen sollte, könnte sie sich selbst auf die Schulter klopfen. Aber im

Moment schien es nicht so. Er wies nur auf das Tablett und sagte: „Ich komme später wieder."

Das klang in ihren Ohren fast wie eine Drohung. Aber immerhin sprach er nun ein paar Worte mit ihr. Als er sich zum Gehen wandte, machte sie keinen weiteren Versuch, ihn zurückzuhalten. Also setzte sie sich hin, aß ein paar Bissen und trank etwas von dem kühlen Wasser, das sie tatsächlich erfrischte. Seine Stimme kam ihr seltsam bekannt vor. Aber das konnte nicht sein, oder etwa doch? Sosehr sie sich auch bemühte sich zu erinnern, sie kam einfach nicht darauf, wer es sein könnte. Nachdem sie gegessen und getrunken hatte, legte sie sich wieder auf ihre Pritsche, um weiter zu grübeln. Es dauerte allerdings nicht lange, und sie fiel in einen unruhigen Schlaf.

Als sie erwachte, war es schon dämmrig. Wieder verspürte sie Durst und war froh, dass sie zu ihrer letzten Mahlzeit die Wasserflasche nur zur Hälfte geleert hatte. Der schwarz gekleidete Mann hatte ja versprochen, wiederzukommen. Dann würde sie erneut versuchen, ihn in ein Gespräch zu verwickeln. Sie wartete. Der Zeiger ihrer Armbanduhr kroch quälend langsam weiter, aber sie wollte sich nicht noch einmal hinlegen. Sie hatte ohnehin fast das Gefühl, dass in dem Wasser eine Substanz gewesen war, die sie ruhigstellen sollte. Tagsüber hatte sie sonst noch nie schlafen können. Endlich, es war schon fast 20.00 Uhr, kam der Mann zurück. Dieses Mal trug er einen Teller mit zwei Käsebroten, und eine Scheibe hatte er mit Schinken belegt. Offensichtlich hatte er vor, ihr ein wenig Abwechslung zu bieten, denn dieses Mal hatte er ihr eine Flasche Zitronenlimonade mitgebracht. Die war fest verschlossen und konnte somit nicht manipuliert worden sein. Möglicherweise hatte sie sich das auch nur eingebildet. Als er das Tablett vor ihr abstellte, bedankte sie sich höflich bei ihm und fragte: „Hat mein Mann schon reagiert?" Daraufhin zog er einen Zettel aus seiner Tasche und reichte ihn ihr. Mit Erstaunen las sie, das er für ihre Freilassung nur eine relativ kleine Summe forderte. Das dürfte doch kein Problem sein.

„Wann hat mein Mann diese Nachricht erhalten?"

„Er wird sie erst noch bekommen."

„Und wie denken Sie sich die Übergabe des Geldes?", fragte sie impulsiv.

Das durfte doch nicht wahr sein. Sie wurde hier immerhin schon eine ganze Weile festgehalten, und ihr Mann sollte erst heute Abend informiert werden, wie viel Lösegeld er für sie zahlen sollte. Das war doch die Höhe, fand sie. Aber es würde ihr nicht das Geringste bringen, wenn sie ihre Gedanken aussprach, daher beherrschte sie sich mit Mühe, bevor sie dem Mann, der abwartend neben ihr stand, das Schreiben zurückgab.

„Bitte, er wird zahlen, das weiß ich! Aber wie lange wollen Sie mich denn hier noch festhalten?"

Natürlich bekam sie darauf keine Antwort. Der Mann nahm ihr das Schreiben aus der Hand und wandte sich erneut zum Gehen. Mutlos sah Elke Wieland, wie er zur Tür ging. Zweihundertfünfzigtausend Euro, das war zwar keine Summe, die man aus der Portokasse bezahlen konnte, aber sie erschien ihr dennoch nicht sehr hoch. Mehr ist mein Leben also nicht wert, dachte sie. Dann kam ihr die Idee, dass dieser Mann sicher kein Profi war, sonst hätte er viel mehr gefordert. Sie musste unbedingt versuchen, etwas mehr über ihn herauszufinden, nahm sie sich zum wiederholten Male vor. Immerhin hatte sie ihm ein paar Sätze entlocken können, und seine Stimme kam ihr vage bekannt vor, aber dennoch wusste sie immer noch nicht, wer er war, weil er sehr leise und undeutlich sprach. Dann wandte sie sich dem Tablett zu, das er ihr dagelassen hatte. Appetit hatte sie zwar wenig, aber etwas zu essen unterbrach wenigstens ein wenig die langen, eintönigen Stunden des Wartens.

Neue Erkenntnisse

Nachdem wir gestern nach Hause gekommen waren, bekam Düse noch einen Anruf von Herrn Wieland. Der hat nämlich wieder eine Nachricht des Entführers gefunden. Dieses Mal in seinem Briefkasten. Er hat sie Düse vorgelesen und wollte sie unbedingt noch vorbeibringen, aber Düse hat gesagt, dass er nicht extra kommen muss, er soll sie morgen lieber mit in die Firma bringen, denn da treffen wir uns ja ohnehin. Heute Abend können wir sowieso nichts mehr tun. Damit war Herr Wieland nicht recht zufrieden, und so hat Düse ihn noch mal daran erinnert, dass er es besser fände, wenn er doch die Kripo einschalten würde, aber unser Klient weigert sich nach wie vor, das zu tun. Seine kriminelle Vergangenheit ist zwar schon eine Weile her, aber er hat trotzdem Angst, dass er für die Kripobeamten sofort der Hauptverdächtige sein wird, obwohl wir ja wissen, dass er mit seinen Komplizen von damals inzwischen wirklich nichts mehr zu tun hat. Jedenfalls stehen wir am nächsten Morgen vor dem Haus, in dem Thea wohnt. Düse drückt auf die Klingel, und im Nullkommanix steht Thea vor uns. Sie hat sich wieder schick gemacht, weil sie uns heute begleiten darf. Ich glaube, sie ist schon ganz aufgeregt. Sie fragt Düse nämlich: „Darf ich mich als Deine Assistentin vorstellen?"

„Klar, das bist Du heute ja auch."

Thea strahlt – wie schön! Ich mag es, wenn sie lacht. Dann steigen wir alle wieder in Düse's altes Auto ein, und los geht's. Düse darf zum Glück auf den Firmenparkplatz des Modehauses Wieland fahren, daher brauchen wir nicht nach einer freien Parklücke zu suchen – wie praktisch. Dann steigen sie aus, aber ich soll im Auto bleiben. Mist, warum denn das?

„Tut mir leid, alter Kumpel, aber Hunde haben leider in einem Modeladen keinen Zutritt!", erklärt Düse mir.

Tja, da kann man wohl nichts machen. Also ergebe ich mich in mein Schicksal und nehme wieder auf den Rücksitz Platz. Düse hat seinen Wagen zwar abgeschlossen, aber die Scheiben weit runtergedreht, damit ich genug Luft kriege. Es ist ja noch früh, aber schon recht warm. Ich glaube, es wird heute wieder heiß. Ein Weilchen schaue ich mir die Passanten an, aber hier auf diesem Firmenparkplatz tut sich nicht viel, daher lege ich mich irgendwann einfach hin, um die Wartezeit zu verdösen. Wenn jemand versuchen sollte, Düse's klapprige alte Möhre zu klauen, dann merke ich das schon.

Aber so dusselig wird wohl kaum jemand sein. -

Irgendwann merke ich, wie das Auto geöffnet wird. Düse und Thea sind zurück. Die beiden haben ja getrennt ermittelt und tauschen sich nun aus. Thea hat auch eine Einkaufstüte mitgebracht.

„Dieser tollen hellen Hose konnte ich nicht widerstehen, die musste ich einfach haben. Und bis zum Schlussverkauf wollte ich nicht warten, womöglich wäre sie dann in meiner Größe nicht mehr da gewesen", erzählt sie Düse und mir.

Der grinst nur, schimpft aber nicht. Und dann legt Thea los. Sie berichtet, dass die Verkäuferinnen alle den Herrn Wieland nicht so gern mögen, aber seine Frau finden sie durchaus in Ordnung. Sie können sich nicht vorstellen, dass ihr jemand Böses will. Außer dem Herrn Gahlen, hat es in letzter Zeit keine weiteren Entlassungen gegeben. Nur einer Verkäuferin ist aufgefallen, dass der Hausmeister seit einigen Tagen nicht zur Arbeit erschienen ist. Wahrscheinlich ist das nicht wichtig, aber sie hat es trotzdem erwähnt. Aufgefallen ist ihr das auch nur, weil eine Neonleuchte im Treppenhaus ausgefallen ist, und er eigentlich für solche Sachen zuständig ist. Er hätte die Birnen längst auswechseln müssen. Aber er ist nicht da, vielleicht ist er krank, hat die Frau vermutet.

„Nee, das ist er nicht. Herr Wieland hat gesagt, dass keiner seiner Angestellten eine Krankmeldung abgegeben hat", sagt Düse nachdenklich. „Drei Tage lang kann man ja auch so von der Arbeit fortbleiben", setzt er hinzu.

Aber er zückt trotzdem noch mal sein Handy und ruft die Sekretärin von Herrn Wieland an und fragt danach.

„Nein, vom Hausmeister liegt hier keine Krankmeldung vor", sagt er zu Thea. „Der arbeitet meistens im Hintergrund, und wenn alles läuft, dann fällt es kaum auf, wenn er mal ein paar Stunden oder länger nicht da ist."

„Sollen wir mal bei ihm nach dem Rechten sehen?", fragt Thea aufgeregt.

„Schaden kann das sicher nicht", antwortet Düse.

Dann erzählt er Thea, dass er auch den zweiten Brief des Erpressers mitgenommen hat, um ihn im Büro auf Fingerabdrücke zu untersuchen. Das kann er nämlich auch, zwar mit einer altmodischen Methode, so wie früher, aber die funktioniert immer noch. Weil auf dem letzten Erpresserbrief keine Fingerabdrücke waren, außer denen von Herrn Wieland, hat er wenig Hoffnung, was zu finden. Ansonsten war das Gespräch mit Herrn Wieland auch wenig aufschlussreich. Er kann sich immer noch nicht vorstellen, wer seine Frau entführt haben könnte. Gemeinsam mit Düse ist er die Personalakten durchgegangen. Darin war nichts Auffälliges zu finden, wo man einhaken könnte. Deshalb fahren wir erst mal zurück ins Büro, denn inzwischen ist es fast Mittag, und Düse und Thea haben Hunger. Heute bestellen sie sich etwas vom Chinesen, weil der einen Bringdienst hat. Und während sie darauf warten, prüft Düse den neuen Wisch von dem Erpresser. Aber wie befürchtet, sind leider wieder keine Fingerabdrücke drauf. „War ja zu erwarten", murmelt er.

Ich glaube, er ist trotzdem ein bisschen enttäuscht. Die meisten Verbrecher machen ja irgendwann einen dummen Fehler, durch den sie erwischt werden. Noch ist es bei unserem Entführer offenbar nicht so weit. Und dann kommt der Lieferservice mit dem Essen. Einträchtig sitzen die zwei im Büro und essen ihre Nudeln mit Huhn. Hm, das riecht wirklich gut. Netterweise gibt Thea mir ein paar Häppchen von dem Fleisch ab. Inzwischen ist es wirklich heiß geworden, und ich bin froh, dass Düse mir frisches Wasser hingestellt hat.

„Willst Du hierbleiben?", fragt er mich, als er später wieder aufbrechen und zu dem Hausmeister der Wielands fahren will.

„Nein, wo denkst Du hin", belle ich und laufe zur Tür, um ihm klarzumachen, dass ich auf jeden Fall mitkommen will. Schließlich war ich schon sauer, dass ich heute Morgen im Auto sitzen bleiben musste.

„Na gut, dann komm. Bringen wir es hinter uns", sagt Düse.

Ich glaube, er ist nicht sonderlich gut gelaunt, und das nicht nur, weil er absolut nicht weiterkommt in diesem Fall. Auch diese Hitze macht ihm zu schaffen, denn er wischt sich dauernd den Schweiß von der Stirn. Bei diesem Wetter hätte er gern ein Cabrio, hat er mal gesagt, aber so ein Luxusauto ist leider nicht drin. Schade, ich würde mir beim Fahren auch gern den Fahrtwind um die Nase wehen lassen. Marlene, seine Ex, hat nämlich neuerdings so einen tollen Wagen, darin hat sie Düse und mich mal mitgenommen – zu einer Probefahrt. Sie ist mächtig stolz auf ihr neues Auto. Sie scheint sich tatsächlich verbessert zu haben, seit der Trennung von Düse. Jedenfalls behauptet sie das. Ihr neuer Mann trägt sie auf Händen, hat sie Thea erzählt, als sie mal im Büro eine Stippvisite gemacht hat. Sowas hört Düse natürlich nicht gern, aber ich glaube, er freut sich trotzdem, wenn Marlene uns hin und wieder mal besucht. Seitdem Marlene wieder geheiratet hat, verstehen Thea und sie sich besser als je zuvor. Ich glaube, Thea hatte immer Angst, dass sie und Düse doch noch wieder zusammenfinden, aber das Thema ist ja nun durch. Tja, wie Ihr wisst, hätte ich gern Thea als Frauchen, aber in dieser Hinsicht macht

Düse keinerlei Anstalten. Ich fürchte, er hat die Nase voll von der Ehe.

Wir sitzen also wieder in seinem alten Wagen, und Düse hat alle Scheiben runtergedreht, damit wir wenigstens etwas Luft kriegen. Dann startet er, und wir fahren zur Wohnung des Hausmeisters. Was uns da wohl erwartet?

Von außen ist es ein absolut unauffälliges Siedlungshaus. Schon etwas älter, aber gepflegt, wie Düse feststellt. Dann gehen wir zur Haustür, und Düse drückt auf die Klingel. Ein melodischer Gong ertönt, aber drinnen rührt sich nichts. Düse klopft an die Fensterscheiben und ruft, aber scheinbar hört ihn niemand.

„Vielleicht ist der Hausbesitzer im Garten", überlegt Düse laut und deshalb gehen wir um das Haus herum. Hier ist auch keiner. Am Ende des Grundstücks steht ein aus Stein gebautes Sommerhäuschen. Niedlich finde ich das, mit den karierten Scheibengardinen. Das schauen wir ebenfalls an, aber auch dabei bemerken wir nichts Auffälliges. Trotzdem, irgendwas stimmt hier nicht, das spüre ich plötzlich ganz deutlich, deshalb belle ich vorsichtshalber.

„Was hast Du denn, Donny? Hier ist doch nichts", versucht Düse mich zu beruhigen. Aber ich gebe so schnell noch nicht auf, sondern fange an, das Gartenhaus erneut schnüffelnd zu umrunden. Und an der Hinterfront entdecke ich dabei, dass es einen zweiten Eingang hat. Der ist schon ganz zugewachsen, daher hat Düse ihn erst gar nicht gesehen. Der schwache süßliche Geruch, den ich vorhin wahrgenommen habe, wird hier stärker. Ich werde ganz aufgeregt und schnüffle weiter. Schließlich finde ich ein schmutziges, altes Taschentuch, nehme es vorsichtig in die Schnauze und bringe es Düse triumphierend. Der schaut es kurz an und sagt: „Danke Donny, das ist gut gemeint, aber ich glaube nicht, dass es etwas mit unserem Fall zu tun hat. Hier ist zwar ein Monogramm eingestickt, aber das ist ein F und Frau Wieland heißt Elke. Ich nehme an, es gehörte früher der verstorbenen Frau des Hausmeisters."

Trotzdem zieht er eine Plastiktüte aus der Tasche und steckt es ein, man kann ja nie wissen. Ich bin allerdings schwer enttäuscht. Ich dachte, ich hätte eine heiße Spur gefunden. Weil Düse momentan auch nicht weiterweiß, fahren wir zurück ins Büro. Düse gibt Thea den Rest des Tages frei, es ist einfach zu heiß, um heute noch die Welt einzureißen, hat er zu ihr gesagt, bevor wir uns auch auf den Heimweg machen. Unterwegs klingelt Düse´s Handy. Ein sehr aufgeregter Herr Wieland ist dran. Er erzählt Düse, dass der Entführer ihn angerufen und einen Übergabeort für das Lösegeld mit ihm vereinbart hat. Daraufhin wird Düse aber doch hellhörig.

„Wann und wo?", fragt er knapp. „Und haben Sie das Geld?"

„Ja, das habe ich heute Mittag auch von der Bank geholt. Es liegt in der Firma im Tresor. Ich muss es nur holen. Aber die Stimme des Entführers kam mir seltsam bekannt vor. Er hatte sicher ein Taschentuch vor dem Mund, außerdem nuschelte er ziemlich und hat seine Stimme verstellt, aber irgendwo habe ich diese Stimme schon mal gehört. Leider komme ich ganz und gar nicht darauf, wer es sein könnte", bedauert Herr Wieland.

„Der Entführer hat gesagt, ich soll keine Zeit verlieren und gleich losfahren und das Geld abliefern. Ich rufe Sie aus dem Auto an."

Düse hat zwar ein Uraltauto, wie Ihr ja wisst, aber sein Telefon kann er darin auf laut stellen, weil es verboten ist, beim Autofahren zu telefonieren. Bitte nicht weitersagen, aber dafür hat Düse schon mal einen Strafzettel kassiert. Thea hat deswegen mächtig mit ihm geschimpft. Und daraufhin hat er sich diese Freisprechanlage geleistet. Der Entführer hat Herrn Wieland angewiesen, das Geld in einer Plastiktüte in einem Mülleimer am Bahnhof zu deponieren. Nachdem er das getan hat, soll er sofort wieder abhauen, sonst wird Frau Wieland nicht freigelassen. Düse wirft einen Blick auf die Uhr und sagt: „Das wird verflixt knapp, aber ich versuche es zu schaffen!"

Und dann gibt er Gas. Ehrlich, so schnell ist er noch nie gefahren. Hoffentlich gehen wir den Bullen nicht wieder ins Netz. Ich glaube kaum, dass die es als Entschuldigung ansehen, wenn Düse ihnen sagt, warum er so rast. Aber alles geht gut. Knapp eine halbe Stunde später hält er mit quietschenden

Reifen vorm Bahnhof. Und oh Wunder, wir finden sogar gleich eine freie Parklücke. Düse springt aus dem Wagen, und ich flitze hinterher. In der Bahnhofshalle treffen wir einen aufgeregten Herrn Wieland. Der hat sich, entgegen den Anweisungen des Entführers versteckt, um zu gucken, wer die Plastiktüte mit dem Geld aus dem Mülleimer holen wird. Deshalb hat er von Düse telefonisch einen Rüffel kassiert, kurz bevor wir hier angekommen sind. Wenn die Ganoven das gemerkt hätten, wäre eventuell alles aus gewesen, hat Düse zu Herrn Wieland gesagt.

„Wir treffen uns in der Bahnhofshalle, und dann behalte ich den Platz im Auge, mich kennen sie ja nicht", hat Düse Herrn Wieland vorgeschlagen.

Der hat sich murrend gefügt, deshalb ist er nun hier und zeigt Düse den infrage kommenden Mülleimer.

„Nicht hingehen, das mache ich", sagt Düse. Und dann schlendern wir langsam hin, und werfen einen Blick hinein.

„Mist", flucht Düse, denn der Papierkorb enthält keine Plastiktüte mehr. Entweder war der Entführer in der Zwischenzeit schon da und hat es mitgenommen, oder jemand anders hat das Geld gefunden. Herr Wieland ist außer sich, als Düse ihm sagen muss, dass es zu spät ist.

„Wenn Sie mir nicht gesagt hätten, dass ich hier auf Sie warten soll, wäre das nicht passiert!", schnaubt er wütend.

Ich glaube, am liebsten hätte er Düse eine reingehauen, so sauer ist er. Aber das ist ja verständlich. Nur hilft das nichts, das Geld ist weg. Wir können nur hoffen, dass es auch der Richtige gefunden hat. Düse ist natürlich total zerknirscht, sagt aber trotzdem zu seinem Auftraggeber: „Da hilft ja nun alles nicht mehr. Wir kommen jetzt nicht mehr umhin, die Polizei einzuschalten, darauf bestehe ich, sonst sehen Sie womöglich weder Ihr Geld noch Ihre Frau jemals wieder!"

Herr Wieland nickt. Er ist ganz in sich zusammengefallen. Er weiß genau, dass er auch einen Großteil Schuld an der ganzen Sache hat, daher erhebt er jetzt keine weiteren Einwände, als Düse ihm vorschlägt, gleich bei der Polizei vorbeizufahren.

Künstlerpech

Verflixt noch mal, dachte der Mann, als er sah, dass eine fremde junge Frau die weiße Plastiktüte aus dem Mülleimer nahm. Natürlich hatte er gesehen, dass Herr Wieland das Geld dort deponiert hatte, aber er hatte auch bemerkt, dass der Firmenchef sich, entgegen seinen Anweisungen, doch noch in der Nähe aufhielt. Zwar hatte er einen Hut aufgesetzt und trug eine dunkle Sonnenbrille, aber er wollte kein Risiko eingehen. Also wartete er ab, bis er sah, dass Herr Wieland nach einem kurzen Telefonat in den Bahnhof zurückging. Daraufhin setzte sich der Erpresser in Bewegung und steuerte auf den Mülleimer zu. Unglücklicherweise war er nicht schnell genug und musste mit ansehen, wie eine junge Frau die Plastiktüte mit dem Geld hochnahm. Sie trug einige Gegenstände unter dem Arm und suchte offenbar nach einer Möglichkeit, sie besser transportieren zu können. Daher schaute sie in den Mülleimer, nahm die zerknüllte Plastiktüte hoch, schaute hinein und stutzte, bevor sie sich schnell damit entfernte. Sollte er ihr nachlaufen, um ihr die Beute zu entreißen? Aber dann bestand die Gefahr, dass sie ihn wiedererkennen und der Polizei beschreiben könnte. Schon tauchte Herr Wieland mit einem anderen Mann zusammen noch einmal auf, damit war es gelaufen. Der Erpresser war maßlos enttäuscht und verdrückte sich schnell. Pech, auch für den Firmenchef. Der musste wohl noch einmal in die Tasche greifen, eine andere Wahl blieb ihm leider nicht. Aber ob das klappen würde?

Auf dem Revier

Nachdem Düse Herrn Wieland überredet hat, mit ihm zur Polizei zu gehen, fahren wir alle gemeinsam dorthin. Düse und ich vorneweg, weil wir den Weg kennen. Herr Wieland ist inzwischen recht kleinlaut geworden, aber er geht tapfer mit ins Präsidium. Der Pförtner kennt Düse und mich. Er lässt uns ohne Weiteres zu Erwin hochgehen. Düse klopft an seine Bürotür und hört Erwin´s Stimme, die „einen Moment bitte" ruft. Also müssen wir uns noch eine Weile in Geduld fassen.

Aber es dauert zum Glück nicht lange, da geht die Tür auf, und Erwin kommt mit einer sympathisch aussehenden jungen Dame auf den Flur.

„Ich danke Ihnen noch einmal sehr herzlich", sagt er. „Nicht jeder hätte einer solchen Versuchung widerstehen können. Ich hoffe, es gibt einen Finderlohn für Sie. Ich melde mich, sobald ich etwas in Erfahrung gebracht habe."

Dann wendet er sich uns zu. Zum Glück scheint er gut gelaunt zu sein, denn er fragt Düse: „Was gibt's? Hast Du wieder mal Probleme? Und wen hast Du mitgebracht?"

Düse stellt ihm Herrn Wieland vor und legt dann sofort los mit seinem Bericht. Er erzählt in knappen Worten, dass sein Klient, Herr Wieland, erpresst worden ist, gezahlt hat, aber das Geld trotzdem fort ist. Erwin hat aufmerksam zugehört. Bevor Düse die genauen Einzelheiten berichten kann, greift Erwin, ohne ein Wort zu sagen, zum Telefon und ruft den Pförtner an.

„Hallo Herr Hartsieker. Sagen Sie, ist die junge Dame noch in der Nähe, die eben hier war? Nein? Schon raus, schade. Aber schauen Sie doch bitte kurz draußen nach, vielleicht erwischen Sie sie ja noch auf dem Parkplatz.“

„Ihr seid mir vielleicht Helden“, sagt Erwin. „Und Glück im Unglück habt Ihr auch. Die junge Dame, die das Geld gefunden hat, war nämlich gerade hier und hat es abgegeben. Sie ahnte gleich, dass eine äußerst faule Sache dahintersteckt. Vielleicht holt der Pförtner sie noch ein. Dann können Sie ihr gleich einen Finderlohn geben. Das wäre doch wohl angemessen!“, sagt er streng zu Herrn Wieland.

In dem Moment klopft es erneut an die Tür.

„Herein“, ruft Erwin, und die junge Dame, die wir eben gesehen haben, steht in der Tür. Neben ihr der schwer atmende Pförtner.

„Ich konnte sie gerade noch aufhalten“, japst er.

„Wunderbar, vielen Dank.“

Ich lecke ihm tröstend über die Hände, und er streichelt mich. Herr Hartsieker scheint ein Hundefreund zu sein, denn er sagt: „Es ist so heiß heute, Du hast sicher Durst. Ich hole Dir gleich Wasser.“

Endlich jemand, der auch an mich denkt. Dankbar belle ich kurz auf und schenke ihm einen liebevollen Blick. Ohne zu fragen, geht er los und kommt mit einer großen Schale Wasser für mich zurück.

„Ich habe zu Hause nämlich auch einen Hund", erklärt er, bevor er sich wieder in seine Pförtnerloge zurückzieht, während ich mich erfrische. Erwin kennt mich ja, daher hat er keinerlei Einwände gegen meine Anwesenheit. Aber dann wird er wieder dienstlich. Er erklärt der jungen Frau, dass Frau Wieland Opfer einer Entführung geworden ist, aber das darf sie niemandem erzählen, weil der Fall noch nicht gelöst ist. Sie wird ganz blass und sagt: „Dann habe ich die Geldübergabe vermasselt? Das tut mir ehrlich leid."

„Nein, der Fehler liegt ganz bei uns, ich hätte Herrn Wieland, trotz seiner Bedenken, viel früher dazu bringen müssen, mit der Polizei zusammenzuarbeiten", bedauert Düse.

„Darüber reden wir noch", droht Erwin. Dann wendet er sich an Herrn Wieland. „Wie viel ist Ihnen denn die Wiederbeschaffung des Geldes wert? Am besten einigen Sie sich in den nächsten Tagen in aller Ruhe mit Frau Ziegler. Wäre das für Sie auch in Ordnung?", wendet er sich an die junge Dame.

„Natürlich, Sie haben ja meine Adresse", nickt sie.

„Vielen Dank für Ihr Verständnis. Ich melde mich auf jeden Fall bei Ihnen", verspricht Herr Wieland.

Dann verabschiedet sich Frau Ziegler und geht. Dieses Mal hält sie keiner auf. Dann lehnt Erwin sich in seinem Sessel zurück und fordert: „So, nun will ich aber endlich alle Einzelheiten wissen. Das war unglaublich leichtsinnig von Ihnen, uns nicht gleich zu informieren, Herr Wieland."

Das finden wir alle, und Herr Wieland ist auch einsichtig, aber das hilft jetzt auch nicht mehr. Nachdem Düse und er ihre Beichte beendet haben, sagt Erwin: „Am besten legen wir jetzt gleich eine Fangschaltung, falls der Entführer wieder anruft. Das ist momentan unsere einzige Chance. Das werde ich gleich veranlassen."

Dann geht er in einen Nebenraum und kommt mit einem Kollegen zurück. Den stellt er uns als Herrn Lukaschinski vor.

Düse kennt ihn noch nicht, und ich auch nicht, er ist wohl noch nicht lange bei der Truppe.

„Wir können dann wohl erst mal gehen", meint Düse und Erwin nickt.

„Aber morgen früh will ich Dich noch mal sehen, alter Freund. Die Sache ist noch nicht vom Tisch", antwortet Erwin.

Prima, für heute können wir gehen. Um den Rest wird sich von jetzt ab die Polizei kümmern, deshalb muss Herr Wieland noch bleiben, während Düse und ich endlich nach Hause fahren dürfen.

Noch kein glückliches Ende

Zu Hause angekommen war der Entführer fast so verzweifelt wie sein Opfer. Er wusste, jetzt wurde es eng. Ob Herr Wieland wirklich noch einmal so eine große Summe herbeischaffen konnte? Und ob er doch die Polizei eingeschaltet hatte? Was sollte er nur tun? Er hatte seiner Tochter versprochen das Geld für die notwendige Operation von Zoe aufzutreiben, egal wie. Und sie verließ sich auf ihn. Aber heute konnte er nicht mehr viel tun, das war klar. Er musste nun einen klaren Kopf behalten. Als Erstes musste er sich um Frau Wieland kümmern, die musste versorgt werden. Daher erhob er sich, bestrich erneut ein paar Brote und ging los, um sie ihr zu bringen. Um ihr etwas Gutes zu tun, nahm er noch ein paar Kekse mit. Als er die Tür aufschloss, saß sie auf ihrer Pritsche und sah ihn fragend an.

„Gibt es etwas Neues?", fragte sie ängstlich.

Er antwortete nicht sofort, sondern stellte zunächst das Tablett ab.

Dann fragte er: „Wollen Sie noch mal ins Bad?"

Er hoffte, dass die schwarze Skimaske, die sein Gesicht verdeckte, auch seine Stimme dämpfen und unkenntlich machen würde. Mit Schrecken sah er, dass Elke Wieland ihn unsicher anschaute. Womöglich war ihr doch ein Verdacht gekommen. Sicher war er allerdings nicht, da sie nichts sagte, sondern nur auf die Tür zusteuerte. Wortlos ließ er sie noch einmal nach nebenan gehen, schloss die Tür zum Bad aber erneut ab und wartete, bis er die Toilettenspülung rauschen hörte. Einen Moment später klopfte sie von innen und bat darum, herausgelassen zu werden. Dann führte er sie zurück in ihre Zelle und ließ sie allein. Elke Wieland setzte sich auf ihre Pritsche und griff nach den belegten Broten. Der Hunger treibt's rein, dachte sie. Diese Stimme kam ihr mehr und mehr bekannt vor, aber noch konnte sie nicht sicher sein, wem sie gehörte. Sie musste einfach versuchen, ihrem Entführer die Maske vom Gesicht zu reißen. Falls es wirklich jemand war, den sie kannte, würde es natürlich ein Risiko sein, aber sie könnte sich vielleicht gütlich mit ihm einigen. Bei der Geldübergabe musste eindeutig etwas richtig schiefgelaufen sein. Eigentlich hätte ihr Mann das Lösegeld doch längst zahlen müssen, oder etwa nicht? Sie begann tatsächlich daran zu zweifeln, dass er das überhaupt wollte. Aber im selben Moment schämte sie sich für diesen hässlichen Gedanken.

Thea hat eine Idee

Nachdem wir wieder im Auto sitzen, und den Heimweg angetreten haben, ist Düse immer noch recht angespannt, das merke ich sofort.

Wenn doch nur Thea hier wäre, die könnte ihn vielleicht aufmuntern. Düse scheint den gleichen Gedanken zu haben, denn er fährt nicht gleich nach Hause, sondern steuert Thea´s Wohnung an. Prima, ab und zu hat er wirklich gute Ideen, wie ich finde, denn das ist ganz in meinem Sinne.

Glücklicherweise ist Thea zu Hause. Sie ist zwar etwas erstaunt, als wir bei ihr auftauchen, aber sie hat Zeit für uns. Sie hat auf dem Balkon gelesen und sich gesonnt; daher ist sie nur spärlich bekleidet, aber sie kann sich durchaus sehen lassen, auch wenn sie kein junges Mädchen mehr ist. Düse scheint das auch zu bemerken, denn er macht ihr ein nettes Kompliment über die Farbe ihres knappen Badeanzuges, der unter ihrem Bademantel hervorlugt. Den hat sie schnell übergeworfen, weil sie ja nicht wusste, wer sie besuchen will.

„Danke, aber ich ziehe mir doch lieber schnell etwas anderes an", meint Thea und verschwindet in einem anderen Zimmer.

„Nimm Dir doch schon mal etwas zu Trinken aus dem Kühlschrank", schlägt sie Düse vor.

Wir waren ja schon einige Male hier, daher kennt er sich aus, geht in die Küche und holt sich ein Bier. Dann geht er mit mir auf den Balkon, und da warten wir auf Thea. Es dauert nicht lange, da erscheint sie in einem leichten Sommerkleid.

„So, nun erzähl, was ist los?", will sie wissen.

Und dann berichtet Düse ihr haarklein, was wir in den letzten Stunden erlebt haben. Thea staunt. „Herrjeh, da ist ja einiges an mir vorbeigerauscht", bedauert sie.

Dann legt sie ihr hübsches Köpfchen schief und überlegt angestrengt. So sieht sie immer aus, wenn sie das tut. Düse hält erschöpft die Klappe. So viel und so lange zu reden, das ist eigentlich nicht sein Ding. Plötzlich ruft Thea: „Du hast mir doch erzählt, dass Donny sich im Garten des Hausmeisterhauses so seltsam verhalten hat, oder?"

„Ja, warum?", fragt Düse.

„Denkst Du, das Taschentuch kann wirklich nicht von Frau Wieland sein?", hakt Thea noch mal nach.

„Nein, das glaube ich nicht, aber ich habe es noch. Als wir bei Erwin waren, habe ich daran gar nicht mehr gedacht, sondern ihm nur von der geplatzten Geldübergabe erzählt. Ab jetzt werden Erwin und seine Kollegen den Fall bearbeiten. Wir sind mehr oder weniger raus", bedauert Düse.

„Das wollen wir doch mal sehen", sagt Thea.

„Hast Du irgendetwas von Frau Wieland, woran Donny schnüffeln kann?"

„Nee, wie käme ich dazu."

„Vielleicht ist es keine gute Idee, aber ich finde, wir sollten es versuchen. Lass uns zu Herrn Wieland fahren und ihn um ein getragenes Kleidungsstück seiner Frau bitten. Das hältst Du Donny unter die Nase, und lässt ihn anschließend auch an dem Taschentuch schnüffeln. Vielleicht erkennt er ja den Geruch. Los, keine Müdigkeit vorschützen", drängt Thea.

Düse ist müde und ich auch, aber wir wissen, Widerspruch ist gänzlich zwecklos, wenn Thea energisch wird. Außerdem ist sie mächtig stolz auf ihre weibliche Intuition, wie sie schon häufig betont hat. Also rappelt sich Düse gehorsam auf, und wir fahren noch mal zu Herrn Wieland. Der ist nicht erbaut, als wir bei ihm auftauchen, noch dazu mit

Thea im Schlepptau. Er ist nämlich nicht allein, mehrere Kriminalbeamte in Zivil sind ebenfalls vor Ort. Einer hat am Telefon herumgefummelt und informiert ihn gerade, dass die Überwachungsleitung nun steht. Herr Wieland stutzt, als Düse ihm sein Anliegen vorträgt, aber er rückt ganz bereitwillig ein ungewaschenes T-Shirt seiner Frau raus und lässt mich daran schnuppern. Das tue ich auch ausgiebig, es riecht nämlich sehr gut. Düse und die Kripobeamten schauen mir dabei gespannt zu. Dann hält Düse mir das Taschentuch unter die Nase. Und ich erkenne den Geruch sofort, obwohl er auch sehr schwach ist. Aber ich belle laut, damit sie merken, wir haben einen Treffer gelandet.

„Woher hast Du das Taschentuch?", fragt Erwin entgeistert. „Davon hast Du vorhin aber nichts gesagt."

„Tut mir ehrlich leid, das hatte ich total vergessen", entschuldigt sich Düse.

„Dein Strafregister wird immer länger, das ist Unterschlagung von Beweismaterial", ärgert sich Erwin.

„Ich wusste doch nicht, dass es tatsächlich eine Rolle spielen könnte. Ich dachte, es hätte der Hausmeistersfrau gehört. Ich habe recherchiert. Ihr Vorname war nämlich Franziska", verteidigt Düse sich.

„Erkennen Sie das Taschentuch und gehört es Ihrer Frau?", wird Herr Wieland gefragt.

„Mag sein, dass es meiner ehemaligen Schwiegermutter gehört hat. Sie hieß Friederike, aber ich habe sie nicht mehr kennengelernt, ebenso wenig wie den Vater meiner Frau."

„Auf jeden Fall sollten wir jetzt keine Zeit mehr verlieren und der Sache auf den Grund gehen", ordnet Erwin an.

Endlich ergreift mal einer die Initiative.

„Sie bleiben hier, falls sich der Entführer meldet", weist er Herrn Wieland an. Und einer seiner Kollegen wird auch bei ihm bleiben. Aber Düse, Thea, Erwin und ich quetschen uns in Düse´s altes Auto und fahren gleich los. Beim Hausmeister brennt Licht, also muss er zu Hause sein. Außerdem steht in der Einfahrt ein großes, dunkles Fahrzeug mit dem Emblem des Modehauses Wieland. Und als sie das sieht, schaltet Thea:

258

„Hast Du mir nicht erzählt, dass die Nachbarin an zwei Tagen einen dunklen Sprinter in ihrer Straße gesehen hat?", erkundigt sie sich bei Düse. „Könnte doch dieses Fahrzeug gewesen sein."

„Klar könnte es das, obwohl es schon ganz schön dreist vom Hausmeister gewesen wäre, wenn er seine Chefin in ihrem eigenen Firmenwagen entführt hätte", meint Erwin.

Ich renne gleich zum Gartenhaus und zeige auch Thea und Erwin den unter Büschen versteckten Eingang.

„Hier hat Donny das Taschentuch gefunden", klärt Düse die beiden auf. Ich belle wie verrückt, denn inzwischen bin ich mir ganz sicher, dass wir Frau Wieland hier finden werden. Aber Düse und Erwin gehen dennoch erst mal zum Wohnhaus und klingeln. Ohne Weiteres dürfen die Männer die Tür zum Keller des Gartenhäuschens ja nicht aufbrechen, das wäre auch eine Straftat. Also rase ich auch zurück, um mitzukriegen, wie der Hausmeister reagiert, als sie ihn jetzt mit ihrem Verdacht konfrontieren. Thea umrundet inzwischen das Gartenhaus noch einmal, kehrt dann aber zur Kellertür zurück.

Zunächst tut der Hausbesitzer so, als wenn er die Klingel nicht hört. Deshalb klopft Erwin energisch an die Haustür und ruft laut: „Herr Meinert, machen Sie auf! Hier ist die Polizei! Wir wissen, dass Sie da sind!"

Wieder dauert es einen kleinen Moment, aber dann öffnet sich die Haustür und der Hausmeister erscheint im Türrahmen. „Was wollen Sie?"

„Wir haben den begründeten Verdacht, dass Sie Ihre Chefin, Frau Wieland, hier festhalten", antwortet Erwin.

Während er das sagt, zückt er seinen Dienstausweis und hält ihn Herrn Meinert unter die Nase.

Nein, das ist doch falsch, im Haus ist sie bestimmt nicht, versuche ich zu erklären. Ich hüpfe währenddessen auf und ab und belle aus Leibeskräften. Nun greift Erwin zu einem Trick. Er zieht das Taschentuch hervor und hält es dem Hausmeister unter die Nase, aber so, dass er das Monogramm nicht sehen kann.

„Das gehört Frau Wieland. Wir haben es in Ihrem Garten gefunden. Wo ist sie?"

Daraufhin wird der Hausmeister blass und stammelt nur noch: „Hinten im Gartenhaus. Ich hole den Schlüssel."

Na also, geht doch, belle ich und renne erneut dorthin. Düse und Erwin nehmen Herrn Meinert in die Mitte und folgen mir. Dann schließt der Hausmeister auf, und wir gehen alle rein. Er zeigt auf die Tür am Ende des Ganges und gibt sofort Düse seinen Schlüsselbund. Fast kann er einem leidtun, denn er wirkt völlig apathisch. Wieder laufe ich laut bellend voraus. Dann öffnet Düse die Tür, und wir alle sehen Frau Wieland, die da auf einer Campingliege sitzt. Das muss sie sein, denn wen sollte der Hausmeister sonst hier eingesperrt haben? Ich renne los und springe an ihr hoch. Sie lacht und weint zugleich, so kommt es mir vor. Aber sie sieht sehr erleichtert aus und streichelt mich. Sie hat wunderbar weiche Hände, ich mag sie. Schon kommt Thea und schiebt mich sanft beiseite. Sie nimmt Frau Wieland tröstend in die Arme.

„Es ist vorbei", sagt sie dabei.

Mehr nicht. Das ist auch gar nicht nötig, finde ich. Erwin hat inzwischen seine

Handschellen gezückt und Herrn Meinert verhaftet. Der hat sich nicht gewehrt, steht einfach nur da, wie eine Salzsäule. Frau Wieland hat ihn auch gesehen. Aber sie hat die Situation immer noch nicht so recht verstanden, denn sie fragt: „Herr Meinert, was tun Sie denn hier? Haben Sie der Polizei einen Tipp gegeben?"

Und dann fällt endlich der Groschen, als sie sieht, dass Erwin sein Smartphone aus der Tasche zieht, um seinen Kollegen zu bitten, einen Streifenwagen vorbeizuschicken, damit er Herrn Meinert ins Gefängnis bringen lassen kann.

„Nein, das kann doch nicht wahr sein!", ruft sie entgeistert. „Warum, um Himmels willen, haben Sie das getan?"

Dem Entführer laufen dicke Tränen übers Gesicht, und fast kann er einem leidtun, als er antwortet: „Meine Enkelin ist schwer krank, und die Krankenkasse weigert sich, die erforderliche Behandlung zu bezahlen. Wir konnten das Geld für eine Operation in Amerika einfach nicht aufbringen. Ich wollte ihr helfen, aber das habe ich wohl falsch angepackt."

Frau Wieland sieht echt geschockt aus. Auch Thea macht plötzlich ein trauriges Gesicht. Damit hat bestimmt keiner gerechnet, aber trotzdem war es nicht richtig, Frau Wieland zu entführen, um an das erforderliche Geld zu kommen, das ist uns allen klar. Und geholfen hat es seiner Enkelin leider auch nicht, im Gegenteil.

„Warum haben Sie nicht mit mir gesprochen, wir hätten bestimmt einen Weg gefunden, Ihrer Enkelin zu helfen", sagt Frau Wieland. Der Hausmeister senkt nur den Kopf und antwortet nicht. Ist ihm sicher peinlich. Donnerwetter, die Frau hat Format. Ich wäre stinksauer, wenn mich jemand tagelang in so einem feuchten Kellerloch festgehalten hätte, das kann ich Euch aber sagen.

„Wollt Ihr Frau Wieland nach Hause bringen?", erkundigt sich Erwin bei Düse und Thea.

„Klar tun wir das!"

„Aber vergiss nicht, wir zwei sprechen uns morgen, auf dem Präsidium", erinnert Erwin Düse noch einmal.

Au weia, das wird kein leichter Gang für Düse, das weiß ich. Aber wenn er schlau ist, dann nimmt er Thea noch mal mit. Ihrem Charme kann Erwin ganz bestimmt nicht widerstehen. Und ich werde natürlich auch mein Bestes tun, um ihn milde zu stimmen. Irgendwie bügeln wir das schon wieder aus. Dann verabschieden wir uns und gehen zum Auto.

Thea hat ihr Smartphone Frau Wieland gegeben, damit sie ihren Mann anrufen und ihm Bescheid geben kann, dass sie auf dem Weg zu ihm ist. Frau Wieland ist immer noch ganz durcheinander, das ist ja auch kein Wunder, aber sie lebt sichtlich auf, als sie ihren Mann an der Strippe hat. Der brüllt so laut ins Telefon, dass zumindest ich mithören kann, wie erleichtert er ist, plötzlich und unerwartet die Stimme seiner Frau zu hören.
„Du bist wieder frei, mein Liebling?", fragt er ungläubig.
„Ja, stell Dir vor, unser Hausmeister hat mich entführt, weil er für seine kranke Enkelin Geld brauchte", versucht sie ihm zu erklären. Dann bricht sie das Gespräch ab und sagt: „Das erzähle ich Dir alles, wenn ich zu Hause bin."

Ist auch besser, finde ich.

„Ich habe mich noch gar nicht bei Ihnen bedankt", fängt Frau Wieland an, nachdem sie Thea ihr Smartphone zurückgegeben hat.

„Ist auch nicht nötig, ich habe nur meinen Job gemacht", brummt Düse.

Aber ich kenne ihn, er will sich seine Erleichterung über den glücklichen Ausgang der Sache nicht anmerken lassen. Thea strahlt Frau Wieland an und antwortet: „Wir sind alle froh, dass Ihnen nichts geschehen ist. Es waren bestimmt furchtbare Stunden in dem Keller."

Frau Wieland schluckt: „Natürlich, aber ich hätte nie daran gedacht, dass einer meiner eigenen Angestellten..."

„Jetzt ist ja alles gut, und Sie sind gleich wieder bei Ihrem Mann. Alles Weitere wird sich finden", beschwichtigt Thea sie. Und dann sagt keiner mehr ein Wort, bis wir vor dem Haus der Wielands stehen. Herr Wieland hat schon auf uns gewartet, denn er steht im Garten, als wir ankommen. Sofort rennt er los, reißt die Autotür auf, und seine Frau fällt ihm schluchzend in die Arme. Das ist für uns der passende Moment, uns zu verdrücken und die beiden erst mal sich selbst zu überlassen.

Düse kriegt einen Anpfiff

Wie schon befürchtet, bekommt Düse am nächsten Tag von Erwin einiges zu hören.

„Verdammt, Du warst doch selbst bei der Truppe, Du musst doch wissen, dass es nicht ohne uns geht, wenn ein Kapitalverbrechen vorliegt", wettert Erwin. „Die Sache hätte genauso gut schiefgehen können!"

Düse zieht den Kopf ein, weil er genau weiß, dass sein alter Freund recht hat. Sogar Thea´s und meine Anwesenheit haben Erwin zu Anfang nicht milde gestimmt. Also lässt Düse Erwin erst mal auskollern, bevor er sich zu verteidigen versucht. Ist immer eine gute Methode, dem Gegner zu gestatten, seine Munition zu verschießen, bevor man zum Gegenangriff übergeht, das hat Düse mal zu Thea gesagt. Scheint zu wirken, der Trick, denn nach einer Weile hat Erwin sich beruhigt, und dann kann Düse ihm in aller Ruhe erklären, wie alles gekommen ist. Thea pflichtet ihm eifrig bei. Das hilft hoffentlich,

die Wogen ein wenig zu glätten. Ich habe mich vor Erwin aufgebaut, lege meinen Kopf auf sein Knie und schaue ihn liebevoll an. Gedankenverloren beginnt er damit, mich zu streicheln, und daraufhin lecke ich ihm seine Hände ab. Das muss reichen, finde ich. Tut es auch, denn endlich sagt Erwin: „Du bist einfach unverbesserlich, Harry!", aber es klingt schon ein bisschen versöhnlicher. Wenn er Düse allerdings Harry nennt, dann ist das kein Spaß, das weiß ich. Jetzt läuft Thea noch mal zu großer Form auf, indem sie fragt: „Aber Erwin, was hätte Düse denn tun sollen? Herr Wieland hat sich absolut geweigert, mit Euch zusammenzuarbeiten. Und wir brauchten den Auftrag wirklich dringend, wir sind mal wieder echt klamm. Ich habe sogar schon darüber nachgedacht mir einen anderen Job zu suchen, und Du weißt wie gern ich für Düse arbeite. Es ist doch alles gutgegangen, und als es brenzlig wurde, da hat Düse keine Sekunde gezögert und Euch sofort alarmiert. Bitte Erwin, lass Gnade vor Recht ergehen – tu es für mich!"
Die traut sich was, und ihr Augenaufschlag, der hätte bestimmt noch ganz andere Kerle

als Erwin ins Wanken gebracht. Sie hat ihn damit ruck zuck um den kleinen Finger gewickelt, scheint mir.

„Hm, na ja, das stimmt", nuschelt Erwin.

Jetzt hält Düse es für geboten sich einzumischen. Scheinbar passt es ihm ganz und gar nicht, wenn unsere Thea anderen Männern schöne Augen macht, und sei es auch nur seinem alten Freund Erwin.

„Los Erwin, gib Dir einen Ruck, Du hast was gut bei mir", schlägt er vor. „Sobald wir die Protokolle unterschrieben haben, gehen wir alle in den schmutzigen Löffel zum Mittagessen."

Entgegen dem komischen Namen ist das Essen da wirklich gut, und die Bedienung mag Hunde – auch ein Plus. Das ist ein Friedensangebot an Erwin. Aber da macht Thea nicht mit. So billig lässt sie Düse nicht davonkommen.

„Nee, der schmutzige Löffel reicht in dem Fall nicht, wir gehen zu dem neuen Italiener in der Innenstadt, der soll auch prima sein! Und Erwin, Du bringst Deine Frau mit. Dann machen wir uns gemeinsam einen schönen Abend!", schlägt sie vor.

Düse wagt nicht zu widersprechen, auch wenn dieser Abend garantiert wieder ein dickes Loch in unser Budget reißen wird. Aber Thea weiß immer, was sie tut, darauf kann man sich felsenfest verlassen, das weiß Düse. Sie zwinkert ihm zu, denn Erwin ist tatsächlich besänftigt, was will er mehr? Thea verspricht ihm, mit seiner Frau zu telefonieren, damit die beiden Frauen schnellstens einen Termin absprechen können, um zu dem viel gelobten neuen Italiener zu gehen. Düse würde das sicher erst mal wieder auf die lange Bank schieben und irgendwann womöglich sogar ganz vergessen. In dieser Hinsicht ist ihm alles zuzutrauen, das weiß Thea.

„Was ist eigentlich mit der Enkelin des Hausmeisters?", will sie wissen.

„Sie ist wirklich sehr krank, das haben wir schon überprüft."

„Kann man nicht einen Spendenaufruf für sie starten, um das Geld für eine Operation zu kriegen? Ich könnte das per Facebook machen", schlägt Thea vor. Ich staune, obwohl ich nicht weiß, was Facebook ist. Aber Thea hat immer gute Ideen. Sie wird ganz eifrig und sagt: „Darum kümmere ich mich, sobald ich wieder im Büro bin. Wie heißt sie und was hat sie genau?"

„Ich denke, es wird das Beste sein, wenn Du darüber mit ihrer Mutter sprichst, da kann die Polizei sich nicht einmischen, aber von mir kriegst Du auch einen Schein", verspricht Erwin. „Die Kleine kann einem echt leidtun, und ihr Opa im Grunde auch. Er ist ja nicht vorbestraft, vielleicht lässt das Gericht Milde walten. Das hängt auch davon ab, was Frau Wieland in dem Prozess sagen wird. Zum Glück ist das nicht mehr unsere Sache."

Damit ist für Erwin das Thema erledigt. Und mit dem Versprechen sich in den nächsten Tagen bei ihm zu melden, verabschieden wir uns von ihm. Nachdem wir alle wieder im Büro sind, greift Thea sofort zum Telefon, um Erwin´s Frau anzurufen. Die zwei kennen sich von Marlene´s Hochzeit. Sie werden sich schnell einig und Thea verspricht, in dem Restaurant anzurufen, um einen Tisch zu reservieren.

„Ja klar, ich versuche draußen einen Tisch zu ergattern", das ist das Letzte, was ich höre, bevor ich wieder mal ein Nickerchen mache. Bei der Hitze ist das immer angebracht.

Ende gut – alles gut

Einige Tage später sitzen wir bei dem neuen Italiener draußen in seinem Garten. Alle Tische sind besetzt, wie gut, dass Thea ihn angerufen und reserviert hat. Weil alle draußen sitzen, durfte ich mit. Auch hier wird mir netterweise eine Schale mit frischem, kühlen Wasser hingestellt. Danke, Luigi! Du bist ein netter Kerl. Wenn es nach mir geht, kommen wir sicher bald wieder. Nachdem alle die Speisekarte studiert und ihre Bestellung aufgegeben haben, erzählt Thea, dass sie ihren Plan, Geld für die kleine Zoe zu sammeln, in die Tat umgesetzt hat. Sie hat mit der Mutter des Mädchens gesprochen und erfahren, dass sie eine sehr seltene Krankheit hat, und eine Operation in Amerika ihr vermutlich helfen könnte. Die Ärzte hier in Deutschland trauen sich da nicht ran. Aber für den Flug und den Eingriff braucht man Geld, viel Geld. Und das hat weder ihre Mutter, noch ihr Opa. Deshalb hat er sich dazu entschlossen, auf diese Weise an die erforderliche Knete zu kommen. Seine Tochter wusste davon nichts, und sie hat ihm auch nicht so recht geglaubt, als er ihr versprochen hat, das nötige Kapital dafür aufzutreiben.

„Die Wielands haben auch schon einen größeren Betrag gespendet", berichtet Thea. „Ich finde das sehr nobel von ihnen", setzt sie hinzu.

Finde ich auch. Und natürlich hoffe ich, dass Thea es schafft, genug Geld aufzutreiben, damit Zoe gesundwerden kann. Auf jeden Fall wollen Düse und ich sie auch mal besuchen, das wird ihr bestimmt guttun. Thea sagt, sie ist ein fröhliches, kleines Mädchen, obwohl sie so krank ist. Sogar Düse hat einen größeren Schein von seinem Honorar geopfert. Außerdem geht dieser Abend ja auch auf seine Kosten. Aber das wird er schon wieder reinholen, denke ich.

Man sieht sich – Euer Donny.

Wirbel in der

Kunstszene

Ein neuer Auftrag

Hi Fans, ich bin's wieder – Eurer Donny!
Schön, dass Ihr auch alle wieder da seid. Die
Privatdetektei von meinem Herrchen Düse
und seine Sekretärin Thea gibt es natürlich
nach wie vor. Und jetzt scheint es so, als hat
Düse endlich mal wieder einen lukrativen
Auftrag an Land gezogen. Vorhin war
nämlich ein neuer Klient da, der hat Düse
beauftragt nach einem verschwundenen Bild
zu suchen. Der Kunde kam rein und stellte
sich als Dietrich Thiesbrummel vor. Er gab
an, ein privater Sammler zu sein. Er war
exquisit gekleidet, das muss ich ihm lassen
und gute Manieren hatte er auch, fast schon
zu gute. Er ging gleich auf die verdutzte
Thea zu und begrüßte sie mit einem
formvollendeten Handkuss. Das ist in
unseren Kreisen eher unüblich. Ich finde
sowas ein wenig albern, Düse sicher auch,
wenn er es gesehen hätte.
Der neue Klient fragte nach dem Inhaber der
Detektei, und Thea brachte ihn ins Büro zu
Düse. Ich lief mit, denn natürlich wollte ich
wissen, um was es ging. Unter dem

Schreibtisch von Düse liegend, verfolgte ich das Gespräch.

„Was kann ich für Sie tun, Herr Thiesbrummel?"

„Ich handle und sammele auch selbst Bilder. Einige meiner Gemälde könnten durchaus in Museen hängen, aber ich ziehe es vor, mich zu Hause daran zu erfreuen und sie nur gelegentlich einer kleinen Schar von ausgesuchten Freunden zugänglich zu machen. Nun ist mir eine meiner Kostbarkeiten abhanden gekommen, und ich möchte Sie beauftragen, sie für mich zu suchen."

„Wie konnte das denn passieren?"

„Ich habe das Gemälde abgeholt und bin auf dem Weg nach Hause überfallen worden. Ich fahre ein Cabrio. An einer roten Ampel musste ich anhalten, und aus dem Wagen hinter mir sprangen plötzlich zwei maskierte Männer. Der eine hielt mir eine geladene Pistole vor die Nase, während der andere sich das Bild vom Rücksitz schnappte. Dann sprang die Ampel auf Grün, und ich wurde aufgefordert, sofort weiter zu fahren. Es ging alles so schnell, da konnte ich gar nicht anders reagieren."

„Aber bis dahin war das Bild doch sicher durch die Galerie versichert", wundert sich Düse.

„Nein, ich habe das Bild direkt beim Künstler in seinem Atelier gekauft. Es ist eines der ganz neuen Werke von Thilo Steenfatt. Die Farbe war kaum getrocknet, aber mir gefiel es so gut, dass ich mich spontan dazu entschieden habe, es zu erwerben. Thilo Steenfatt ist ein junger Künstler, der in der breiten Öffentlichkeit leider bisher noch relativ unbekannt ist. Aber er ist eindeutig ein aufsteigender Stern am Künstlerhimmel. In absehbarer Zeit werden seine Werke sicher recht teuer. Noch konnte ich es relativ günstig erwerben."

„Haben Sie wenigstens ein Foto von dem verschwundenen Bild, und wie sah das Auto der Diebe aus?", erkundigt sich Düse.

„Natürlich", antwortet Herr Thiesbrummel, greift in seine Anzugtasche und zieht das Foto hervor.

Düse nimmt es in die Hand, schaut es einige Sekunden an und sagt dann: „Ich muss gestehen, von moderner Kunst verstehe ich nicht viel. Aber können Sie zu dem Auto einige Angaben machen?"

„Das ist bedauerlicherweise ein Problem", beginnt der Fremde. „Ich war so verängstigt, dass ich kaum darauf geachtet habe. Es ging alles so furchtbar schnell. Es war ein großer Wagen. Dunkelblau oder schwarz, und das Kennzeichen habe ich mir leider auch nicht gemerkt."

Sogar mir fällt auf, dass Herr Thiesbrummel sich offensichtlich bewusst bedeckt hält. Eigentlich hätte Düse das auch merken müssen.

„Hm", brummt er.

„Wann ist das Ganze denn geschehen?"

„Gestern stand ich so unter Schock, dass ich mir erst heute überlegt habe, wie ich am besten reagieren sollte."

„Ich nehme an, bevor Sie zu mir gekommen sind, waren Sie bei der Polizei, um diesen überaus dreisten Diebstahl anzuzeigen oder?", vergewissert sich Düse.

„Genau da liegt das Problem", bekennt sein neuer Klient. „Ich habe das Bild ja vom Künstler direkt gekauft — sozusagen

277

steuerfrei. Wenn ich zur Polizei gegangen wäre, dann hätte ich Herrn Steenfatt mit reingerissen, das wollte ich natürlich nicht."

„Wollen Sie damit andeuten, dass der Kauf illegal vonstattengegangen ist?"

Herr Thiesbrummel zuckt nur die Achseln und anstatt zu antworten drängt er: „Wäre Ihnen eine Anzahlung von fünftausend Euro für Ihre Ausgaben recht?"

Daraufhin bekommt Düse große Augen und stimmt schnell zu, bevor sein Auftraggeber es sich anders überlegen kann. Er gibt Herrn Thiesbrummel seine Visitenkarte, auf der steht ja auch seine Kontonummer, und sagt: „In Ordnung. Wo und wie kann ich Sie erreichen, wenn ich etwas herausgefunden habe?"

„Ich werde mich in einigen Tagen bei Ihnen melden."

Bevor der verdutze Düse antworten kann, verabschiedet sich unser neuer Klient und geht. Dieses Mal ohne Thea zu beachten. Vielleicht hat sie ihm das übelgenommen, denn nach seinem überstürzten Abgang meldet sie Zweifel an, ob bei dieser Sache alles mit rechten Dingen zugeht. Dabei hat sie nicht einmal mitbekommen, dass Herr Thiesbrummel mit dem Künstler zusammen ein wenig gemauschelt hat.

„Irgendwie kommt der Kerl mir nicht sauber vor. Tut mir leid, aber ich glaube, Du solltest diesen Auftrag nicht weiterverfolgen."

„Wie kommst Du darauf?", will Düse aufgebracht wissen. „Endlich habe ich mal wieder einen dicken Fisch an der Angel, und Du meinst, ich soll ihn vom Haken lassen."

„Bauchgefühl", mehr sagt Thea nicht und rümpft die Nase.

Sie ist bestimmt beleidigt. Ich weiß, auf ihr Bauchgefühl kann man sich im Allgemeinen recht gut verlassen. Das weiß Düse auch, deshalb hat er vermutlich so ungehalten reagiert. Trotzdem versucht er, Thea zu überzeugen, warum er diesen dubiosen Auftrag angenommen hat.

„Du weißt doch, die Miete ist fällig und in diesem Quartal kommt auch die Strom- und Gasrechnung auf uns zu. Außerdem muss meine alte Karre im nächsten Monat zum TÜV. Da kommt mir das Geld mehr als gelegen."

„Wie Du meinst", schnappt sie.

Anschließend setzt sie sich gleich an ihren Computer, um über einen Maler namens Thilo Steenfatt zu recherchieren. Zumindest in diesem Punkt hat Herr Thiesbrummel die Wahrheit gesagt. Der junge Maler hat bereits eine Ausstellung in einer sehr renommierten Galerie gehabt und gilt seither als recht begabt. Seine Bilder sind in gewissen Kreisen heiß begehrt und werden inzwischen ab zehntausend Euro aufwärts gehandelt, je nach Größe.

„Ehrlich gesagt, ich kann mit diesem modernen, abstrakten Zeugs nicht viel anfangen", sagt Thea, als Düse ihr das Foto zeigt.

Düse gefällt das gesuchte Bild auch nicht sonderlich. Aber Auftrag ist Auftrag, und Düse kann die Kohle nur zu gut gebrauchen, das ist sonnenklar. Irgendwo muss er ja ansetzen, also beschließt er, zuerst den Maler in seinem Atelier zu besuchen.

„Komm, Donny", fordert er mich auf.

Klar, dass ich mir das nicht zwei Mal sagen lasse. Für mich gibt es nichts Schöneres, als mit Düse auf Tour zu gehen.

Im Atelier des Künstlers

Genauso wie Düse und Thea verstehe ich nicht viel, um nicht zu sagen gar nichts, von Kunst. Muss ich ja auch nicht. Bei Menschen ist das natürlich was anderes. Aber, Museen, Galerien und ähnliches, das interessiert mein Herrchen leider gar nicht. Sein absolutes Desinteresse an Kunst und Kultur jeglicher Art hat schon seine geschiedene Frau stets moniert, obwohl sie ihn sicher nicht nur deshalb verlassen hat. Aber privat ist Düse nun mal eine Couchpotato und schaut sich mit mir lieber im Fernsehen die alten Folgen von Kommissar Rex oder andere Krimis an. Er behauptet sogar, dass man daraus noch was lernen kann. Wenn er sich tatsächlich mal aufrafft und ausgeht, dann meistens nur in das nächste Lokal, um etwas zu essen. Deshalb ist der „schmutzige Löffel" seit jeher unsere Stammkneipe. Aber jetzt sind wir auf dem Weg zu Herrn Steenfatt. Der hat sein Atelier in einer ruhigen Straße am Stadtrand, und Düse findet zum Glück auf Anhieb einen Parkplatz. Von außen sieht das Haus aus, wie alle anderen auch. Nichts

Besonderes also, aber weil die Haustür nur angelehnt ist, können wir eintreten, ohne zu klingeln. Düse schaut zuerst nach den Briefkästen. Es sind zwei, die an einer Wand im Flur hängen. Einer ist mit dem Namen Steenfatt beschriftet, am anderen steht kein Name. Düse marschiert auf die Wohnungstür zu und klingelt. Offenbar hat es niemand gehört, denn es tut sich nichts. Nach einer Weile versucht Düse es noch mal. Wieder nichts. Dann gehen wir in den ersten Stock und versuchen es da. Eine Klingel ist hier auch nicht zu sehen, aber es gibt einen altmodischen Türklopfer. Also greift Düse danach und es dauert nicht lange, da hören wir eine Stimme, die fragt: „Wer ist da?"

„Mein Name ist Düsediekerbäumer. Herr Steenfatt ich würde mir gern einmal ihre Werke anschauen. Wäre das möglich?"

„Natürlich, ich komme!"

Einen Augenblick später öffnet sich die Tür, und wir stehen dem Künstler persönlich gegenüber. Er ist ein junger Mann, der nach meinem Eindruck, noch weniger Wert auf sein Äußeres legt, als Düse. Ich finde ihn sogar etwas ungepflegt. Er trägt eine durchlöcherte Jeans und ein helles T-Shirt, das farbverschmiert ist. Außerdem hat er schulterlange Haare und Stoppeln am Kinn.

„Stören wir Sie gerade bei der Arbeit?", eröffnet Düse das Gespräch.

„Nein, mein Atelier ist im Erdgeschoss. Kommen Sie, wir gehen hinunter."

„Wohnen Sie allein hier im Haus?", erkundigt sich Düse.

„Ja, die Wohnung ist oben und hier unten arbeite ich", antwortet der Künstler, indem er die Tür zu seiner Wirkungsstätte aufschließt und uns hereinbittet. An den Wänden lehnen etliche Bilder in grellen Farben. Auf einem Tisch stehen verschiedene Gläser mit unterschiedlichen Pinseln in allen Größen.

„Bitte, das ist mein Reich!", erklärt Herr Steenfatt stolz. „Schauen Sie sich in aller Ruhe um."

„Danke."

Pro Forma tut Düse so, als würden ihn die Bilder interessieren. Er stellt auch ein paar Fragen, bevor er zum eigentlichen Anlass unseres Besuchs kommt. So fragt er den Maler, wie er dazu gekommen ist zu malen, welche Techniken er anwendet und einiges mehr. Ich verstehe nur Bahnhof, und ich wette, Düse ist hinterher auch nicht schlauer als vorher, obwohl er sehr überzeugend wirkt, indem er gelegentlich bei den Erklärungen des Künstlers zu seinen Bildern einige passende Worte einwirft. So sagt er zum Beispiel: „Sehr interessant oder ach, wirklich?"

Er gibt Herrn Steenfatt lauter Antworten, die mir seltsam vorkommen. Aber der Maler scheint das in Ordnung zu finden und bemerkt offenbar nicht, dass Düse nur so tut, als wäre er ein Kunstkenner. Schließlich kommt er zur Sache.

„Sie wissen sicher, dass eines ihrer Gemälde auf spektakuläre Weise gestohlen worden ist oder?"

Herr Steenfatt ist sichtlich erschrocken, als er das hört. Plötzlich wird er ganz blass und stottert: „Nein, wann denn um Himmels Willen? Und um welches Bild handelt es sich? Sind Sie von der Polizei?"

Nun muss Düse Farbe bekennen und antwortet: „Ich bin Privatdetektiv, und habe von Herrn Thiesbrummel den Auftrag erhalten, ihm sein Bild wiederzubeschaffen.

Vielleicht können Sie mir dabei helfen. Können Sie sich vorstellen, wer daran Interesse gehabt haben könnte, genau dieses Bild zu stehlen?"

Dabei zieht er das Foto des verschwundenen Objekts aus der Tasche und zeigt es dem Künstler. Ratlos schüttelt der Maler den Kopf.

„Nein, es war ein ganz neues Werk und auch keines von meinen größten und teuersten Bildern. Herr Thiesbrummel besitzt schon mehrere meiner Gemälde. Wenn man so will, gehört er zu meinen Förderern."

Bei dieser Information horcht Düse auf.

„Sie sagen also, er hat Ihnen schon mehrere Bilder abgekauft?"

„Ja."

„Haben Sie diese Verkäufe immer privat abgewickelt?"

„Nein, nur das letzte Bild habe ich ihm sozusagen unter der Hand verkauft. Die anderen hingen in einer Ausstellung in einer Galerie. Zwei hat er dort erworben. Glauben Sie mir, es ist nicht einfach, auf dem Kunstmarkt Fuß zu fassen. Ich war für seine Protektion sehr dankbar. Die Meinung von

Herr Thiesbrummel hat unter den meisten Kunstsammlern durchaus Gewicht. Nachdem er die beiden Bilder gekauft hatte, konnte ich noch einige andere verkaufen und bekam daraufhin sogar eine eigene Ausstellung in der Galerie Goldstedt – nur mit meinen Werken", erzählt uns Herr Steenfatt mit hörbarem Stolz in der Stimme.

„Als er mir gestern vorschlug, das Bild direkt bei mir zu kaufen, konnte ich ihm das schlecht abschlagen. Es war sozusagen ein Deal unter guten Bekannten. Ich hätte es natürlich später in meiner eigenen Steuererklärung mit angegeben", versucht Herr Steenfatt sich zu rechtfertigen.

„Ja, ich habe bereits gehört, dass Sie zu den aufsteigenden Sternen am Kunsthimmel gehören", schmeichelt ihm Düse. Dann setzte er hinzu: „Was den illegalen Verkauf des Bildes angeht, werde ich darüber zunächst einmal nichts verlauten lassen, keine Sorge. Das gehört nicht zu meinen Aufgaben."

Daraufhin sieht der Künstler sehr erleichtert aus. Er stammelt lediglich: „Danke schön, das ist sehr freundlich von Ihnen."

„Na gut, ich glaube, im Moment können Sie mir nicht weiterhelfen, aber ich danke Ihnen für das Gespräch. Sollte ich noch weitere Fragen an Sie haben, komme ich wieder auf Sie zu."

„Natürlich, jederzeit."

Düse fasst nach meiner Leine und sagt: „Komm, Donny, wir gehen."

Das muss er mir nicht zwei Mal sagen. Allein der starke Geruch nach frischer Farbe hat meine empfindliche Nase schon beim Eintreten in das Atelier des Künstlers mächtig gestört. Ich bin heilfroh, als wir wieder auf der Straße stehen und ich wieder frische Luft einatmen kann. Aber auch mit diesem Herrn Steenfatt stimmt etwas nicht, das spüre ich ganz deutlich. Ich glaube, Düse merkt das auch, denn er murmelt: „Komischer Kerl, ich wette, die beiden haben Dreck am Stecken. Der Thiesbrummel genauso wie sein Protegé."

Bevor wir wieder ins Büro fahren, holt Düse sich ein belegtes Brötchen bei einem Bäcker in der Nähe, und ich bekomme von der netten Verkäuferin eine Schale mit Wasser vorgesetzt. Ich bin sehr gespannt, was Düse später Thea erzählen wird. Garantiert nicht alles, so gut kenne ich ihn inzwischen.

Zurück im Büro

Nach unserer Mittagspause fahren wir zurück ins Büro. Thea ist noch immer ein wenig sauer.

„Was habt Ihr rausgekriegt?", fragt sie trotzdem.

Daraufhin berichtet Düse ihr in groben Zügen, was der Besuch bei Herrn Steenfatt ergeben hat. Den illegalen Verkauf des Bildes verschweigt er ihr allerdings. Sie hätte sonst garantiert wieder darauf gedrängt, den Fall abzugeben, bevor Düse womöglich noch mehr in die kriminellen Machenschaften von Herrn Thiesbrummel und dem Maler verwickelt wird. Aber ich glaube, sie ahnt etwas, denn sie kraust die Stirn und sagt: „Und das ist wirklich alles?"

Thea ist eindeutig die gute Seele der Agentur – in jeder Hinsicht. Zudem ist sie ja immer noch verliebt in Düse. Leider erwidert er diese Hingabe nicht. Er schätzt sie und ihren unermüdlichen Einsatz durchaus, aber mehr nicht. Wenn Ihr mich fragt, dann hängt sein Herz immer noch an Marlene, seiner Ex-Frau. Unter uns, ich glaube, Marlene hat es mit ihrem neuen Mann eindeutig besser getroffen als mit Düse. Er ist nett und Knete hat er auch, der Neue. Ich denke, bei ihrem zweiten Versuch, in den Hafen der Ehe einzulaufen, hat Marlene sehr viel genauer hingeschaut als beim ersten Mal. Wir waren ja alle bei ihrer Heirat dabei, nachdem sie sich von Düse getrennt hatte. Tja, seinem Herzen kann man eben nicht befehlen, deshalb hängt Düse nach wie vor an ihr. Aber er ist und bleibt ein Chaot. Ich liebe ihn dennoch, schließlich ist er mein Herrchen. Mit ihm gehe ich durch dick und dünn, egal was passiert. Aber diese Sache scheint mir wirklich eine Nummer zu groß für uns zu sein, das ahnt nicht nur Thea. Ich glaube, Düse selbst ist langsam auch nicht mehr sicher, ob er den Fall weiterverfolgen soll. Aber zumindest den Vorschuss muss er unbedingt abarbeiten, weil er den keinesfalls zurückgeben kann und will. Sein übliches Tageshonorar beträgt knapp tausend Euro, plus Spesen. Das hört sich viel an, aber weil er es versteuern muss, bleibt am Ende gar nicht so viel übrig, zumal er ja unregelmäßig Aufträge bekommt.

„Sieh mal zu, was Du über unseren neuen Klienten rauskriegen kannst", bittet er Thea. „Alles kann wichtig sein, und wenn es nur ein Knöllchen für falsches Parken ist", setzt er hinzu.

Gehorsam setzt sich Thea wieder an den Computer und lässt ihn brummen, während Düse und ich uns in sein Büro verziehen. Da lasse ich mich erst mal zu einem kurzen Mittagsschläfchen nieder. Düse wird mich sicher aufwecken, wenn er noch mal loswill. Aber an diesem Tag geschieht nichts mehr. Und Thea bekommt auch erst mal nicht viel über den mysteriösen Herrn Thiesbrummel heraus. Dass er ein bekannter Kunstsammler ist, das wissen wir ja bereits. Er hat wohl schon einigen jungen und bis dahin völlig unbekannten Künstlern zum Durchbruch verholfen. Auffällig dabei ist allerdings, dass zwei davon bereits verstorben sind. Seitdem sind ihre Bilder noch wertvoller geworden. Ansonsten scheint unser neuer Klient bisher ein völlig unbeschriebenes Blatt zu sein, nicht mal ein lumpiges Knöllchen wegen Falschparkens hat er erhalten. Verheiratet ist er auch nicht, aber geschieden. Eigentlich nichts Besonderes, aber es ist vorerst das Einzige, wo Düse möglicherweise ansetzen kann, um etwas mehr über ihn zu erfahren.

„Ich frage mich, ob Herr Thiesbrummel von den anderen toten Malern auch schon mehrere Gemälde besitzt", überlegt Düse.

„Das solltest Du unbedingt rauskriegen", regt Thea an, bevor sie den PC zuklappt und Feierabend macht.

„Ich wünsche Dir einen netten Abend", meint Düse.

„Allein mit meinem Fernseher? Danke schön", entgegnet sie ironisch.

Dann geht sie schnell weg, und Düse fragt ausgerechnet mich: „Was hat sie denn nun schon wieder?"

Er ist und bleibt ein Dussel; ich glaube wirklich, er merkt nichts mehr. Thea hätte sich bestimmt mächtig gefreut, wenn er sie nach Dienstschluss mal zu einem Eisbecher in der Stadt oder zum Essen eingeladen hätte. In Sachen Frauen braucht Düse ganz dringend Nachhilfe, aber ich bin leider nicht der Richtige, der ihm in dieser Sache auf die Sprünge helfen kann, fürchte ich. Also traben wir beide allein nach Hause. Dort fläzt Düse sich vor den Fernseher und zappt durch die Programme, solange bis er auf einen alten Film stößt, in dem tatsächlich ein Polizist mit seinem Hund eine Rolle spielt. Ich glaube, den haben wir schon mal gesehen, aber das macht nix. Lustig ist er allemal, finde ich. Natürlich ist dieser Hund nicht halb so toll wie Kommissar Rex. Ihr wisst ja, das ist mein großes Vorbild. Wie immer trinkt Düse ein, zwei Bierchen dazu und dann fällt er müde ins Bett. Ich trolle mich ebenfalls in mein Körbchen und träume davon, mit Düse endlich mal einen so spektakulären Fall wie Kommissar Rex lösen zu können.

Besuch bei der Ex

Die tüchtige Thea hat schon gestern gestern die Anschrift von der geschiedenen Frau Thiesbrummel herausgesucht und Düse auf den Schreibtisch gelegt. Sie selbst ist noch nicht da, als wir im Büro ankommen, aber

Düse ist ein Frühaufsteher und meistens sowieso eher als Thea im Büro. Im Auto gibt er die Adresse von Frau Thiesbrummel in sein Navi ein, und wie sich herausstellt, wohnt die ehemalige Frau Thiesbrummel im piekfeinen Dichterviertel. Daraufhin zieht Düse es vor, sich von zu Hause noch ein Jackett zu holen, bevor wir uns auf den Weg zu ihr machen. Vermutlich will er bei ihr einen seriösen Eindruck hinterlassen. Diese Mühe macht er sich selten, aber an diesem Vormittag bindet er sich zusätzlich sogar noch einen Strick, den er Krawatte nennt, um den Hals. Er hasst die Dinger, das weiß ich. Zuletzt war er so gekleidet, als Marlene ihren Arnold geheiratet hat. Sonst trägt Düse meistens ausgebeulte Jeans und seine heißgeliebte, speckige alte Lederjacke. Ob diese Dame den Aufwand wert ist? Aber ordentliche Bluejeans sind inzwischen doch auch überall gesellschaftsfähig, sagt mein Herrchen. Außerdem findet sich keine andere saubere Hose in seinem Schrank, also muss er die ohnehin anbehalten. Mich bürstet er sowieso jeden Morgen nach dem Frühstück, daher ist an meinem Aussehen nichts zu verbessern. Endlich fahren wir los. An diesem Vormittag ist viel Verkehr und ein junger Radfahrer nimmt Düse die Vorfahrt. Er schnippelt vor uns über die Straße. Düse kann nur knapp einen Zusammenstoß vermeiden und schimpft laut hinter dem jugendlichen Rowdy her. Der bleibt allerdings unbeeindruckt und fährt einfach weiter. Zum Glück ist Düse ein guter Autofahrer, sonst hätte es vermutlich einen schlimmen Unfall gegeben. Wenig später kommen wir vor der Villa von Frau Thiesbrummel an.

„Donnerwetter, das ist wirklich ein Edelschuppen", entfährt es Düse.

Ich glaube, er ist heilfroh, dass er sich heute mit seinem Aussehen besondere Mühe gegeben hat. Später im Büro wird Thea ihn garantiert süffisant fragen, ob er am Abend zuvor ein Rendezvous gehabt hat. Nachdem er sich ein wenig gefasst hat, klingelt Düse. Sogleich öffnete ihm eine hübsche, junge Dame, die ein kurzes, buntes Sommerkleid und Turnschuhe trägt.

„Sie wünschen?", erkundigt sie sich freundlich.

„Ist die gnädige Frau zu sprechen?"

„In welcher Angelegenheit?"

„Darüber würde ich gern selbst mit ihr reden. Hier ist meine Karte", bittet Düse in sanftem Ton.

Die Angestellte wirft einen Blick auf seine Visitenkarte und bekommt große Augen. Dann lässt sie uns eintreten.

„Bitte waren Sie hier, ich frage, ob die gnädige Frau bereit ist, Sie zu empfangen", sagt sie und stöckelt davon, wobei Düse Gelegenheit hat, ihre hübschen, langen Beine zu bewundern. Nachdem sie gegangen ist, schaut er sich erst mal in der geräumigen Diele um. Er pfeift bewundernd durch die Zähne, als sein Blick auf die vielen Bilder fällt, die an den Wänden hängen. Ich verstehe ja nichts davon und gebe ohnehin nicht viel auf Äußerlichkeiten und zur Schau gestelltem Reichtum anderer Leute. Aber Düse scheint von dieser Pracht wirklich beeindruckt zu sein. Dann öffnet sich eine Tür, und eine elegante Dame rauscht herein. Sie hält Düses Visitenkarte in der Hand und fragt aufgebracht: „Was wollen Sie? Noch dazu um diese Uhrzeit? Sie haben mich beim Frühstück gestört", setzt sie empört hinzu.

„Verzeihen Sie bitte, gnädige Frau", beginnt Düse, „aber es ist wichtig."

„Geht es um meinen Exmann?", will die Hausherrin wissen und funkelt uns beide böse an.

Ich setze mich schon mal vorsorglich in Positur und knurre leise, um notfalls eingreifen zu können, falls sie auf Düse losgehen wird. Sie scheint sehr aufgebracht zu sein, diese Frau. Vermutlich ist sie auf ihren ehemaligen Mann nicht gut zu sprechen.

„Ja, es geht um Ihren geschiedenen Mann", sagt Düse.

Wenn er diesen Ton anschlägt, dann weiß ich, er lässt sich so schnell nicht abwimmeln. Er wird dann ganz ruhig, aber sein Tonfall klingt sehr bestimmt. Doch dann lenkt er scheinbar ein, indem er vorschlägt: „Es macht mir nichts aus zu warten, bis Sie Ihr Frühstück beendet haben, aber ich würde Sie wirklich sehr gern sprechen."

„Nein, jetzt ist mir der Appetit ohnehin vergangen", schnappt die Dame.

„Kommen Sie."

Sie geht voraus und führt uns in ein anderes Zimmer.

„Nehmen Sie bitte Platz", sagt sie, und Düse versinkt in einem großen Ledersessel. Ich lege mich ihm zu Füßen, um Frau Thiesbrummel zu signalisieren, dass ich friedlich bin. Sie hat sich inzwischen abgeregt, denn sie sagt in deutlich sanfterem Ton: „Nun gut, was wollen Sie wissen? Wir sind seit Jahren geschieden, und wie Sie sicher gemerkt haben, bin ich nicht sonderlich gut auf meinen Exmann zu sprechen."

Düse erhebt sich noch einmal und deutet eine kleine Verbeugung an. Dann setzt er sich wieder und fragt: „Darf ich fragen warum?"

„Das dürfen Sie", regt Frau Thiesbrummel sich auf. „Er ist ein Schuft, jawohl, das ist er!"

Düse scheint ganz Ohr zu sein, aber er fragt nicht weiter, sondern wartet geduldig ab, bis sein Gegenüber fortfährt.

„Ich bin sicher, er ist in krumme Geschäfte verwickelt, obwohl er nach außen hin absolut seriös wirkt. Er hat mich schon kurz nach unserer Heirat betrogen. Da ich in meiner grenzenlosen Naivität damals leider keinen Ehevertrag aufsetzten ließ, bekam er bei unserer Trennung einen großen Teil meines Vermögens. Unser Familienanwalt hat mich zwar gewarnt, aber ich wollte in meiner Verliebtheit absolut nicht auf ihn hören. Ich hätte sehr gern Kinder gehabt, aber auch das war mir nicht vergönnt", berichtet sie nun unter Schluchzen.

Ich glaube, jetzt wäre Düse am liebsten aufgestanden und hätte sie handgreiflich getröstet, denn weinenden Frauen kann er nur schwer widerstehen. Aber in diesem Fall hält er sich dezent zurück, schweigt und schaut sie nur teilnahmsvoll an. Dann reicht er ihr ein blütenweißes, tatsächlich sauberes Taschentuch, das er morgens noch schnell in seine Hosentasche gestopft hat. Auch etwas, dass nur selten vorkommt, aber in dem Moment ist es eindeutig ein Glücksfall. Ab und zu hat er wirklich einen guten Instinkt für das, was gerade angebracht ist. Frau Thiesbrummel schnäuzt sich geräuschvoll und legt das Taschentuch dann beiseite. Nachdem sie sich wieder gefasst hat, sagt sie: „Verzeihen Sie, aber wenn es um meinen Exmann geht, dann verliere ich einfach die Nerven."

„Aber gnädige Frau, ich bitte Sie, das ist doch verständlich", säuselt Düse.

„Ich danke Ihnen, aber nun sagen Sie mir doch, was Sie hierherführt", bittet Frau Thiesbrummel.

In knappen Worten erzählt Düse ihr nun von unserem neuesten Auftrag. Gebannt hört Frau Thiesbrummel zu.

„Für moderne Gemälde hat er sich schon immer interessiert", führt sie aus. „Er hat Kunst studiert und wirklich Ahnung davon. Mit einem Picasso, der zuvor im Besitz meiner Familie war, fing es an. Den wollte er bei unserer Trennung unbedingt haben. Im Gegenzug habe ich dieses Haus behalten. Und natürlich auch einige der anderen Bilder, die Sie zum Teil ja schon gesehen haben. Mein Großvater väterlicherseits war Kunsthändler, wissen Sie. Nach seinem Tod haben meine Eltern das Geschäft noch eine Weile fortgeführt, es später aber aufgegeben. Mit etlichen Künstlern sind sie dennoch befreundet geblieben, so sind später noch andere Bilder in unseren Besitz gelangt."

Düse nickt verstehend.

„Handeln Sie ebenfalls mit Gemälden?"

„Nein", entgegnet Frau Thiesbrummel abweisend.

Ich habe den Eindruck, sie bereut ihren Tränenausbruch von vorhin, denn sie wirkt jetzt viel gefasster.

„Hat Ihr Mann Sie jemals in seine Geschäfte eingeweiht?", fragt Düse behutsam.

„Nein, in keiner Weise. Die Bilder, die er nach unserer Trennung mitgenommen hat, bilden den Grundstock seiner Sammlung. Aber, welche er anschließend dazugekauft hat, das entzieht sich meiner Kenntnis."

„Verstehe ich Sie richtig, dass sie nach der Scheidung keinen Kontakt mehr mit Ihrem Mann pflegen?"

„So ist es", bestätigt Frau Thiesbrummel. „Und das ist gut so", setzt sie trotzig hinzu.

„Ich verstehe und danke Ihnen sehr, dass Sie sich die Zeit genommen haben, mich zu empfangen", sagt Düse und steht auf.

„Sollten sich dennoch Fragen ergeben, darf

ich mich dann noch einmal bei Ihnen melden?"

„Natürlich, jederzeit."

Frau Thiesbrummel ist offenbar froh, dass Düse sie jetzt in Ruhe lassen will. Sie versteigt sich sogar dazu, mir kurz über den Kopf zu streichen. Ich glaube, sie ist einsam. Vielleicht täte ein Hund ihr gut, schießt es mir durch den Kopf, aber falls das so ist, muss sie sich einen anderen Lebensgefährten suchen. Ich gehöre zu Düse! Draußen sagt der zu mir: „Stinkreich die Frau, aber trotzdem arm dran."

Dann fahren wir zurück ins Büro, wo Thea uns schon erwartet.

Thea hat etwas herausgefunden

„Hast Du einen Kaffee für mich?", fragt Düse, als wir das Büro betreten.

„Klar, bedien Dich", schallt es zurück.

Thea hat ihm seine Kontoauszüge auf den Schreibtisch gelegt und geht nun aus seinem Büro zurück in ihr eigenes. Als sie Düse in seiner feinen Montur sieht, macht sie große Augen, die sich gleich darauf zu Schlitzen verengen. Wie von mir erwartet fragt sie misstrauisch: „Hast Du Dich etwa mit einer Frau getroffen?"

Düse grient und antwortet: „Sehr richtig. Mit einer Lady, die etliche Jahre älter ist als ich und sich zudem recht zugeknöpft verhalten hat. Zumindest am Anfang, dann taute sie auf. Außerdem hat sie mein letztes sauberes Taschentuch behalten."

Jetzt muss auch Thea lachen und fordert ihn auf ihr genau zu erzählen, was er bei Frau Thiesbrummel erreicht hat. Denn dass unser Besuch ihr gegolten hat, das ist ihr schnell klar.

„Ich wusste es doch, dieser Kerl ist absolut unsympathisch, trotz seines vornehmen Getues. Die arme Frau tut mir wirklich leid. Erst hat ihr Mann sie betrogen und anschließend hat er sie auch noch nach Strich und Faden ausgenommen. Wie kann man nur so dumm sein?", wundert sie sich.

Darauf weiß Düse keine Antwort. Jedenfalls hat ihn der Besuch bei Frau Thiesbrummel nicht entscheidend weitergebracht.

„Ich habe etwas gefunden, vielleicht ist es wichtig", sagt Thea. „Während Du fort warst, habe ich mich mal um die Maler gekümmert, die er gepuscht hat. Dabei bin ich auf etwas Interessantes gestoßen."

„Lass hören", bittet Düse.

„Alle jungen Maler haben ihre Karriere durch die Galerie Goldstedt begonnen. Ist das Zufall?"

„Die Galerie ist ja sehr bekannt in der Kunstszene. Wer dort vorgestellt wird, der muss schon ein Könner sein. Somit ist eine steile Karriere eigentlich vorprogrammiert."

„Das mag ja sein, aber mir kommt es trotzdem komisch vor. Für mich riecht das nach gewollter Protektion. Denk daran, dass zwei der Künstler, nachdem sie und ihre Werke international bekannt und sehr teuer geworden sind, bereits nicht mehr leben. Ich kann mir nicht helfen, ich habe das Gefühl, dass da etwas faul ist. Und Dein sauberer Klient steckt vermutlich mitten drin."

„Aber wieso hat man ihm dann das Bild gestohlen?", fragt Düse verwundert.

„Das weiß ich noch nicht, aber vielleicht ist das nur ein Ablenkungsmanöver", mutmaßt Thea.

Manchmal glaube ich, sie würde gern selbst ermitteln, anstatt sich nur mit der Rolle einer Sekretärin zufriedenzugeben. Sie hält Düse den Rücken frei, aber sie hat ebenfalls einen klugen Kopf und denkt mit. Ich hätte nichts dagegen, wenn sie mein neues Frauchen würde, aber wie gesagt, ich glaube, in dieser Hinsicht ist Düse mit Blindheit geschlagen. Denn, dass er Marlene jemals zurückerobern kann, das glaube ich nie und nimmer!

„Dann sollte ich mir wohl die Galerie Goldstedt genauer ansehen", beschließt Düse.

Thea nickt zufrieden, sie hat erreicht, was sie wollte, und geht zurück an ihren PC, um für Düse die genaue Anschrift rauszusuchen. Außerdem findet sie, er muss sich ein wenig vorbereiten, wenn er dort auftaucht. So druckt sie ihm schnell alle Infos über die aktuelle Ausstellung aus und bittet ihn, sich das anzuschauen, damit er notfalls als interessierter Sammler von moderner Kunst durchgehen kann. Ausgerechnet Düse!

„Gut, dass Du heute vernünftig gekleidet bist", findet Thea.

Es ist nicht zu fassen, aber bei vielen Menschen gilt wohl tatsächlich immer noch der Grundsatz: Wie Du kommst gegangen, so wirst Du empfangen. Nur gut, dass wir Hunde damit kein Problem haben.

Die Galerie Goldstedt

Dass die Galerie Goldtstedt unzweifelhaft zu den ersten Adressen der Stadt gehört, das wussten wir ja, aber auf solch eine Pracht waren Düse und ich nicht vorbereitet. Mitten in der Innenstadt sind die Mieten ja recht teuer, aber wie Thea rausgefunden hat, ist das Haus, in dem sich die Galerie befindet, schon seit über zweihundert Jahren im Besitz der Familie. Und seit drei Generationen ist darin eine Galerie ansässig. Nachdem wir endlich in der Nähe einen guten Parkplatz gefunden haben, machen wir uns zu Fuß auf den Weg, um „diesen Musentempel mal in Augenschein zu nehmen", wie Düse sich ausdrückt. Mitten in der mondänen Einkaufsstraße, flankiert von zwei sündhaft teuren Modeläden finden wir die Galerie Goldstedt. Zwei riesige steinerne Löwen flankieren den Eingang zum Haus, und neben der Eingangstür stehen rechts und links große Blumenkübel. Das Gebäude selbst ist ein riesiger, mehrstöckiger Kasten, der im Erdgeschoss zur Straße hin bodentiefe Fenster hat, die allerdings vergittert sind. Die Spitzen der Gitter sind mit Gold belegt. Vermutlich zum Schutz vor Einbrechern. In den Stockwerken darüber sind die Fenster ebenfalls bodentief, aber vor jedem Raum gibt es einen kleinen Balkon mit zierlichen, schmiedeeisernen Brüstungen, die zum Teil auch mit Gold verziert sind. Rings um das Gebäude, in luftiger Höhe, schmückt ein breiter steinerner Fries mit einem stilisierten Blumenmuster das große Haus. Die hohen Kübel vor dem breiten Eingang und die Blumenkästen an den Balkonen sind mit den gleichen Blumen bepflanzt wie im Vorgarten, wobei die Farben Rot und Weiß dominieren. Eine rote Fahne mit dem weißen Schriftzug „Goldstedt" flattert von einem Fahnenmast, der neben dem Haus steht. Düse ist schwer beeindruckt, aber das lässt er sich nicht anmerken, als er auf den Eingang zu stapft. Er stellt fest, dass über der massiven

Eingangstür eine Kamera hängt. So ohne weiteres kommt man hier nicht rein. Also klingelt er, und nachdem wir einen Summton gehört haben, fragt eine blechern klingende Stimme: „Ja bitte, haben Sie einen Termin?"

„Sieh an, hier musste man sich scheinbar anmelden, um ins Allerheiligste eingelassen zu werden", sagt Düse leise zu mir. Laut antwortet er: „Nein, habe ich nicht, aber ich komme auf ausdrückliche Empfehlung von Herrn Thiesbrummel, meinem Klienten."

Er zückt seinen Ausweis und hält ihn hoch, sodass die Kamera ihn erfassen kann. Einen Augenblick müssen wir noch warten, bis diejenige, die uns angesprochen hat, die Karte studiert hat und an die Tür kommt, um uns einzulassen. Scheinbar hat der Name Thiesbrummel hier Gewicht. Ich wette, wenn Düse den nicht erwähnt hätte, stünden wir noch immer vor der Tür. Es ist eine Dame mittleren Alters, die uns empfängt. Sie ist sehr schlank und in einen eleganten Hosenanzug gehüllt. Sie mustert Düse und mich ungeniert, bevor sie sagt: „Aber den Hund anleinen."

„Nee", weigert sich Düse. „Das ist nicht nötig. Donny ist sehr ruhig, und da es nicht regnet, hat er auch keine schmutzigen Pfoten."

Ich staunte mal wieder, wie bestimmt Düse auftreten kann, wenn es drauf ankommt. Dann trifft mich noch ein zweifelnder Blick, aber die Frau sagt nichts mehr, sondern tritt zurück, um uns ins Haus zu lassen.

„Was kann ich für Sie tun?", kommt sie sofort zur Sache.

„Wie gesagt", wiederholt Düse, „ich arbeite für Herrn Thiesbrummel. Er hat mir berichtet, dass Sie einige Werke von Thilo Steenfatt ausgestellt haben. Ist das richtig?"

„Das stimmt. Wir hatten eine Ausstellung mit den Gemälden von Herrn Steenfatt. Die war recht erfolgreich, und wir konnten mehrere seiner Werke verkaufen. Drei haben wir noch, möchten Sie sich die anschauen?"

„Ich bitte darum", stimmt Düse zu.

Die Dame führt uns in einen großen Raum, in dem mehrere großformatige Bilder hängen. Wenn Ihr mich fragt, dann sehen sie mir eher so aus, als hätte ein Kind mit bunten Farben gespielt und die einfach auf die

Leinwände geschmiert. Dazwischen stehen auch einige Skulpturen. Düse tut so, als sei er schwer beeindruckt, geht näher und schaut nach den Preisen, die ganz klein neben den Objekten zu lesen sind.

„Die Bilder von Thilo Steenfatt sind ja nicht gerade preisgünstig", bemerkt er.

Irritiert hebt die Dame die Augenbrauen, sieht Düse streng an und sagt schließlich: „Ich bitte Sie, Kunst hat eben ihren Preis."

„Aber ja, natürlich", beeilt sich Düse ihr zuzustimmen.

„Worum geht es denn nun konkret?", will die Dame wissen.

„Ist es richtig, dass Herr Thiesbummel Ihnen in den letzten Jahren schon einige Male bis dahin unbekannte junge Künstler vorgestellt hat?"

„Er hat ein untrügliches Auge für moderne Kunst. So haben Dennis Büchner, Firmin Dreier und Claus van der Vaart hier schon bedeutende Ausstellungen gehabt. Auch Thilo Steenfatt ist uns erst durch Herrn Thiesbrummel aufgefallen."

Arglos hat sie sogar die Namen der beiden Maler erwähnt, die in den letzten Monaten kurz hintereinander zu Tode gekommen sind. Wenig später, nachdem sie in der Galerie Goldstedt eine Ausstellung gehabt haben, ist das geschehen. Kann das wirklich Zufall sein? Thea hat ja auch rausgefunden, dass die Preise ihrer Bilder anschließend regelrecht durch die Decke geschossen sind. Leider haben die beiden Maler nichts mehr davon.

„Stellen Sie derzeit noch Bilder der zwei verstorbenen Künstler aus?"

„Nein."

„Warum nicht?"

Mit der Antwort zögert die Dame. Man sieht ihr deutlich an, dass sie das nicht gern zugibt.

„Nun?", hakt Düse nach.

„Es ist so", beginnt die Dame, „wir haben natürlich noch einige Bilder aus dem Nachlass von Firmin Dreier und auch von Claus van der Vaart. Die werden aber nur noch vereinzelt gezeigt und angeboten."

„Um die Preise noch mehr in die Höhe zu treiben, vermute ich", stellt Düse knallhart fest.

Nun fühlt sich die Gute deutlich provoziert.

„Das ist durchaus nicht unüblich", schnappt sie. „Außerdem bin ich sicher, dass Herr

Thiesbummel ebenfalls noch einige Werke beider Künstler unter Verschluss hält."

Bei diesen Worten horcht Düse auf, und man sieht der Dame deutlich an, dass sie diese unbedachte Bemerkung sofort bereut, denn sie rudert gleich zurück. „Behaupten kann ich das natürlich keinesfalls, aber Herr Thiesbrummel ist ja nicht nur Sammler, sondern auch Geschäftsmann und handelt selbst mit modernen Gemälden, wenn auch überwiegend im privaten Rahmen."

Das ist genau das, was Düse wissen wollte. Thea hat recht, Herr Thiesbrummel hat bestimmt einige Geheimnisse, die er sorgsam vor der Öffentlichkeit verbergen will. So hat er Düse gegenüber mit keinem einzigen Wort erwähnt, dass er selbst auch Bilder verkauft.

„Ich danke Ihnen, Sie haben mir sehr geholfen", sagt Düse höflich.

Ich glaube, er lässt die Angestellte in der Galerie etwas ratlos zurück, denn seinerseits hat er ja nicht viel preisgegeben. Das hat er in seiner Zeit als Bulle gelernt. Den Leuten auf den Zahn zu fühlen, aber selbst möglichst wenig von dem zu sagen, was er weiß, das ist seine Devise. Er ist jedenfalls mit unserem

Besuch in der Galerie sehr zufrieden, denn er pfeift munter vor sich hin, als wir uns auf den Weg zum Auto machen. Weil es schon recht spät ist ruft er im Büro an und sagt Thea, dass er erst morgen früh wieder reinkommen wird. Außerdem bietet er ihr großzügig an, dass sie heute auch früher Feierabend machen kann.

„Prima", freut sich Thea. „Bis morgen!"

„Bis morgen, in alter Frische, mein Goldstück!", entgegne Düse gut gelaunt.

Ich höre noch, wie Thea lachend auflegt.

„Komm, alter Junge", sagt Düse zu mir.

„Ich glaube, es wird mal wieder höchste Zeit mit Erwin zu sprechen. Es interessiert mich sehr, wie die beiden Maler eigentlich zu Tode gekommen sind. Ich wette, daran ist was faul. Und es würde mich gar nicht wundern, wenn dabei unser sauberer Herr Thiesbrummel ebenfalls seine Hände mit im Spiel gehabt hat."

Erwin hat Neuigkeiten

Zum Glück hat Erwin Zeit, als Düse ihn angerufen und gefragt hat, ob er sich mit ihm treffen kann. Vor Düse´s Rauswurf bei der Polizei waren die beiden Kollegen und sind noch immer gute Freunde. Sie haben sich für den Abend in ihrer gemeinsamen alten Stammkneipe aus früheren Zeiten, dem „schmutzigen Löffel" verabredet. Natürlich darf ich mitkommen. Gisela, die nette Wirtin, kennt ja nicht nur Düse gut, sondern mich auch, deshalb kriegt er ungefragt von ihr ein Bier serviert, und ich bekomme frisches Wasser vorgesetzt. Das nenne ich Service. Weil wir beide ein wenig zu früh dran sind, müssen wir auf Erwin warten. Endlich kommt er angekeucht.
„Entschuldige", sagt er zu Düse, „wir haben gerade einen neuen Fall."
„Ah, um was geht es?", fragt Düse neugierig. Erwin schaut ihn nur mitleidig an und antwortet: „Du weißt doch, dass ich darüber nicht mit Dir sprechen kann."

Dann bestellt er sich auch ein Bier, und nachdem Gisela ihm das gebracht hat, kommt Düse zur Sache.

„Ist Dir der Name Dietrich Thiesbrummel ein Begriff?"

Alarmiert sieht Erwin ihn an. „Wieso?"

„Weil mein neuer Klient so heißt."

„Hm", meinte Erwin, „nun muss ich wohl doch mit der Sprache rausrücken. Auf Dietrich Thiesbrummel ist heute Nachmittag in der Innenstadt geschossen worden. Ein Zeuge will gesehen haben, dass ein Mann in schwarzer Lederkluft und mit einem dunklen Helm auf dem Kopf auf einem schweren Motorrad angebraust gekommen ist. Er hat kurz angehalten, das Feuer eröffnet und ist weitergefahren. Das Nummernschild war total verschmiert und unkenntlich gemacht. Wenn Du mich fragst, dann sollte er gar nicht angeschossen, sondern lediglich eingeschüchtert werden, warum auch immer. Zum Glück blieb Herr Thiesbrummel so gut wie unverletzt, bis auf einen Streifschuss am Oberarm. Ist mehr ein Kratzer, aber wir haben ihm für die nächsten Tage erst mal Polizeischutz zugesichert. Er behauptet, er weiß absolut nicht, wem er so auf den Schlips getreten sein könnte, dass der ihm Böses will. Hast Du eine Idee?"

Jetzt sieht Düse ihn verständnislos an. „Nicht wirklich", bekennt er. Aber dann erzählt er Erwin, dass Herr Thiesbrummel ihn mit der Wiederbeschaffung seines Bildes betraut hat. „Seltsam, den Diebstahl hat er uns gegenüber mit keiner Silbe erwähnt."

„Ich sollte die Polizei unbedingt raushalten, aber unter diesen Umständen geht das nicht mehr", meint Düse.

„So, jetzt mal raus mit der Sprache. Ich will alles wissen, von Anfang an", fordert Erwin energisch.

Düse bestellt sich ein zweites Bier und dann erzählt er Erwin haarklein alles, was wir bisher über ihn in Erfahrung gebracht haben. Normalerweise ist Düse seinen Klienten gegenüber zu Stillschweigen verpflichtet, aber in diesem Fall ist ihm das egal. Außerdem ist Erwin natürlich sowieso vertrauenswürdig und verschwiegen, wenn es sein muss jedenfalls, auch das weiß er. Obwohl die beiden offiziell ja nicht mehr zusammenarbeiten, haben sie sich trotzdem gegenseitig schon einige Male unterstützt.

„Da muss jemand mächtig Wut auf den sauberen Herrn Thiesbrummel haben", stellt Erwin fest, nachdem Düse seinen Bericht beendet hat.

Danach schweigen sie beide eine ganze Weile und starren in ihr Bier. Schließlich sagt Erwin: „Spontan fällt mir da zuerst mal seine geschiedene Frau ein. Der scheint er ja übel mitgespielt zu haben."

„Stimmt, aber dass sie so weit geht, noch dazu, nach so vielen Jahren, das kann ich mir nicht vorstellen", meint Düse. „Außerdem ist sie immer noch wohlhabend genug. Wenn sie sich an ihm rächen wollte, dann hätte sie das doch längst getan, meinst Du nicht?"

„Stimmt auch wieder", gibt Erwin zu. „Lassen wir die erst mal außen vor."

„Könnte es sein, dass der Besitzer der Galerie von dem illegalen Geschäft mit dem Maler Wind bekommen hat und ihm auf diese Weise eine Warnung zukommen lassen wollte?", überlegt Düse.

„Unwahrscheinlich", tut Erwin diese Idee ab. „Was hätte er davon? Er könnte das Bild doch nicht in seiner Galerie zum Verkauf anbieten."

„Was mich auch stutzig macht, das ist die Tatsache, dass zwei, der von Dietrich Thiesbrummel geförderten jungen Künstler, relativ schnell verstorben sind, nachdem sie bekannt geworden sind. Kannst Du darüber mehr rausfinden?", bittet Düse.

„Offiziell darf ich das gar nicht", wehrt Erwin ab. „Versuch bitte erst mal selbst einiges darüber in Erfahrung zu bringen. Thea ist doch so tüchtig."

„Aber, wenn wir nicht genug rausfinden sollten, dann komme ich auf Dich zurück", kündigt Düse an.

„In dem Fall schaue ich, was ich für Dich tun kann. Aber ich kann Dir nichts versprechen, das weißt Du."

Damit muss Düse sich zufriedengeben, denn nun wechselt Erwin geschickt das Thema. Wenn er das tut, dann weiß Düse inzwischen, dass es keinen Zweck mehr hat, weiter in ihn zu dringen. Erwin ist wirklich gutmütig und hilfsbereit, aber er kann seinen Job nicht riskieren, auch nicht für einen so guten alten Freund wie Düse. Und seine

Beamtenpension will er erst recht nicht aufs Spiel setzen. Das hat Düse damals ja selbst vermasselt, deshalb muss er sich nun als Privatermittler durchschlagen. Die beiden genehmigen sich ein weiteres Bierchen, und dann bricht Erwin auf, weil er seine Frau nicht verärgern will, indem er zu lange wegbleibt. Er ist mit dem Fahrrad da, damit er mit Düse ein Bier trinken konnte, denn seinen Führerschein will er nicht aufs Spiel setzen. Wir sind ohnehin zu Fuß gekommen, weil wir meinen abendlichen Gassigang und das Treffen mit Erwin verbinden wollten.

„Bis bald", ruft Gisela uns nach, als wir das gastliche Etablissement verlassen.

Weitere Recherchen

Am nächsten Vormittag erhält Thea von Düse den Auftrag, sich mit den beiden Todesfällen der Künstler, die Dietrich Thiesbrummel in Mode gebracht hat, zu befassen.

„Finde alles raus, was Du kannst, jede Kleinigkeit kann wichtig sein. Und außerdem schau bitte mal, was Du über das Leben dieses sauberen Herrn Thiesbrummel finden kannst", weist Düse sie an.

Dann erzählt er ihr noch, dass Erwin ihm gestern gesagt hat, dass ein Anschlag auf seinen neuen Klienten verübt worden ist. Aber von dem Überfall und dem gestohlenen Gemälde hat Herr Thiesbrummel der Polizei trotzdem nichts gesagt.

„Der Fall wird immer mysteriöser", findet Thea, bevor sie sich an die Arbeit macht. Düse weiß, dass sie viel besser mit dem Computer umgehen kann als er, deshalb beschäftigt er sich zunächst einmal mit seinen Kontoauszügen, die Thea ihm auf den Schreibtisch gelegt hat. Die sehen wohl nicht so gut aus, denn er macht ein sorgenvolles Gesicht. Der Vorschuss, den er von Herrn Thiesbrummel erhalten hat, ist vermutlich schon wieder weg. Schließlich steht Düse auf, um sich eine Tasse Kaffee zu holen. Thea ist gerade dabei, die Zeitungsartikel zu sichten, die sich mit dem Tod von Claus van der Vaart beschäftigen. Der hatte vor fünf Jahren im Urlaub in der Türkei einen tödlichen Autounfall.

„Er war mit einem Leihwagen in einer unwirtlichen Bergregion unterwegs, ist vom Weg abgekommen und in die Tiefe gestürzt. Dann hat sein Auto Feuer gefangen, und er ist bis zur Unkenntlichkeit verbrannt. Von Fremdverschulden ist allerdings in keinem der Zeitungsartikel die Rede. Nur von dem unersetzlichen Verlust für die Kunstwelt. Die Medien überschlagen sich geradezu vor Begeisterung über seine Bilder. Auch Herr Thiesbrummel, als sein Entdecker, kommt in einem Interview zu Wort. Er betont, dass er den Maler durch Zufall kennengelernt und gleich sein großes Potenzial erkannt hat. Auf die Frage, ob er selbst denn einige der Werke des Verstorbenen besitzt, hat er den Journalisten komischerweise ausweichend geantwortet. Er gibt zu, dass er dem Maler einige Bilder abgekauft hat, aber bei der Frage, wie viele er gebunkert hat, wollte er nicht mit der Sprache rausrücken", erklärt Thea.

Aber dank ihrer umfangreichen Recherchen hat sie auch erfahren, dass in den darauffolgenden Monaten bereits mehrere der Gemälde des verstorbenen Malers von unbekannten Anbietern auf den Markt gelangt sind. Teilweise sind die zu horrenden Preisen verkauft beziehungsweise versteigert worden. Zwei davon noch vor Kurzem über die Galerie Goldstedt. Das finden Thea und Düse merkwürdig.

„Wenn man doch nur einen Blick in deren Bücher werfen könnte", sinniert Düse.

Thea sieht ihn strafend an.

„Du weißt, dazu müsstest Du einen Durchsuchungsbeschluss vom Staatsanwalt haben, und den kriegt nicht mal Erwin ohne einen konkreten Anfangsverdacht. Der tödliche Autounfall ist damals von der türkischen Polizei bearbeitet worden. Die deutschen Kollegen haben damit nichts zu tun gehabt. Und der Inhaber der Galerie Goldstedt wird Dir ganz sicher nicht freiwillig verraten, wer ihm die Gemälde zur Versteigerung überlassen hat."

„Vermutest Du nicht auch, dass das unser undurchsichtiger Klient war?"

„Ich fände es jedenfalls naheliegend, aber wie gesagt, wie willst Du das rausfinden? Herr Thiesbrummel wird es Dir sicher nicht freiwillig bestätigen."

„Da hast Du recht, aber fragen werde ich ihn trotzdem danach", beschließt Düse.

„Ich denke, er will sich bei Dir melden."

„Stimmt auffallend, aber in diesem Fall werde ich mich darüber hinwegsetzen."

„Mach was Du für richtig hältst", antwortet Thea und wendet sich wieder ihrem Computer zu.

Düse greift zu seinem Smartphone und versucht Herrn Thiesbrummel anzurufen, aber leider geht er nicht ran.

„Dann rücke ich ihm eben gleich auf den Pelz", beschließt Düse und natürlich folge ich ihm auf dem Fuß. Ich kann mein Herrchen jetzt doch nicht allein lassen, womöglich begibt er sich in Gefahr. Als wir vor dem Haus von Herrn Thiesbrummel stehen, ist Düse sehr erstaunt, denn es sieht ganz anders aus, als die pompöse Villa seiner Exfrau. Herr Thiesbrummel wohnt in einem eher unauffälligen Haus. Auf das Klingeln von Düse kommt keiner an die Tür. Herr Thiesbrummel scheint ausgeflogen zu sein, also fahren wir zurück ins Büro. Da erwartet Thea uns mit einer weiteren Neuigkeit.

„Auch der zweite junge Maler, den Dein neuer Klient entdeckt hat, ist auf komische Art und Weise verstorben. Angeblich hat Firmin Dreier Suizid begangen. Er hat sich eine Überdosis gespritzt. Ob das freiwillig war? Einen Abschiedsbrief hat es jedenfalls nicht gegeben."

„Dass Künstler oft zu Drogen greifen, das ist ja nichts Ungewöhnliches, viele werden mit ihrem großen Ruhm nicht fertig", meint Düse.

„Das schon, aber merkwürdig finde ich es schon", beharrt Thea auf ihrer Meinung, „wenn jemand ausgerechnet auf der Höhe seines Ruhms Selbstmord begeht, dann ist das doch seltsam."

„Aber es gab doch sicher Ermittlungen in dem Fall."

„Das schon, aber die sind im Sande verlaufen."

„Dann muss ich wohl doch Erwin bitten, mir Genaueres darüber zu sagen", überlegt Düse.

„Was hat denn Herr Thiesbrummel gesagt?", will Thea wissen.

„Gar nichts, er war nicht zu Hause."

„Pech gehabt!"

Mehr sagt Thea nicht. Aber sie wird keine Ruhe geben, soweit kenne ich sie. Bestimmt macht sie sich spätestens morgen noch mal dran, irgendwas Ungesetzliches über unseren undurchsichtigen Klienten rauszufinden.

Feierabend, aber anders als gedacht

Düse ist sehr unzufrieden mit den bisherigen Ergebnissen seiner Nachforschungen, denn im Grunde ist er bisher ja keinen Schritt weitergekommen. Im Gegenteil, dadurch sind jede Menge neue Fragen aufgetaucht. Wenn Düse versucht seine Gedanken zu ordnen, dann redet er oft mit mir. Er weiß, ich bin ein sehr geduldiger Zuhörer. Natürlich kann ich ihm nicht antworten, aber ich glaube, wenn er seine Fälle mit mir bespricht, dann fällt bei ihm der Groschen manchmal von ganz allein.

Nachdem wir beide unsere Abendmahlzeit beendet haben, und Düse und ich gemeinsam mal wieder einen alten Krimi anschauen, kommt er wieder auf das Thema zurück, das ihn so sehr beschäftigt.

„Wenn man doch nur an die Bücher der Galerie Goldstedt ankäme", überlegt er.

Als er das sagt, ahne ich schon, worauf es hinauslaufen wird. Eigentlich darf ich das nicht sagen, aber ich weiß, dass Düse, um die Wahrheit rauszukriegen, schon öfter am Rande der Legalität agiert hat. Wenn Thea ihn nicht gebremst hätte, wäre das sicher schon viel häufiger passiert. Aber jetzt ist Thea nicht hier, um ihn zurückzuhalten, und so kommt es, wie ich schon vermutet habe. Düse zieht einen dunklen Kapuzenpulli an, nimmt seinen Rucksack mit und greift nach dem Autoschlüssel. Diesen Kapuzenpulli trägt mein Herrchen immer bei seinen „informellen Ermittlungen", wie er das nennt. Mir ist nicht recht wohl bei dieser Aktion, aber natürlich folge ich ihm dennoch. Zuerst fahren wir noch mal zum Haus von Herrn Thiesbrummel, aber dort macht uns keiner die Tür auf. Also steigt Düse erneut in seinen Wagen und fährt anschließend wieder zur Galerie Goldstedt. Natürlich liegt die um diese Zeit ebenfalls im Dunkeln. Zur Sicherheit parkt Düse seinen Wagen eine Straße weiter, und wir gehen die letzten Meter bis zur Galerie zu Fuß. So spät abends ist die Innenstadt so gut wie ausgestorben. Die meisten Restaurants haben bereits geschlossen, lediglich die eine oder andere Kneipe mag vielleicht noch offen sein. Vorsichtig läuft Düse weiträumig um die Galerie herum, um das Gelände zu erkunden. Wie erwartet, ist nirgends ein Fenster oder eine Tür offen, aber auf der Rückseite des Hauses gibt es eine Kellertür. Düse bemerkt auch, dass rund um das Haus Kameras installiert sind. Er vermeidet es sorgfältig, in deren Radius zu geraten. Vielleicht sind sie aber auch abgeschaltet, jedenfalls rührt sich nichts, als wir dort vorbeischleichen.

„Eine Alarmanlage haben die sicher auch", flüstert Düse mir zu. „Wenn ich nur wüsste, wo die ist…"

Dann kommt uns der Zufall zu Hilfe. Denn, wie aus dem Nichts, torkelt plötzlich ein Betrunkener auf die Galerie zu. Er geht zur Eingangstür und man sieht, dass die Kamera, die darüber befestigt ist, einen Schwenk macht. Im selben Moment schrillt eine Sirene los.

Düse hat genug gesehen. Offenbar ist die Alarmanlage mit den Kameras am Eingang verbunden.

„Komm, Donny, wir verdrücken uns lieber", fordert Düse mich auf und läuft zum nächsten Hauseingang. Darin bleiben wir stehen, um zu schauen, was passieren wird. Der betrunkene Mann hat sich durch den schrillen Ton der Sirene erschrocken und will schnellstens abhauen, aber er ist so unsicher auf den Beinen, dass er nicht weit kommt. Ruck zuck kommt ein Streifenwagen angebraust, zwei Polizisten springen heraus und laufen auf ihn zu, um ihn festzuhalten. Wie gebannt schauen wir zu. Der Mann leistet kaum Widerstand, als die beiden Uniformierten ihn in Gewahrsam nehmen. Außerdem scheinen die beiden Polizisten ihn zu kennen.

„Wir nehmen Dich mit. Du kriegst im Präsidium eine gemütliche Zelle und kannst erst mal Deinen Rausch ausschlafen. Frühstück gibt's morgen früh auch", kündigt ihm einer der Polizisten grinsend an.

Danach sehen wir, dass sein Kollege vorsorglich das Haus umrundet, aber er kommt unverrichteter Dinge zurück. Wir hören auch, dass der andere Polizist aus dem Auto heraus den Inhaber der Galerie anruft, von einem Fehlalarm spricht und wenig später schweigt die Sirene. Vermutlich kann man den Alarm per Fernsteuerung abstellen. Nachdem die Polizei wieder abgerückt ist, verlassen wir ebenfalls unser Versteck.

„So eine Gelegenheit kommt so schnell nicht wieder", flüstert Düse mir zu. „Wir müssen es einfach riskieren."

Er zieht seine Kapuze wieder über den Kopf und schlurft los. Dann vergewissert er sich, dass die Straße wirklich menschenleer ist, und wir gehen zur Kellertür. Im Vorgarten der Galerie ist ein Steinbeet angelegt. Düse nimmt einen der dicksten Steine mit und wirft ihn mit einem gezielten Wurf auf die Kamera über der Kellertür. Treffer! Das Ding jault kurz auf, aber dann bleibt es still. Düse wartet vorsorglich ein paar Minuten, ob der Alarm wieder losgeht, aber nichts rührt sich. Vermutlich ist er noch nicht wieder eingeschaltet, denn es ist ja nicht damit zu rechnen, dass jemand in einer Nacht gleich zweimal versucht hier einzudringen. Aber

Düse will unbedingt versuchen, sich in der Galerie umzusehen. Für solche Fälle hat er in seinem abgewetzten alten Rucksack immer verschiedene Werkzeuge dabei, und so gelingt es ihm tatsächlich, die schwere Tür zu öffnen. Immer noch ist alles ruhig. Vorsichtshalber wartet Düse noch einmal ein paar Minuten, denn schließlich kann es ja sein, dass irgendwo ein stiller Alarm losgeht. Vorhin waren die Polizisten ja auch superschnell vor Ort. Aber, wir haben Glück, und können unentdeckt ins Haus huschen. Düse zieht eine Taschenlampe aus seinem Rucksack, und wir schauen uns erst mal im Keller der Galerie um. Dort lehnen jede Menge Leinwände an der Wand, aber die scheinen Düse zunächst erst mal weniger zu interessieren. Er wirft nur einen kurzen Blick darauf und geht über eine geschwungene Treppe nach oben ins Büro, wobei ich ihm auf dem Fuß folge. Da streift er dünne Handschuhe über, öffnet einige Schränke, zieht mehrere Ordner heraus und endlich scheint er gefunden zu haben, was er sucht.

„Sieh mal einer an", zischt er. „Das ist ja interessant."

Er zieht seine Minikamera aus dem Rucksack und schießt eilig einige Fotos. Dann stellt er die Ordner sorgfältig zurück und verschließt die Schränke wieder. Als wir schließlich gehen, ist auf den ersten Blick von unserem Besuch nichts zu sehen. Düse hat sehr genau darauf geachtet, alles wieder an seinen Platz zu stellen. Lediglich die kaputte Kamera an der Kellertür kann er nicht wieder heil machen, aber die wird der Inhaber der Galerie mit etwas Glück nicht so schnell bemerken. Auf dem Rückweg sieht sich Düse noch einmal einige der Bilder an, die im Keller lagern. Von etlichen Gemälden und der Signatur darauf macht er Fotos, aber dann wird es höchste Zeit, dass wir uns auf den Heimweg machen. Man soll sein Glück nicht überstrapazieren, sagt Düse immer. Und in dieser Nacht haben wir bisher unverschämt viel Glück gehabt. Als wir das Grundstück verlassen, liegt die Straße noch immer völlig ruhig da, und so kommen wir unbehelligt zum Auto. Unterwegs hebe ich noch schnell mein Bein an einem Baum, der am Straßenrand steht. Ah, das tut gut!

„Ach Donny, entschuldige, daran habe ich vorhin gar nicht gedacht", lacht Düse. „Eigentlich müssten wir jetzt noch mal Gassi gehen oder reicht es, wenn wir das morgen früh nachholen?"
Ich weiß, darauf erwartete er nicht ernsthaft eine Antwort von mir, aber das nehme ich ihm nicht übel. So ist Düse eben. –

Thea wird eingeweiht

Am nächsten Morgen ist es Düse, der Neuigkeiten für Thea hat. An diesem Vormittag sind wir viel eher als Thea im Büro. Düse ist vorher sogar noch mit mir Gassi gegangen. Gestern bin ich ja auch wirklich zu kurz gekommen. Als Thea das Büro betritt, erwartet Düse sie mit frischem Kaffee, auch eine Seltenheit, dass er sich mal dazu herablässt, die Kaffeemaschine zu bedienen. Düse hat ihr gleich eine Tasse eingeschenkt, ein Stück vom Würfelzucker reingetan und auch einen Schuss Milch hinzugefügt – genauso wie Thea es mag. Sie ist bass erstaunt, als Düse ihr die gefüllte

Tasse entgegenhält, und sie den köstlichen Duft schnuppert.

„Du weißt tatsächlich, wie ich meinen Kaffee trinke, das hätte ich nicht gedacht", stellt sie erfreut fest, als sie ihm die Tasse abnimmt. Aber gleich darauf fragt sie alarmiert: „Ist was passiert?"

„Das kann man wohl sagen", antwortet Düse. Er beginnt, ihr von unserem nächtlichen Abenteuer zu erzählen.

Thea ist sprachlos. Ihre großen, blauen Augen weiten sich vor Erstaunen, als Düse ihr berichtet, dass im Keller der Galerie Goldstedt noch etliche Bilder lagern, die zum großen Teil von verstorbenen Malern stammen.

„Du meinst also, die hat der Inhaber da massenweise gebunkert, um sie nach und nach auf den Markt zu bringen?", vergewissert sie sich.

„Genau das meine ich", gibt Düse ihr recht.

„Da waren nicht nur Gemälde von Firmin Dreier und Claus van der Vaart, sondern auch einige von einem Wenzel Rostow. Der Name sagt mir bisher nichts, aber ich möchte wetten, der ist auch tot. Ich glaube, das ist so eine Art Gemäldemafia und auch unser Herr Thiesbrummel steckt mitten drin."

„Aber die Maler sind doch nicht alle umgebracht worden, oder doch?" entsetzt sich Thea.

Düse zuckt mit den Achseln und antwortet nicht.

„Oh Gott, oh Gott", sagt sie und wird ganz blass.

Jetzt erst rückt Düse mit der interessantesten Neuigkeit raus.

„Ich habe auch rausgefunden, dass Herr Thiesbrummel eine zweite Adresse hat. Ich möchte wetten, er hat selbst hin und wieder einige Bilder für sich abgestaubt, damit er den ganzen Gewinn allein einstecken kann. Deshalb wollte er auch nicht, dass die Polizei, nach dem Überfall auf ihn, nach dem gestohlenen Bild sucht. Wer weiß, was die da ausgegraben hätten."

Scheinbar wird Thea jetzt erst das ganze Ausmaß der Katastrophe klar, denn sie krächzt: „Wie hast Du das denn alles rausgefunden? Erwin hat Dir das doch sicher nicht verraten, oder doch?"

Da beichtet Düse ihr unseren nächtlichen Ausflug in die Galerie. Fassungslos hört Thea zu. Dann wird sie allerdings ernsthaft böse. Sie baut sich vor Düse auf und schimpft: „Sag mal, weißt Du eigentlich, was Du da riskiert hast? Offiziell weißt Du das alles doch gar nicht! Außerdem hast Du Dir widerrechtlich zu der Galerie Goldstedt Zutritt verschafft, um nicht zu sagen, Du bist da eingebrochen. Und den armen Donny hast Du auch mit reingezogen. Du musst jetzt unbedingt Erwin mit ins Boot holen. Allein wirst Du mit solchen Schwerverbrechern nicht fertig. Wenn die beiden Maler wirklich umgebracht worden sind, dann ist Thilo Steenfatt in großer Gefahr. Der ist doch auch gerade groß im Kommen. Und überhaupt, was ist mit diesem Herrn Dreier?"

„Der lebt jedenfalls noch", sagt Düse trocken.

„Wer weiß wie lange noch, wenn Du nichts unternimmst", befürchtet Thea.

So wütend habe ich sie lange nicht gesehen. Sie lamentiert noch eine ganze Weile vor sich hin, bevor sie zu Düse´s Schreibtisch geht und eine der Schubladen aufzieht. Sie weiß, dort hat er für akute Notfälle, wie er behauptet, eine Flasche Cognac deponiert. Thea nimmt den Fusel raus und holt zwei Gläser aus der Küche. Dann gießt sie beide Gläser halb voll. Ein Glas kriegt Düse, das andere führt sie selbst zum Mund.

„Jetzt brauche ich dringend etwas Starkes zur Beruhigung", sagt sie.

Düse nimmt ebenfalls einen großen Schluck. Ich sehe ganz deutlich, wie es in ihm arbeitet. Unsere Heldentat von gestern ist plötzlich keine mehr. Erwin wird ihm bestimmt auch den Kopf zurechtsetzen, da ist Thea sicher. Aber es hilft nichts, ohne Erwin kommt Düse in dem Fall nicht weiter.

„Du rufst ihn jetzt sofort an", befiehlt Thea. Wenn sie in so einem Ton mit ihm redet, dann wagt sogar mein Herrchen keinen Widerspruch mehr. Er weiß ganz genau, dass sie recht hat. Es war wirklich eine Schnapsidee von ihm, in der Galerie einzubrechen. Gar nicht auszudenken, was geschehen wäre, wenn die Bullen uns geschnappt hätten. Ob ich dann mit Düse zusammen im Knast gelandet wäre? Ich fühle mich ebenfalls ertappt, ziehe meinen

Schwanz ein und verkrümele mich erst mal in mein Körbchen. Aber was hätte ich tun können? Ich hätte Düse garantiert ohnehin nicht zurückhalten können. Trotzdem habe ich das ungute Gefühl, dass Thea auch mit mir böse ist. Nachdem Düse seinen Cognac ausgetrunken hat, nimmt Thea ihm das Glas weg und drückt ihm stattdessen das Telefon in die Hand.

„Los jetzt, ruf Erwin an. Du musst Dich so schnell wie möglich mit ihm treffen", fordert sie erneut, und Düse fügt sich.

Weil er das Telefon auf laut gestellt hat, können Thea und ich mithören, was Düse zu Erwin sagt. Am Telefon hält er sich allerdings erst mal bedeckt und erzählt Erwin nur, dass er wichtige Neuigkeiten für ihn hat und sich deshalb gern mit ihm treffen würde.

„Am besten so schnell wie möglich", fügt er hinzu.

Erwin faselt was von wenig Zeit, aber das lässt Düse nicht gelten.

„Meine Infos sind garantiert auch für Euch und Eure Ermittlungen wichtig", drängt er.

„Nein, am Telefon möchte ich nicht darüber reden, aber Du kannst mir glauben, es sind wirklich brisante Neuigkeiten, die ich für Dich habe", fügt er hinzu.

Schließlich lässt Erwin sich überreden sich in seiner Mittagspause mit uns wieder im „schmutzigen Löffel" zu treffen. Dort kann man wirklich hervorragend essen, selbst wenn der Name dieses Traditionslokals etwas anderes vermuten lässt. Aber Gisela hat den Laden richtig in Schwung gebracht.

„Bist Du nun zufrieden?", fragt Düse Thea.

Sie nickt nur und hämmert schon wieder auf ihren Computer ein. Thea will unbedingt einiges über Dennis Büchner herausfinden. Das ist ja der dritte Maler, der durch Herrn Thiesbrummel zu richtig viel Ruhm und Ehre gekommen ist, und damit vermutlich auch zu einer Menge Geld.

Konferenz mit Erwin

Düse scheint inzwischen ein wenig von seiner gewohnten Ruhe verloren zu haben, als wir im Biergarten vom „schmutzigen Löffel" sitzen und auf Erwin warten. Gisela hat ihm dieses Mal kein Bier gebracht, sondern Düse hat sich eine Limonade bestellt. Auch das ist ungewöhnlich für ihn. Wie immer, bekomme ich frisches Wasser und erfreulicherweise auch ein Leckerli von meiner Freundin. Danke, liebe Gisela! Schließlich erscheint Erwin. Er wischt sich den Schweiß von der Stirn, bevor er sich zu uns setzt. Heute ist wirklich ein unerträglich heißer Tag, aber hier in dem schattigen Sommergarten kann man es aushalten, finde ich. Erwin hat keinen großen Hunger und bestellt lediglich einen Salat, als Gisela ihn fragt, was sie ihm bringen darf. Düse hat vorhin schon ein Schnitzel bei ihr geordert. Weil er ihr erzählt hat, dass wir auf Erwin warten, hat sie versprochen, das Essen zeitgleich zu liefern. Nachdem sie ein Mineralwasser vor Erwin abgestellt hat, zieht sie sich zurück. Sie kennt die beiden ja und weiß, wenn sie sich mittags hier treffen, dann geht es oft um Dinge, die außer ihnen niemand mitkriegen soll.

„Schieß los!", fordert Erwin Düse auf. „Was ist so dringend, dass ich meine Mittagspause opfern und mich unbedingt sofort mit Dir treffen musste?"

Düse wirkt plötzlich verlegen, und ich fühle, ich muss ihn jetzt unterstützen. So lecke ich ihm die Hand und lege meine Pfote auf sein Knie. Gedankenverloren beginnt er damit, mich zu streicheln. Dann legt er auch bei Erwin eine komplette Beichte ab. Er erzählt haarklein, was wir beide am Abend zuvor getrieben haben. Erwin hört wortlos zu. Dann kommt Gisela und setzt das Essen vor den beiden ab. Hm, das Schnitzel duftet sehr appetitlich, und ich wünschte, Düse würde es mir vermachen, denn er rührt es nicht an, bevor er Erwin alles erzählt hat. Der ist von Düse ja einiges gewohnt, aber irgendwann platzt ihm doch der Kragen und er explodiert regelrecht!

„Was hast Du Dir nur dabei gedacht?", schreit er Düse an.

Zum Glück sind wir momentan allein im Biergarten, lediglich Gisela steckt kurz ihren Kopf zur Tür heraus, aber sie kommt nicht, um zu fragen, was los ist – zum Glück. Sie hat bestimmt mitgekriegt, dass zwischen Düse und Erwin dicke Luft herrscht. Erwin ist ganz rot im Gesicht und sein Salat, in dem er vorhin noch halbherzig rumgestochert hat, bleibt weitestgehend unberührt.

„Das ist Einbruch und Sachbeschädigung. Du hast Schwein gehabt, weil die defekte Alarmanlage erst heute früh bemerkt worden ist. Natürlich ist der Inhaber der Galerie gleich zu uns gekommen und hat den Einbruch gemeldet. Wir haben sofort die Spusi hingeschickt. Dein Glück, dass Du wenigstens so viel Verstand bewiesen und dabei Handschuhe getragen hast. Nicht auszudenken, was passiert wäre, wenn wir ausgerechnet da Deine Fingerabdrücke gefunden hätten. Wie hättest Du das meinem Kollegen erklärt? In dem Fall hätte ich nichts für Dich tun können."

„Ich weiß", wehrt sich Düse kleinlaut. „Es war ja auch mehr oder weniger eine spontane Aktion."

„Was? Hältst Du mich für blöd? Sowas kannst Du jemandem erzählen, der seine Hose mit ´ner Kneifzange zumacht", fährt Erwin auf. „Du bist doch von Zuhause losgezogen, um die Lage zu sondieren. Und als es Dir günstig erschien, hast Du die Gelegenheit genutzt. Alter Schwede, ich bin wirklich total von den Socken! Und das Allerschlimmste ist noch, dass ich diese Informationen nicht mal verwenden kann. Du Dämlack, das weißt Du als ehemaliger Bulle doch ganz genau."

„Dann musst Du Dir eben schnell irgendwas einfallen lassen, um einen offiziellen Durchsuchungsbeschluss für die Galerie zu kriegen."

„Kannst Du mir mal verraten, wie ich das anstellen soll?"

Das Schnitzel ist jetzt sicher so gut wie kalt, und ich glaube, Düse wird es sowieso nicht mehr essen, denn er hat seinen Teller schon beiseitegeschoben. Deshalb nutze ich die Gelegenheit und schnappe es mir. Wäre doch schade drum, wenn Gisela es später abräumen und in den Müllschlucker werfen müsste. Düse reagiert nicht mal, als ich das mache. Mir schmeckt es jedenfalls ausgezeichnet. Ich schmatze, schlucke und genieße dieses unerwartete Festmahl sehr! Das Gemüse kann Gisela gern behalten. Dann höre ich wieder zu, was die beiden besprechen. Düse hat Erwin alles von dem Einbruch erzählt und auch, dass in der

Galerie noch mehrere Gemälde der toten Maler stehen. Nun sagt er: „Thea meint, dass Herr Steenfatt möglicherweise ebenfalls in Gefahr sein könnte. Jedenfalls, wenn unsere Theorie, dass bei dem Tod von Firmin Dreier und Claus van der Vaart nicht alles mit rechten Dingen zugegangen ist, stimmt. Immerhin sind die alle, erst seit ihren Ausstellungen in der Galerie Goldstedt, groß rausgekommen. Und ihre Bilder sind unmittelbar nach ihrem Tod in geradezu astronomische Höhen geklettert. Komisches Volk, diese Kunstsammler", findet Düse.

Erwin entgegnet: „Glaubst Du, auf diese Idee sind wir nicht schon längst gekommen? Wir von der Kripo sind schließlich auch keine Vollidioten. Natürlich ermitteln wir in diesen beiden Todesfällen weiter. Aber noch sind wir da nicht so weit, dass ich Dir dazu etwas sagen könnte. Vor allem dieser angebliche Unfall in der Türkei erweist sich als schwierig. Die Kollegen vor Ort mauern leider ein wenig."

Düse murmelt etwas Unverständliches. Erwin sagt außerdem, dass ihm und seinen Kollegen durchaus bekannt ist, dass Herr

Thiesbrummel in der Stadt eine Wohnung hat. Da hält er sich aber nur selten auf, deshalb haben wir ihn dort nicht angetroffen. Ich vermute, Erwin hat nun beschlossen, Düse alles zu sagen, was er weiß, denn zum Schluss rückt er noch mit einer echten Sensation raus: „Außerdem besitzt Dein Klient am Stadtrand ein Haus, das hat er von seinen Eltern geerbt. Er hat bei der Heirat den Namen seiner Frau angenommen. Früher hieß er schlicht und einfach Dietrich Meier."

Jetzt guckt Düse erstaunt aus der Wäsche.

„Deshalb hat Thea so wenig über ihn rausbekommen. Gemeldet ist er jedenfalls nur in seiner Stadtwohnung."

„So wird es wohl sein. Wenn sie unter seinem richtigen Namen sucht, kommt garantiert noch einiges zutage."

Dann schaut Erwin auf die Uhr und sagt erschrocken: „Himmel, so spät schon, ich muss jetzt wirklich gehen! Halt Dich zurück, das kann ich Dir nur raten. Und keine krummen Extratouren mehr", mahnt er.

Er steht auf und geht ins Haus, um zu bezahlen. Düse und ich bleiben noch einen Moment sitzen. Dann brechen wir auch auf, um zu Thea ins Büro zu gehen. Da sie nun in alles eingeweiht ist, sieht Düse keinen Grund mehr, sein weiteres Vorgehen nicht mit ihr zu besprechen. Unsere Thea hat durchaus kriminalistisches Gespür, das weiß er nur zu gut. Zudem hat sie es schon einige Male bewiesen. Ich bin, dank der unverhofften Schnitzelmahlzeit, pappsatt und zufrieden. Auch ein wenig schläfrig, das gebe ich gern zu. So hoffe ich, dass wir nun ein oder zwei Stündchen im Büro bleiben werden. Ich würde mich jetzt gern zu einem gemütlichen Mittagsschläfchen in mein geliebtes weiches Körbchen zurückziehen, denn ich ahne, dass wir demnächst noch genug Aufregungen erleben werden.

Herr Thiesbrummel meldet sich

Unsere tüchtige Thea ist während Düse´s und meiner Abwesenheit nicht untätig geblieben. So hat sie rausgefunden, dass Dennis Büchner wohl ein Alternativer ist, wie sie sagt. Dem ist sein neuer Ruhm offenbar schnurzegal. Stellt Euch vor, das gibt es auch. Nachdem er eine sehr erfolgreiche

Ausstellung in der Galerie Goldstedt gehabt hat, ist er einfach abgetaucht. Angeblich weiß keiner, wo er sich aufhält.

„Vielleicht trampt er als Rucksacktourist durch Australien oder Kanada", vermutet Thea.

„Hm, dann lassen wir den erst mal außen vor", beschließt Düse.

„Aber kümmere Dich stattdessen bitte um Dietrich Meier, so hieß Herr Thiesbrummel nämlich vor seiner Heirat. Über den muss doch einiges rauszufinden sein."

Erwin will dafür sorgen, dass Herr Steenfatt vorsichtig vor seinem Entdecker gewarnt wird. Zu dumm, dass er ihm, solange nichts Konkretes passiert, keinen Polizeischutz geben kann. Und natürlich darf er ihm erst recht nichts von unserem bösen Verdacht gegenüber Herrn Thiesbrummel und den Leuten von der Galerie Goldstedt verraten. Düse ist inzwischen ganz schön sauer auf seinen Klienten. Der muss irgendwie gespürt haben, dass er selbst im Moment im Fokus der Ermittlungen steht, denn wenig später ruft er an, um sich zu erkundigen, was Düse bisher rausgefunden hat.

„Ach, Herr Thiesbrummel, gut, dass Sie sich melden", beginnt Düse.

„Es tut mir leid, große Fortschritte kann ich Ihnen leider nicht vermelden, aber ich habe einen Verdacht."

Was Herr Thiesbrummel antwortet, das kann ich nicht hören, aber Düse antwortet: „Nein, solange ich da nichts Genaues weiß, kann ich Ihnen das nicht sagen, aber ich bleibe am Ball."

Bevor er das Gespräch beendet, fügt er noch hinzu: „In Ordnung, dann melden Sie sich also wieder."

Nachdem er aufgelegt hat, sagt er zu Thea: „Komisch, die Schüsse auf ihn hat er mit keinem Wort erwähnt. Ich finde, das ist ein weiteres Indiz dafür, dass er mir gegenüber nicht mit offenen Karten spielt. Ich wette, er weiß genau, wem er diesen Mordanschlag zu verdanken hat."

„Das glaube ich auch", stimmt Thea ihm zu.

„Das können eigentlich nur die Leute aus der Galerie sein, oder meinst Du nicht?"

„Es sieht so aus, aber möglicherweise steckt da noch jemand mit drin, der bisher noch gar nicht aufgetaucht ist", überlegt Düse.

„An wen denkst Du?"

„Ist sicher Unsinn, aber soweit ich weiß, arbeitet die Mafia mit ähnlichen Methoden."

„Um Himmels Willen!", schreit Thea. „Gib dem Kerl endlich seinen Vorschuss zurück. Wir kommen sonst noch alle in Teufels Küche."

„Das kann ich nicht", sagt Düse.

„Wieso nicht?"

„Weil ich das Geld nicht mehr habe", gibt Düse kleinlaut zu.

Daraufhin fängt Thea an zu weinen. Düse steht hilflos daneben, aber ich gehe zu ihr und lecke ihr übers Gesicht, um sie zu trösten.

„Ach, Donny", schluchzt sie, „ich habe doch so große Angst um Euch!"

Düse steht natürlich weiterhin ratlos und mit hängenden Schultern daneben. Also ergreife ich erneut die Initiative und stupse ihn mit dem Kopf in Thea's Richtung, die immer noch leise vor sich hin weint. Endlich scheint er zu kapieren, denn er nimmt Thea ungelenk in seine Arme und streichelt vorsichtig ihren schmalen Rücken.

„Das musst Du nicht, ich passe schon auf", versichert er.

Thea schmiegt sich kurz an ihn, heult noch einmal auf und rückt dann schnell wieder von ihm ab. Sie weiß genau, dass er mit solchen Gefühlsausbrüchen gar nicht gut umgehen kann. Anschließend nimmt sie ein Taschentuch aus ihrer Schreibtischschublade und wischt sich die Tränen ab.

„Ist schon gut", sagt sie in gewohnt geschäftsmäßigem Tonfall, schnappt sich ihre Handtasche und verschwindet auf der Toilette, um ihr verschmiertes Make-Up wieder in Ordnung zu bringen.

Ich glaube, sie bereut es schon, dass sie ihm in dem Moment so deutlich gezeigt hat, wie gern sie ihn hat. Verstehe einer die Menschen, warum müssen sie bloß alles kompliziert machen, wenn es doch so viel einfacher sein könnte.

Opfer, Täter oder beides?

Dietrich Thiesbrummel schaute aus dem Fenster. Vor seiner Haustür stand noch immer ein Streifenwagen. Verfluchter Mist, dachte er. Dieser Polizeischutz war ihm gar nicht recht. Er wusste, der Schuss auf ihn war so etwas wie eine Warnung gewesen. Jemand war ihm und seinen krummen Geschäften auf die Schliche gekommen. Eigentlich hätte er aufhören sollen, nachdem er die Gemälde von Claus van der Vaart verkauft hatte. Aber, wenn er ehrlich zu sich selbst war, dann musste er zugeben, dass er einfach nicht aufhören konnte. Schon lange ging es ihm nicht mehr ums Geld. Er hatte ausgesorgt. Aber der Kick des Verbotenen reizte ihn einfach immer wieder. Mit dem geldgierigen Inhaber der Galerie Goldstedt, Fabian Mengler, hatte er gleich leichtes Spiel gehabt. Das vormals riesige Vermögen der Familie war längst nicht mehr vorhanden, aber der äußere Schein musste unbedingt gewahrt werden. Deshalb war es ihnen beiden sehr gut zupassgekommen, als Claus van der Vaart in der Türkei ums Leben gekommen war. Natürlich war es ein Unfall, aber keiner von beiden bedauerte das wirklich. Wie so oft in der Kunstwelt wäre sein Stern vermutlich nach ein paar Jahren wieder gesunken; durch seinen Tod war das anders. Ich hätte ihm vielleicht noch mehr seiner Werke abkaufen sollen, dachte er bekümmert. Aber das hatte Fabian Mengler getan. Die meisten hielt er allerdings bisher noch immer unter Verschluss und gab nur ab und zu eines zur Versteigerung frei. Das stammte dann angeblich aus einer privaten Quelle. Die Bilder von Claus van der Vaart erzielten inzwischen horrende Summen. Er war überzeugt davon, dass auch mit der Buchführung seines Partners einiges nicht stimmte, denn Fabian brauchte ständig Geld, viel Geld. Er führte einen sehr aufwändigen Lebensstil, und seine Frau war ebenfalls recht anspruchsvoll, da blieb von seinen Einnahmen garantiert nicht viel übrig. Die beiden besaßen eine schneeweiße Yacht, mit der sie oft wochenlang in der Weltgeschichte herumgondelten. In der Zeit überließen sie es ihrer Angestellten, die Galerie zu führen. Womöglich steckte die gute Frau auch einiges in ihre eigene Tasche, wer wusste das schon so genau. Aber das konnte ihm letztlich egal sein. Nachdem die Bilder von Claus van der Vaart nach seinem Tod so begehrt geworden waren, reifte in ihm ein

Plan. Und den hatte er gut durchdacht. Firmin Dreier war mindestens ebenso begabt wie Claus van der Vaart. Aber, während der im Grunde ein netter Kerl war, mochte er Firmin Dreier nicht sonderlich. Dem war sein Erfolg recht schnell zu Kopf gestiegen, und er wurde zusehends arroganter. Auch weigerte er sich strikt, seine Bilder unter der Hand zu verkaufen. Nachdem ihm klar wurde, dass Firmin Dreier kurz darauf in die Drogenszene abgerutscht war, sah er seine Chance. Es war fast zu leicht gewesen. Als er den Maler anrief, um ihm zu sagen, dass er eine weitere lukrative Ausstellung für ihn organisiert hatte, war der sofort bereit gewesen, ihn zu empfangen. Der Rest war ein Kinderspiel. Firmin Dreier hatte ihm die Bilder gezeigt, die er für die Ausstellung bereits beiseitegestellt hatte. Dann hatten sie auf seinen Erfolg angestoßen. In einem unbeobachteten Moment konnte er die K.o.-Tropfen in sein Glas geben und als Firmin das Bewusstsein verlor, hatte er ihm die tödliche Spritze in den Arm gerammt und es so aussehen lassen, als habe der Maler eine Überdosis erwischt. Es hatte nur Sekunden gedauert, dann war alles vorbei. Die besten Bilder hatte er mitgenommen, aber einige weniger wertvolle dort gelassen, damit man keinen Verdacht schöpfte. Firmin Dreier hatte sehr zurückgezogen gelebt und so wusste keiner, wie viele Werke er vor seinem Tod noch gemalt hatte. Fabian ahnte eventuell was geschehen war, aber er verlor ihm gegenüber nie ein Wort darüber. Womöglich hatte er den Plan ausgeheckt, ihm das Bild von Thilo Steenfatt stehlen zu lassen, denn der war im Moment der absolute Star unter den modernen Malern. Und der Schuss auf ihn sollte eine Warnung sein, damit er der Polizei gegenüber die Klappe hielt. Sollte das so sein, hätten sie sich gegenseitig in der Hand. Auch keine gute Ausgangsposition, fand er. Außerdem musste er zuerst Beweise haben, bevor er Fabian mit so einem schier ungeheuerlichen Verdacht konfrontieren konnte. Aus diesem Grund hatte er diesen Privatdetektiv angeheuert. Fast bereute er das allerdings schon.

Polizeiliche Ermittlungen

Erwin hat angerufen. Er sagt, er hat Neuigkeiten, die er Düse mitteilen will. Aber inoffiziell. So treffen wir uns mit ihm wieder einmal im „schmutzigen Löffel". Sobald wir dort sind, bestellt Düse sich erst mal was zu essen, und ich kriege frisches Wasser. Gisela kennt ja unsere Bedürfnisse. Wenig später trifft auch Erwin ein.

„Ich habe leider wenig Zeit", sagt er. „Aber ich wollte Dir sagen, dass wir nun sicher wissen, dass Claus van der Vaart wirklich durch einen tragischen Unfall gestorben ist. Einer meiner Kollegen ist Türke. Er ist als kleines Kind hierhergekommen und fühlt sich als Deutscher, aber er kann immer noch recht gut Türkisch sprechen. Den habe ich gebeten, in seinem Heimatland anzurufen, um die Sache zu klären. Das hat er getan, und jetzt wissen wir, dass bei diesem Todesfall keiner nachgeholfen hat. Aber sicher kam das Fabian Mengler und auch Deinem Klienten gut zupass, denn seine Bilder sind dadurch sehr begehrt geworden. Vielleicht sind die beiden erst dadurch auf die perfide Idee gekommen, die Künstler verschwinden zu lassen. Claus van der Vaart war der Erste, der zu Tode gekommen ist. Dennis Büscher ist nicht auffindbar, aber es gibt bis jetzt keine Anzeichen dafür, dass er tot ist. Mit Thilo Steenfatt habe ich vor Kurzem gesprochen und ihm davon erzählt. Außerdem habe ich ihm geraten, Augen und Ohren offenzuhalten, noch deutlicher konnte ich ja nicht werden. Aber Thilo Steenfatt ist ja nicht dumm, er wird sicher zwei und zwei zusammenzählen können. Zusätzlich möchte ich Dich auch noch informieren, dass ich wahrscheinlich einen Dreh gefunden habe, einen Durchsuchungsbeschluss für die Galerie Goldstedt zu kriegen."

„Donnerwetter, wie hast Du das denn hingekriegt?", wundert sich Düse.

„Du weißt doch, ich habe einen Kumpel beim Finanzamt. Den habe ich angerufen und mit ihm vereinbart, dass er dort auftaucht und sagt, er kommt aufgrund einer anonymen Anzeige. Dann muss der Galerist ihm sämtliche Unterlagen zur Verfügung stellen, egal, ob ihm das passt oder nicht. Natürlich werde ich ihn genau instruieren, wonach er suchen soll. Ich denke, der wird schon etwas finden, was wir verwenden können. Ich hoffe nur, die haben wirklich nicht bemerkt, dass Du die Ordner schon mal durchstöbert hast. Wenn sie die belastenden Unterlagen schon entsorgt haben, dann stehen wir natürlich dumm da. Aber hoffen wir mal das Beste. Wenn wir dem Mengler auch nur ein einziges krummes Geschäft nachweisen können, dann reicht das, um seine Bude komplett auseinanderzunehmen. Was sagst Du nun?"

Düse ist begeistert.

„Mensch, das hört sich wirklich super an!"

Erwin wirkt sehr zufrieden mit sich, trotzdem wiegelt er ab: „Falls das nicht klappt, musst Du Dir was einfallen lassen."

„Soll ich da noch mal einsteigen und die verräterischen Unterlagen einfach klauen?"

Nun sieht Erwin allerdings entrüstet aus. Er kraust die Stirn und sagt: „Nein, natürlich nicht, das wäre doch illegal."

Daraufhin murmelt Düse etwas, das ich nicht verstehe, und Erwin sagt: „Hoffen wir erst mal, dass es klappt. Ansonsten müssen wir die beiden irgendwie anders aus der Reserve locken."

Nach einem Blick zur Uhr verabschiedet er sich eilig. Und dann kommt auch schon das Essen für Düse. Hungrig macht er sich gleich darüber her, bevor wir zurück ins Büro gehen. Auf dem Weg dahin machen wir noch einen kleinen Umweg, damit ich mich erleichtern kann. Im Büro erwartet uns Thea ebenfalls mit Neuigkeiten. Sie hat sich mal um den anderen Namen auf Düse´s Liste gekümmert und dabei festgestellt, dass der tschechische Maler Wenzel Rostow ebenfalls nicht mehr lebt.

„Langsam wird's mir echt unheimlich. Alle bekannten Künstler, die in letzter Zeit mit Herrn Thiesbrummel zusammengearbeitet haben, sind tot. Das kann doch kein Zufall sein!", sagt Thea aufgeregt.

„Was ist denn mit dem Rostow passiert?", fragt Düse interessiert.

„Den hat man aus der Moldau gefischt. Aber es ist nicht klar, ob es ein Unfall war oder etwas anderes. Außerdem ist das schon einige Jahre her. Sogar noch vor dem Tod von Claus van der Vaart. Wäre interessant zu wissen, ob Herr Thiesbrummel von dem auch Bilder hat, oder hast Du in der Galerie vielleicht einige von dem gesehen?"

Düse zieht sein Smartphone hervor und sucht die Fotos, die er in der Galerie Goldstedt gemacht hat. Einige tragen die Signatur W.R. – in geschwungenen Buchstaben.

„Das könnte durchaus auf Wenzel Rostow hindeuten", meint er.

„Und bis jetzt ist denen noch keiner auf die Schliche gekommen?", wunderte sich Thea.

„Wenn in Tschechien jemand tot aus der Moldau gezogen wird, dann wüsste ich keinen Grund, warum das hier jemanden interessieren sollte. Da ist bestimmt keiner auf die Idee gekommen nachzuhaken. Es sei denn, er kannte Wenzel Rostow und auch Herrn Mengler aus der Galerie. Und den Thiesbrummel dazu. Ich wette, sobald sie Wind davon gekriegt haben, ist einer von denen oder sogar beide hingefahren, um sich die letzten Bilder des Verstorbenen zu sichern."

Dann erzählt Düse Thea, was Erwin bisher rausgefunden hat und auch, was er demnächst plant. Als Erstes will Düse versuchen rausfinden, inwieweit der Galerist in die ganze Sache verwickelt ist. Also machen wir uns auf den Weg dorthin. Das hat Düse Erwin natürlich nicht auf die Nase gebunden, denn der wäre damit sicher nicht einverstanden. Aber bevor wir aufbrechen, machen wir einen schnellen Abstecher zu Düse´s Wohnung. In Jeans und Lederjacke kann er nicht in der Galerie erscheinen, meint er. Nachdem er sich wieder mal in seinen einzigen guten Anzug gequetscht hat, den er zuletzt bei Marlene´s Hochzeit getragen hat, bindet er sich erneut den bunten Strick um den Hals. Thea findet Düse so aufgebrezelt besonders attraktiv, das weiß ich. Sie meint, das sollte er öfter tragen, schon um mehr betuchte Kunden an Land zu ziehen. Aber mein Herrchen fühlt sich in Jeans viel wohler, das weiß ich. Mir ist völlig egal, wie Düse sich anzieht, aber zu manchen Anlässen ist das äußere Erscheinungsbild für Menschen eben wichtig. Auf den Galeristen möchte Düse jedenfalls einen seriösen Eindruck machen, scheint mir. Nachdem er sich umgezogen hat, können wir uns endlich auf den Weg machen.

Düse trifft Herrn Mengler

Als wir vor der Eingangstür der Galerie stehen, atmet Düse erst einmal tief durch.

„Hoffentlich erinnert sich die Angestellte nicht an meinen letzten Besuch hier", hofft er. „Vielleicht hätte ich Dich besser zu Hause lassen sollen."

Nun ist es zu spät, ich bin froh darüber. Wer weiß, was Düse anstellt, wenn ich nicht bei ihm bin. Sollte sich tatsächlich jemand an ihm vergreifen wollen, dann werde ich ihn auf jeden Fall, so gut ich kann, beschützen, das nehme ich mir fest vor. Aber in der Regel sind Galeristen keineswegs böse. Die Dame, die wir bei unserem letzten Besuch hier angetroffen haben, war es jedenfalls nicht. Und sie scheint ihrem Chef auch nichts von unserem Besuch erzählt zu haben, denn er empfängt Düse genauso, wie jeden anderen Kunden. Er hat auch nichts dagegen, dass ich mit ins Haus komme, im Gegenteil. Er fragt Düse sogar, ob er mich streicheln darf. Der gibt ihm großzügig die Erlaubnis, und ich spüre weiche Finger, die mich zwischen den Ohren kraulen. Das ist durchaus ein angenehmes Gefühl.

Dann sagt Herr Mengler: „Ich habe selbst einen Hund. Er ist schon recht betagt und liegt meistens im Büro und schläft."

„Ach, das ist ja nett", erwidert Düse, um eine entspannte Atmosphäre zu schaffen.

„Ja, ich liebe ihn sehr. Er heißt Moritz und ist ein Weimeraner. Aber, was kann ich für Sie tun?"

Mit dieser Frage wird er wieder geschäftlich, und Düse gibt sich wieder einmal als Kunstinteressent aus.

„Ich suche eigentlich nichts Bestimmtes, aber alle jungen, avantgardistischen Künstler interessieren mich sehr. Wissen Sie, ich habe den Traum, ein Bild von einem noch unbekannten Maler zu erstehen, der dann irgendwann richtig berühmt wird", vertraut er dem Galeristen an.

Ich kenne Düse ja schon länger, aber seine Fähigkeit, ohne rot zu werden, die dreistesten Lügen zu erzählen, die erstaunt mich immer wieder. Düse hat so gut wie keine Ahnung von Kunst, und ich natürlich erst recht nicht, aber für mich, als Hund, sind solche Dinge ja

schließlich nicht wichtig. Ich weiß nur, wenn Thea Düse mal überreden wollte, mit ihr in ein Museum oder eine Kunstausstellung zu gehen, um seine Allgemeinbildung ein wenig zu erweitern, hat er sich immer mit Händen und Füßen dagegen gesträubt. Vermutlich habe ich ihn doch unterschätzt, denn als der Galerist ihn in der Ausstellung herumführt, macht Düse zu einigen Bildern tatsächlich passende Bemerkungen. Da fällt mir ein, dass Thea ihm vor seinem ersten Besuch hier ja einige Infos zu der Ausstellung gegeben hat, damit er sich nicht blamiert. Schließlich kommt er doch zur Sache und fragt ganz unumwunden: „Ich habe Gerüchte gehört, dass Sie gelegentlich Bilder von jungen Talenten anbieten, die man nicht an jeder Ecke finden kann. Wie sieht es damit aus?"
Die Miene des Galeristen verdüstert sich ein wenig, aber noch bleibt er freundlich.

„Wie meinen Sie das? Thilo Steenfatt gehört sicher zu den Künstlern, deren Bilder in Zukunft sehr gefragt sein werden. Wir hatten kürzlich eine viel beachtete Ausstellung, und die übrig gebliebenen Bilder habe ich Ihnen gezeigt."

Jetzt muss Düse deutlicher werden. „Wie sieht es mit den Arbeiten von Wenzel Rostow aus, oder Claus van der Vaart?"

„Wie kommen Sie ausgerechnet auf die?", will Herr Mengler erstaunt wissen. Auf seiner gekrausten Stirn erscheinen plötzlich Schweißperlen. „Meines Wissens nach, sind beide Maler verstorben."

Kein Zweifel, damit hat Düse mitten ins Schwarze getroffen!

„Auch das habe ich gehört, aber es sollen noch einige ihrer Werke im Umlauf sein, was wissen Sie darüber?", hakt er unbarmherzig nach.

„Ich selbst besitze leider keines davon, aber ich kann mich gern für Sie umhören. Vielleicht könnte ich eines für Sie besorgen", bietet Herr Mengler, der sich schnell wieder gefasst hat, Düse nun an.

„Das wäre sehr freundlich", bedankt sich Düse.

„Wo und wie kann ich Sie erreichen?"

„Ich bin viel unterwegs", erklärt ihm Düse hastig. „Ich melde mich in einigen Tagen wieder bei Ihnen."

Damit ist Herr Mengler zum Glück auch einverstanden. Sicher kennt er solche Schrullen durch seine andere anspruchsvolle Kundschaft.

„Gut, dann verbleiben wir so. Ich denke, in vierzehn Tagen werde ich Ihnen eventuell schon mehr sagen können."

Dann verabschieden wir uns, aber bevor wir gehen, streicht Herr Mengler mir noch schnell über den Kopf. Jemand, der Hunde so gernhat, der kann kein schlechter Mensch sein, finde ich. Aber Düse sieht das ganz anders, denn draußen sagt er zu mir: „Im Keller der Galerie habe ich auch Bilder mit der Signatur W. R. gesehen. Ich fresse glatt einen Besen, wenn das keine Werke des verstorbenen Tschechen sind. Ich konnte mir nicht alle Bilder genauer anschauen, aber ich bin sicher, da lagern auch einige von Claus van der Vaart. Zum Glück habe ich einige Bilder fotografiert. Glaub mir, der Kerl tut nur so scheinheilig. Der hat ganz sicher jede Menge Dreck am Stecken, das sagt mir meine Spürnase."

Düse ist zwar kein Kommissar mehr, aber sein kriminalistischer Instinkt funktioniert immer noch so gut wie früher. Ich erhebe keinen Einwand, denn das würde Düse ohnehin nicht verstehen. Also traben wir zum Auto und fahren wieder ins Büro. Dort erwartet uns eine faustdicke Überraschung, aber eine schöne, so viel kann ich Euch schon mal verraten.

Marlene hat ein Problem

Ich glaube, Düse wäre lieber gleich nach Hause gefahren, aber er will seine neuen Erkenntnisse mit Thea besprechen. Seitdem sie Bescheid weiß, macht er das so. Vor der Detektei steht das Auto von Marlene.
„Nanu, was macht die denn hier?", wundert sich Düse.
Ich sehe ihm an, dass er sich freut, seine Exfrau mal wieder zu sehen. Sie sind schließlich nicht im Streit auseinandergegangen. Aber, dass Marlene eine Weile nach der Trennung von Düse erneut geheiratet hat, das war für ihn schon eine bittere Pille und hat ihm schwer zu schaffen gemacht. Im Büro treffen wir sie und Thea an, die sich gemeinsam einen Kaffee gegönnt

haben. Marlene hat sogar Kuchen dazu mitgebracht. Auch für Düse haben die beiden Damen netterweise ein Stück übriggelassen. Schwarzwälder Kirschtorte, die liebt er ganz besonders. Ich habe gleich die Ahnung, dass Marlene etwas von ihm will und so ist es auch. Nachdem sie eine Weile miteinander über Belanglosigkeiten geplaudert haben, rückt Marlene mit ihrem Anliegen heraus. Sie wollte schon länger gern wieder ein Tier, und so hat sie ihren Mann überredet, mit ihr ins Tierheim zu fahren, damit sie sich von dort einen Hund holen konnten. Ihre Wahl fiel auf eine kleine Rauhaardackelhündin, die den Namen Sissi trägt.

„Sie ist total süß, und hat mir so viel Freude gemacht", beteuert Marlene.

„Aber schon nach einigen Tagen bekam Arnold Probleme. Er hörte gar nicht mehr auf, zu husten. Schließlich ist er zum Arzt gegangen, weil er dachte, er hätte eine hartnäckige Erkältung oder womöglich sogar Corona. Aber das stellte sich leider als Irrtum heraus, denn als unser Hausarzt auf die glorreiche Idee kam, bei ihm einen Allergietest zu machen, da war die Sache eindeutig klar. Er ist gegen Hundehaare allergisch, und zwar massiv – leider. Ich möchte Sissi unbedingt in ein gutes Zuhause geben, wenn ich sie schon nicht behalten kann", schluchzt Marlene.

„Da hast Du an mich gedacht?", staunt Düse.

„Nein, eigentlich zuerst an Thea, aber die sagt, ihre Bude ist zu klein", erklärt Marlene kleinlaut.

Ich weiß, unsere Thea wohnt in einem winzigen Appartement im dritten Stock eines Hochhauses. Wir wohnen im Erdgeschoss und haben auch einen kleinen Garten.

„Kannst Du den Hund nicht wieder ins Tierheim bringen?", fragt Düse.

Daraufhin sieht Marlene ihn richtig böse an: „Zurück ins Tierheim? Weißt Du, was das für Sissi bedeuten würde? Niemals!"

Jetzt schaltet sich Thea ein.

„Wenn Du die Kleine aufnimmst, dann könnte Marlene sie demnächst wenigstens öfter mal besuchen."

Dieser tolle Vorschlag muss Thea wirklich Überwindung gekostet haben, Ihr wisst ja, dass sie heimlich in Düse verliebt ist. Dass er immer noch so an seiner Exfrau hängt, ist für sie bestimmt immer wieder eine bittere Erkenntnis. Thea weiß auch ganz genau, dass Marlene nie wieder zu Düse zurückgehen wird. Ihr jetziger Mann ist ein ganz lieber Kerl und zudem hat er Knete. Der kann ihr viel mehr bieten als Düse es je könnte, selbst wenn er wollte. Ich mag Marlene, wirklich, aber ich weiß auch, wie sehr sie ihr jetziges Leben genießt.

Sofort hellt sich Düse´s skeptische Miene auf. Er kratzt sich am Kopf und sagt: „Ja, schon, aber was ist, wenn Donny und sie sich nicht vertragen?"

„Das käme doch auf einen Versuch an", schmeichelt Marlene. „Meine Sissi ist wirklich unglaublich lieb und zudem äußerst pflegeleicht. Ich würde Dir natürlich einen monatlichen Zuschuss für die Futterkosten überweisen und selbstverständlich auch alle anfallenden Tierarztrechnungen begleichen. Daran soll es nicht scheitern."

„Na gut, dann bring sie gelegentlich her", stimmt Düse schließlich halbherzig zu.

Ich fühle mich etwas verwirrt. Bisher kam ich mit allen anderen Hunden gut aus, aber wenn sich ein Hundefräulein bei mir zu

Hause breitmacht, dann könnte das anders aussehen. Unser Männerhaushalt funktioniert bisher völlig reibungslos. Ein weibliches Wesen wird da vermutlich schnell Unruhe reinbringen. Aber noch ehe ich weiter darüber nachdenken kann, saust Marlene schon nach draußen und holt Sissi rein. Sie setzt sie auf den Fußboden und sagt mit Leidensmiene: „Das ist sie. Ist sie nicht zum Verlieben?"

Sofort läuft Thea zu der Kleinen, streichelt sie liebevoll und versichert ihr, dass sie keine Angst vor uns haben muss. Dann gibt sie ihr eines von meinen Leckerchen, die sie aus einer der Schubladen ihres Schreibtisches hervorgezaubert hat. Das ist ja wohl die Höhe! Meine Leckerchen verfüttert sie an eine fremde Hündin. Im nächsten Moment wirft sie mir gleich drei davon hin, die ich sofort verschlinge, ehe Sissi mir die streitig machen kann. Aber sie macht gar keine Anstalten dazu, sondern sitzt nur brav da und wartet ab. Ich nehme sie erst mal genauer in Augenschein. Doch, niedlich ist sie, das muss ich zugeben. Schließlich überwinde ich mich und gehe langsam auf sie zu. Wir beschnüffeln uns kurz, und dann ist die Sache klar. Sie wird mir die Führungsrolle überlassen. Also gut, in dem Fall werde ich mich an diesen Familienzuwachs gewöhnen können. Unsere Menschen haben das ganze Geschehen gespannt beobachtet, und jetzt bricht Marlene in Jubel aus: „Ich wusste es doch, Donny ist total gutmütig. Er wird sie als seine kleine Schwester ansehen und sich bestimmt gut mit ihr vertragen!"

„Tagsüber kann sie gern bei mir im Büro bleiben, wenn Du mit Donny unterwegs bist", schlägt Thea vor. „Wenn Du magst, können wir in der Mittagspause oder nach Feierabend auch gemeinsam Gassi gehen."

Nun ist Düse endgültig überrumpelt und kann kein Gegenargument mehr finden. Sissi hat scheinbar gemerkt, dass es um sie und ihre Zukunft geht. Sie läuft kurz zu Thea und danach zu Düse und springt an ihm hoch. Der streichelt sie ein wenig unbeholfen, aber Sissi ist damit zufrieden, wie es scheint.

„Siehst Du, sie ist einverstanden", sagt Marlene.

Dann holt sie Sissi´s Körbchen, ihre Leine und einige Säcke mit Futter aus dem Auto.

Auch den Impfpass von Sissi hat sie dabei. Sie hat vermutlich keinen Moment daran gezweifelt, dass sie Düse am Schluss rumkriegt, sich in Zukunft um Sissi zu kümmern.

„Der Tierarzt sagt, sie ist kerngesund und geimpft ist sie auch", erklärt Marlene.

Aber, als sie sich von uns verabschiedet, sehe ich, dass eine dicke Träne über ihre Wange läuft, die sie schnell fortwischt. In dem Moment tut sie mir echt leid.

„Ich komme Dich so oft besuchen wie nur möglich", versichert sie Sissi zum Abschied.

Dann dreht sie sich abrupt um und verschwindet.

„Sissi wird sich bestimmt schnell bei Dir eingewöhnen", meint Thea. „Zum Glück war sie ja noch nicht so lange bei Marlene. Vermutlich hat sie zu ihr noch keine enge Beziehung aufgebaut", tröstet sie Düse, der ein wenig ratlos zu sein scheint.

Dann greift er beherzt nach der Leine von Sissi und sagt: „Wir gehen jetzt erst mal eine Runde Gassi. Komm mit, Donny!"

Ich laufe meistens ohne Leine, und wenn Sissi mitspielt, dann kann sie das vermutlich auch bald. Zu Hause muss ich sie ins Gebet nehmen und ihr erklären, wie das bei uns zu Hause so läuft. Vor allem hoffe ich, dass sie Kommissar Rex genauso zu schätzen weiß, wie Düse und ich.

Fabian Mengler wird nervös

Fabian Mengler fühlte sich nach Düse´s Besuch total verunsichert. Wie war dieser Kunde mit dem großen Hund nur auf Wenzel Rostow gekommen? Natürlich hatte er einige Bilder dieses Künstlers gebunkert, aber eigentlich wollte er noch ein wenig warten, bis er die öffentlich anbot. Von Claus van der Vaart besaß er auch einige Gemälde. Dessen Tod war genauso überraschend gekommen, und seine Witwe wollte die letzten Bilder ihres Mannes vorläufig nicht verkaufen. Sie wusste schließlich, dass sie damit eine Wertanlage hatte. Der neue Kunde erschien ihm seltsam und wenig vertrauenswürdig. Schließlich hatte er ihm nicht mal seinen Namen genannt. Aber Kunstsammler waren eben so. Viele von ihnen hatten ihre Eigenheiten, und wenn am

Ende der Kaufpreis stimmte, dann war es in Ordnung. Allerdings fand er es langsam an der Zeit, seine Zusammenarbeit mit Dietrich Thiesbrummel zu beenden. Er hatte zwar keine konkreten Beweise, aber er ahnte schon lange, dass Dietrich einiges zu verbergen hatte. Und er fand, er sollte auf keinen Fall noch weiter in dessen dunkle Machenschaften verwickelt werden. Wenn er ehrlich zu sich selbst war, dann wollte er das alles gar nicht so genau wissen. Natürlich war ihm nicht entgangen, dass nun schon mehrere junge Künstler, kurz nachdem sie einen gewissen Bekanntheitsgrad erreicht hatten, plötzlich und teilweise unter ungeklärten Umständen, zu Tode gekommen waren. Hatte Dietrich womöglich etwas damit zu tun? Das war ein ungeheuerlicher Verdacht, und er versuchte, den schnell beiseite zu schieben. Zudem hatte ihm jemand die Steuerfahndung auf den Hals gehetzt. Auch das ärgerte ihn. Zwar meinte er, seine Geschäfte, die er an der Steuer vorbei getätigt hatte, gut getarnt zu haben, aber wenn die Leute vom Finanzamt ganz genau hinschauen würden, dann war es leider trotzdem wahrscheinlich, dass sie die eine oder andere nicht ganz legale Aktivität seinerseits aufdecken würden. Und dann wäre es nur ein kleiner Schritt, bis sie auch hinter seine inoffizielle Kooperation mit Dietrich Thiesbrummel kommen würden. Es war zu verlockend gewesen, den jungen Künstlern ihre Werke für relativ kleines Geld abzunehmen. Sowohl er, als auch Dietrich hatten ein gutes Auge für moderne Kunst und wussten genau, wie man solche Leute vermarkten musste. Die Maler waren anfangs immer froh gewesen, ihre Bilder in einer so renommierten Galerie ausstellen zu können. Erst, wenn sie dahinterkamen, dass Dietrich und er beim Verkauf der Bilder den weitaus größten Teil des Gewinns einstrichen, wurden sie schnell aufmüpfig. So wie Thilo Steenfatt. Dietrich hatte versprochen, ihn zur Räson zu bringen. Wie, das wollte er nicht verraten, und Fabian hatte nicht gefragt. Noch war nichts geschehen, aber lange würden sie mit dieser Masche ganz sicher nicht mehr arbeiten können, so viel war klar. Außerdem stand seine Galerie inzwischen finanziell auf einer relativ soliden Basis, wenn auch dank einiger nicht ganz legaler Geschäfte, aber den Gedanken daran verdrängte er lieber schnell. Als er Dietrich Thiesbrummel kennengelernt hatte, war das anders gewesen, sonst hätte er sich niemals auf solche Geschäfte eingelassen. Er konnte nur hoffen, dass Dietrich ihn vom Haken lassen würde, denn, wenn er nicht mehr mitspielte, wäre es für Dietrich deutlich schwieriger, junge, unbekannte Maler in der Kunstwelt zu lancieren.

Thea findet etwas heraus

Bevor wir aufgebrochen sind, hat Düse Thea den Auftrag gegeben, über unseren Klienten, Herrn Thiesbrummel, der vor seiner Heirat den schlichten Namen Meier trug, noch mehr herauszufinden. Weil die liebe Thea eine ganz hervorragende Sekretärin ist, hat sie sich sofort an die Arbeit gemacht. So hat sie schon Ergebnisse vorzuweisen, als wir zurückkommen. Unterwegs hat sich unser neues Familienmitglied absolut vorbildlich verhalten. Sissi ist brav an der Leine gelaufen und hat auch ihr Geschäft gemacht. Düse hat also keinen Grund, sich über sie zu beklagen, obwohl er immer noch etwas unglücklich aussieht, weil Marlene ihn so überrumpelt hat. Aber nun gibt es kein Zurück mehr.

„Da seid Ihr ja endlich", ruft Thea, als wir eintreten.

„Gibt´s was Neues?", fragt Düse.

„Das kann man wohl sagen", entgegnet Thea und legt los. „Dietrich Meier, alias Dietrich Thiesbrummel, ist vorbestraft. Was sagst Du dazu?"

„Das ist ja interessant, warum denn?"

„Das liegt schon länger zurück, aber er hat drei Jahre aufgebrummt bekommen, weil er versucht hat, in ein Museum einzubrechen."

„Was wollte er da denn klauen?", staunt Düse.

„Da lief gerade eine große Impressionisten-Ausstellung. Vermutlich wollte er sich eines der Werke schnappen."

„Aber die meisten dieser Bilder sind doch weltberühmt, die hätte er doch nie verkaufen können."

„Vielleicht wollte er ein Bild für sich selbst haben…", vermutet Thea.

Düse schüttelt den Kopf. „Das glaube ich nicht. Außerdem muss er einen oder mehrere Komplizen gehabt haben. So einen Coup zieht man doch nicht allein durch."

„In dem Fall aber doch, denn von einem oder mehreren Beteiligten ist nirgendwo die Rede", widerspricht Thea. „Das war noch vor seiner Hochzeit. Er hat den Namen seiner Frau angenommen, vermutlich um seine unrühmliche Vergangenheit zu verschleiern. Vor dem zweiten Weltkrieg hatte der Name Thiesbrummel nämlich unter Kunstkennern einen guten Ruf. Später konnte der Vater von Frau Thiesbrummel leider nicht mehr an die geschäftlichen Erfolge anknüpfen. Deshalb hat er den Kunsthandel aufgegeben, aber vermögend war und ist die Familie immer noch. Ich bin sicher, auch das hat eine Rolle gespielt, als Dietrich Meier eine Ehefrau gesucht hat. Bei der Scheidung hat er ganz schön abgesahnt. Kein Wunder, dass seine Exfrau immer noch schlecht auf ihn zu sprechen ist."

„Mag sein", stimmt Düse zu.

„Obendrein hatte er vor ein paar Jahren noch ein weiteres Verfahren am Hals. Darin wurde er verdächtigt, an Kunstfälschungen im großen Stil beteiligt zu sein. Ich muss noch weiter recherchieren, aber es könnte sein, dass der Galerist da auch mit drinsteckt."

„Ich glaube, Dietrich Thiesbrummel ist ein ganz krummer Hund!", stellt Düse fest.

Ich spitze bei diesen Worten erstaunt die Ohren – was soll das denn heißen?

„Oh, entschuldige Donny, Du bist natürlich nicht gemeint", erklärt mir Düse. Und zu Thea sagt er: „Ich denke, ich sollte wohl mal mit ihm über seine Vergangenheit reden."

„Bist Du irre? Der macht doch vor nichts halt", befürchtet Thea. „Überlass das lieber Erwin", rät sie ihm.

„Hast auch wieder recht", lenkt Düse ein.

Dann greift er zum Telefon, um sich mit Erwin zu verabreden. Wir werden unsere Mittagspause wieder mal im „schmutzigen Löffel" verbringen, und das ist mir sehr recht.

Informationsaustausch

Gisela freut sich, wie immer, wenn wir auftauchen. Dieses Mal haben wir auch Sissi mitgenommen, damit Thea im Büro ihre Ruhe hat. Sie ist schon ganz verknallt in unseren Familienzuwachs. Ich glaube, Düse befürchtet sogar, dass sie darüber ihren eigentlichen Job vergisst. Fast bin ich ein wenig eifersüchtig auf Sissi, aber für Düse bin und bleibe ich bestimmt trotzdem immer die Nummer eins!

„Ach, hast Du Dir einen zweiten Hund angeschafft?", staunt Gisela, als sie uns zu dritt ankommen sieht.

„Nicht ganz freiwillig", knurrt Düse.

Gisela lacht und antwortet: „Aber die Kleine ist doch niedlich, und mit Donny versteht sie sich offenbar auch, was willst Du mehr."

Düse erzählt ihr, wie Sissi zu uns gekommen ist, und Gisela nickt verständnisvoll. Sie weiß, wie sehr ihn der Verlust von Marlene immer noch schmerzt. Sie streichelt Sissi und mich und verspricht, uns gleich Wasser zu bringen. Wenig später ist sie wieder da – mit zwei gefüllten Näpfen. Ich stürze mich gleich darauf, während Sissi sich zunächst damenhaft zurückhält. Erst als Gisela sie auffordert, ihren Durst zu stillen, geht sie zögernd zu dem anderen Napf und taucht ihre Zunge in das kühle Nass. Offenbar schmeckt es ihr, denn gleich darauf schlabbert auch sie ihre Portion weg - bis auf den letzten Tropfen.

„So ist´s richtig, kleines Fräulein", freut sich Gisela, und dann fragt sie Düse, was er essen möchte.

„Wie immer", entgegnet er

„Alles klar."

Mit diesen Worten eilt Gisela weiter. Sie weiß, dass Düse so gut wie immer ein Schnitzel mit Pommes bestellt. Das ist ja lecker, wie ich weiß, aber Thea predigt ihm häufig, dass er Abwechslung in seinen Speiseplan bringen soll. Vor allem mehr Obst, Salat und Gemüse soll er essen, deshalb bringt sie ab und zu Äpfel oder Bananen mit ins Büro, aber meistens muss sie die am Ende selbst essen. Hilft nichts, Düse und ich sind eben Gewohnheitstiere. Ich kriege ja auch immer das gleiche Trockenfutter. Nur die Dosen mit dem

Nassfutter wechselt Düse gelegentlich, weil er dabei immer auf Sonderangebote achtet. Ist aber in Ordnung. Ich bin froh, dass ich seit einer Weile überhaupt jeden Tag eine ordentliche Mahlzeit serviert kriege. Das war für uns beide nicht immer selbstverständlich, aber an diese Zeiten denke ich nur ungern zurück. Da kommt Erwin um die Ecke und setzt sich zu uns. Auch er staunt, weil Düse einen zweiten Hund dabeihat. Deshalb berichtet Düse ihm erbost von Marlene´s Überrumpelungstaktik.

„Sie kann Dich mit Leichtigkeit immer noch um den kleinen Finger wickeln", stellt Erwin fest und grinst anzüglich.

Na und? Ich mag Marlene, und Sissi ist gar nicht so übel, wie ich inzwischen festgestellt habe. Nachdem Erwin auch bestellt hat, wird er dienstlich und fragt Düse: „Leg los, was gibt es Neues?"

Daraufhin holt Düse tief Luft und erzählt ihm haarklein, was für ein schräger Vogel unser derzeitiger Klient ist. Unbewegt hört Erwin zu, bevor er lospoltert: „Ich sage es doch, diesem Kerl bist Du allein nicht gewachsen!"

Das meiste von dem, was Düse berichtet, haben Erwin und seine Kollegen inzwischen selbst ermittelt. Aber dann rückt er mit weiteren interessanten Neuigkeiten für Düse raus. Sein Kumpel vom Finanzamt hat tatsächlich eine kleine Unregelmäßigkeit in der Buchführung von Herrn Mengler gefunden.

„Nichts Großes, aber mein Kumpel ist ein echter Fuchs. Er hat sehr genau hingeschaut. Er wusste ganz genau, worauf er sein Augenmerk richten musste. Für einen Durchsuchungsbeschluss reicht es auf jeden Fall", freut sich Erwin.

Heute Nachmittag wird er mit seinen Kollegen in der Galerie auftauchen, natürlich ohne Herrn Mengler vorher zu informieren.

„Wir werden seine Bude komplett auf den Kopf stellen", versichert Erwin.

„Achtet vor allem auf die Bilder, die im Keller lagern. Ich fress 'nen Besen, wenn darunter nicht einige Fälschungen zu finden sind", meint Düse.

„Das glaube ich auch", meint Erwin.

Dann kommt Gisela und bringt ihnen das Essen. Sissi und ich legen uns in den

Schatten, während die beiden Männer es sich erst mal in aller Ruhe schmecken lassen. Nachdem Erwin und Düse sich getrennt haben, überlegt Düse was er nun machen wird. Er beschließt, mit Thea zu sprechen, wie sie die Lage einschätzt. Das halte ich für eine gute Idee, denn Thea hat Düse schon oft auf Aspekte seiner Fälle aufmerksam gemacht, die ihm bis dahin entgangen sind. Weibliche Intuition nennt sie das - die fehlt Düse natürlich. Außerdem freut sie sich immer, wenn er sie um Rat bittet. Also laufen wir zu dritt zurück ins Büro. Thea sitzt wieder vor ihrem Computer. Sie schaut erfreut hoch, als sie uns kommen sieht.

„Na", fragt sie, „gibt es Neuigkeiten?"

„Das kann man wohl sagen", antwortet Düse und berichtet, was Erwin ihm erzählt hat.

„Ich bin gespannt was dabei herauskommt. Was denkst Du, wo ist das gestohlene Gemälde, und wer hat auf unseren Klienten geschossen? Glaubst Du, der Galerist war das? Wenn Herr Thiesbrummel ihm das Gemälde gebracht hätte, um es rahmen zu lassen, hätte Herr Mengler doch einfach einen Einbruch vortäuschen können, um das

Gemälde verschwinden zu lassen. Und der Schuss auf ihn könnte eine Warnung gewesen sein, die Klappe zu halten."

„Nein, das hätte der Thiesbrummel ihm nie und nimmer geglaubt", wendet Düse ein. „Außerdem halte ich Fabian Mengler nicht für so durchtrieben."

„Was ist mit Frau Thiesbrummel? Du hast doch gesagt, dass ihr Mann sie bei der Scheidung ganz unverfroren über den Tisch gezogen hat."

„Aber ihre Trennung ist doch schon einige Jahre her", erinnert Düse sie.

„Trotzdem, man sollte eine betrogene Frau nie unterschätzen. Vielleicht hat sie nur darauf gewartet, sich bei einer passenden Gelegenheit an ihrem Exmann zu rächen. Ich möchte wetten, dass sie ganz genau weiß, oder zumindest geahnt hat, was er in den letzten Jahren getrieben hat."

Ganz von der Hand weisen lässt sich das nicht, das sieht Düse ein.

„Meinst Du, ich sollte noch mal mit ihr reden?"

„Warum nicht, was hast Du zu verlieren?"

„Ich trinke erst mal einen Kaffee", sagt er unschlüssig und geht zum Automaten, um sich eine Tasse einzugießen. Frischen Kaffee gibt es immer bei Thea, sie kennt schließlich Düse's Vorlieben. Ohne Kaffee geht bei ihm gar nix. Mit der Tasse in der Hand, schlurft er zu seinem Schreibtisch. Sissi schaut mich fragend an. Ich signalisiere ihr, dass wir ihn erst mal in Ruhe lassen und uns lieber bei Thea ein Leckerchen abholen sollen. Ich weiß, wenn Düse sich zurückzieht und die Tür zu seinem Büro schließt, dann will er allein sein, um in Ruhe nachzudenken. Die Gelegenheit ist günstig, finde ich. Und Thea weiß das auch. Sie nimmt sich selbst einen Kaffee, streichelt Sissi und mich ausgiebig und rückt schließlich auch ein Leckerli für uns heraus.

„Jetzt macht Ihr am besten eine kleine Siesta", schlägt sie vor. Das tun wir auch, während sie sich wieder ihrer Arbeit zuwendet.

Hausdurchsuchung in der Galerie Goldstedt

Fabian Mengler wusste sofort, was die Glocke geschlagen hatte, als er sah, dass vor seinem Haus ein Streifenwagen hielt. Aus einem privaten PKW stiegen zwei Herren in Zivil aus, die ebenfalls den Hof betraten. Das waren Kommissar Erwin Weber und ein Kollege. Kommissar Weber kannte er, der war schon einmal bei ihm in der Galerie gewesen. Dass dieser Augenblick eines Tages kommen würde, hatte er schon länger befürchtet. Dann klingelte es, und ihm wurde von Hauptkommissar Erwin Weber ein Durchsuchungsbeschluss unter die Nase gehalten

„Zur gleichen Zeit findet bei Ihnen zu Hause eine Durchsuchung statt", informierte er den Galeristen.

„Kommen Sie herein, meine Herren", sagte Fabian Menger resigniert.

„Bevor ich mit Ihnen rede, würde ich allerdings gern meinen Anwalt anrufen."

„Kein Problem", gestattete Erwin ihm diese Bitte.

Dann gingen die Streifenbeamten zur Sache. Wie erwartet, wurden sie fündig. Nachdem sein Anwalt eingetroffen war, wollte Herr Mengler zunächst allein mit ihm sprechen. Auch dieser Wunsch wurde ihm erfüllt. Da sein Anwalt ihm dringend dazu riet, den Beamten reinen Wein einzuschenken, weil er damit sein Strafmaß reduzieren konnte, zeigte sich Fabian Mengler gesprächsbereit. Erwin war sehr zufrieden. Die Durchsuchung der Galerie war erfolgreich, und die Beamten trugen etliche Kisten mit Beweismaterial aus dem Haus. Es würde sicher lange dauern, bis das ganze Material bearbeitet werden konnte.

„Ich bin allein durch Dietrich Thiesbrummel in diese Sache hineingezogen worden", beteuerte Herr Mengler immer wieder.

„Das glaube ich Ihnen, aber leider spricht Sie das nicht von Schuld frei", erwiderte Erwin ungerührt.

„Ich weiß", flüsterte Fabian Mengler

Er behauptete allerdings auch, dass Dietrich Thiesbrummel von Anfang an die treibende Kraft, und er nur der Mitläufer, bei der Fälschung einiger Gemälde gewesen war. Sein Anwalt versuchte vergebens, den

Redefluss seines Mandanten einzudämmen, aber ohne Erfolg. Fabian Mengler wollte sich endlich alles von der Seele reden.

„Herr Mengler, ich nehme Sie zunächst wegen fortgesetzten Betrugs fest. Alles andere klären wir auf dem Revier."

Dort angekommen, wurde Fabian Mengler sofort in den Verhörraum gebracht. Man ließ ihn und seinen Anwalt eine Weile schmoren, bevor Erwin und sein Kollege kamen, um ihn zu befragen.

„Haben Sie mir noch etwas zu sagen?", forschte sein Rechtsanwalt, nachdem sie allein waren, „dann wäre jetzt der richtige Zeitpunkt dafür."

Aber der Galerist schüttelte nur den Kopf und schwieg.

Als Erwin und sein Kollege den Raum betraten, gab Erwin sich zunächst jovial, indem er Herrn Mengler fragte, ob er einen Kaffee oder ein Glas Wasser haben wollte.

„Ja gern, ein Glas Wasser", bat der völlig eingeschüchterte Mann.

Nachdem er das erhalten hatte, forderte Erwin ihn auf: „Dann legen Sie mal los, wie kam es zu der Zusammenarbeit mit Dietrich

Thiesbrummel? Zuallererst möchte ich allerdings wissen, warum Sie auf ihn geschossen haben? Das war ein Mordversuch und ist eine sehr ernste Angelegenheit, ist Ihnen das klar?"

Der Rechtsbeistand von Herrn Mengler stutzte und sagte: „Das wirft ein völlig anderes Licht auf die Sache. Ich bestehe darauf, dass ich noch einmal kurz mit meinem Mandanten unter vier Augen sprechen kann."

„Nein, das ist nicht nötig, ich habe mit dem Schuss auf Dietrich nichts zu tun, wirklich nicht", erregte sich Fabian Mengler. „Es gab durchaus einige Geschäfte, die wir der Steuer vorenthalten haben, das leugne ich nicht. Und ich gebe auch zu, dass ich von Dietrich einige Gemälde erworben habe, die von kürzlich verstorbenen Malern stammen. Daran ist nichts Illegales", behauptete er.

„Aber kam es Ihnen nicht seltsam vor, dass die Künstler, sozusagen auf der Höhe ihres Ruhmes, kurz nachdem sie ihre Werke in Ihrer Galerie ausgestellt hatten, verstorben sind?"

„Darüber habe ich damals überhaupt nicht nachgedacht", behauptete Herr Mengler.

Bei dieser Aussage sah sogar sein Anwalt zweifelnd drein, aber er hielt den Mund. So naiv wie Herr Mengler sich gab, konnte er eigentlich gar nicht gewesen sein; aber schließlich ging es in so einem Verfahren lediglich darum, was man seinem Mandanten beweisen konnte, nicht um Vermutungen. Das Verhör zog sich noch eine ganze Weile hin, aber der Galerist blieb eisern bei seinen Angaben. Solange nicht alle Unterlagen ausgewertet waren, hatte es ohnehin keinen Sinn, ihn weiter zu befragen. Daher beendeten die beiden Kommissare das Verhör und nahmen Herrn Mengler in Untersuchungshaft. Die Durchsuchung seiner Wohnräume hatte allerdings keine weiteren Anhaltspunkte ergeben. Er hatte offenbar sein Privatleben von seinen geschäftlichen Aktivitäten peinlich getrennt.

„Bitte benachrichtigen Sie meine Frau von den Geschehnissen", bat er seinen Anwalt und gab ihm die Handynummer seiner Ehefrau, die sich momentan mit einer

Freundin zu einem Wellnessaufenthalt an der Ostsee aufhielt.

„Selbstverständlich tue ich das."

Dann wurde Fabian Mengler von einem uniformierten Beamten abgeführt und in die Zelle gebracht. Erwin und sein Kollege waren sehr zufrieden mit den bisherigen Ermittlungsergebnissen. Aber noch blieben etliche Fragen offen, vor allem die, wer Herrn Thiesbrummel um das Gemälde von Thilo Steenfatt erleichtert und wer auf ihn geschossen hatte.

Thea hat eine Idee

Nachdem Düse wieder aus seinem Büro aufgetaucht ist, macht Thea ihm einen ungewöhnlichen Vorschlag.

„Wie wäre es denn, wenn ich mit Frau Thiesbrummel reden würde, so von Frau zu Frau? Ich habe nämlich rausgefunden, dass sie einen Waffenschein hat. Sie war oder ist vielleicht immer noch Mitglied in einem Schützenverein. Möglicherweise hat sie auf ihren Ex geschossen, um ihm Angst einzujagen. Ob sie ihm auch das Bild gestohlen hat, das ist natürlich eine andere Geschichte."

Düse reißt erstaunt die Augen auf.

„Meinst Du wirklich, dass sie sich nach so vielen Jahren, für das, was er ihr angetan hat, an ihm rächen will?"

„Rache genießt man bekanntermaßen am besten kalt. Womöglich hat sie lange auf eine passende Gelegenheit gewartet. Ich werde ihr sagen, dass ich eine Deiner Mitarbeiterinnen bin und ihr dann vorsichtig auf den Zahn fühlen."

„Denkst Du, das klappt?"

„Einen Versuch wäre es jedenfalls wert", findet Thea.

Düse ist noch nicht überzeugt, aber eine bessere Idee hat er auch nicht, also stimmt er zögernd zu.

„Ich nehme Donny mit. Geh Du bitte mit Sissi noch mal eine Runde Gassi. Sie ist schon eine ganze Weile so unruhig, ich glaube, sie möchte raus."

Das gefällt Düse weniger, aber ich weiß, dass Thea damit einen ganz bestimmten Zweck verfolgt. Sie möchte, dass er sich nach und nach noch mehr an die Kleine gewöhnt, es bleibt ihm ja nichts anderes übrig. Und Sissi ist wirklich ganz verträglich. Es wird vermutlich nicht lange dauern, dann hat sie ihn ebenso um die Pfote gewickelt wie ich. Thea drückt ihm energisch Sissi´s Leine in die Hand, und dann gehen wir. Thea hat ein kleines Auto, aber ich quetsche mich neben sie auf den Beifahrersitz. Nachdem sie mich angeschnallt hat, fährt sie los. Ich bin echt gespannt, was sie Frau Thiesbrummel sagen wird. Thea ist eine gute Autofahrerin. Sie hat Glück, und findet auf Anhieb einen Parkplatz in der Nähe der Villa von Frau Thiesbrummel. Als wir vor der Haustür stehen, spüre ich, dass sie nervös ist. Wie bei meinem Besuch mit Düse öffnet die junge Angestellte die Haustür und fragt Thea, was sie auf dem Herzen hat. Dann bemerkt sie mich und sagt: „Dich kenne ich doch, aber war nicht neulich ein Herr mit Dir hier?"

„Stimmt, das war mein Partner", entgegnet Thea und überreicht ihr eine Visitenkarte von Düse. „Er ist momentan leider verhindert, daher hat er mich gebeten, noch einmal mit

Frau Thiesbrummel zu sprechen. Ist sie zu Hause?"

Ich staune, da hat sich Thea doch glatt als Detektivin ausgegeben, aber sie weiß ganz bestimmt, was sie tut.

„Einen Augenblick bitte, ich frage nach, ob die gnädige Frau für Sie zu sprechen ist."

Wir müssen in der großen Eingangshalle warten, bis wir endlich ins Allerheiligste gebeten werden. Frau Thiesbrummel scheint heute besser gelaunt zu sein, als bei meinem letzten Besuch. Sie erhebt sich aus ihrem Sessel, begrüßt Thea freundlich und streichelt mich kurz. Dann bietet sie Thea einen Platz an. Als gut erzogener Hund lege ich mich den beiden Damen zu Füßen.

„Wie kann ich Ihnen helfen?", fragt sie.

Thea räuspert sich kurz und sagt dann: „Frau Thiesbrummel, ich will Ihnen reinen Wein einschenken. Ihr Mann hat unsere Detektei beauftragt, nach einem verschwundenen Gemälde des Malers Thilo Steenfatt zu suchen. Es ist ihm gestohlen worden. Und später hat auch noch jemand auf ihn geschossen. Haben Sie etwas damit zu tun? Wenn ja, dann könnte ich das durchaus verstehen. Ich weiß, Ihr Exmann hat Ihnen übel mitgespielt. Ich an Ihrer Stelle hätte vermutlich nach einer Gelegenheit gesucht es ihm heimzuzahlen. Bitte verzeihen Sie meine Offenheit…"

Plötzlich scheint sie unsicher geworden zu sein und schweigt. Ich habe auch bemerkt, dass sich bei dieser Rede das Gesicht von Frau Thiesbrummel verändert hat. Ganz blass ist sie geworden. Schließlich hat Thea sie soeben unumwunden danach gefragt, ob sie ihrem Exmann aufgelauert und sogar auf ihn geschossen hat.

„Na gut", beginnt Frau Thiesbrummel. „Ich werde Ihnen sagen, inwieweit ich in die Sache verwickelt bin."

Dann klingelt sie nach ihrer Angestellten und bittet sie, Tee zu kochen.

„Verzeihen Sie, ich brauche eine kleine Stärkung", sagt sie zu Thea.

Sie ist eben in jeder Lage eine höfliche Gastgeberin. „Ich hoffe, Sie werden eine Tasse Tee ebenfalls nicht ablehnen, oder ist Ihnen Kaffee lieber?"

Offenbar weiß Thea nicht so recht, was sie davon halten soll, aber sie nickt zustimmend.

„Sehen Sie", fährt Frau Thiesbrummel fort.
„Ich habe Ihrem Kollegen nicht ganz die
Wahrheit gesagt, als er mich gefragt hat, ob
ich mit meinem geschiedenen Mann noch in
Verbindung stehe. Wir sind beide begeisterte
Kunstsammler, und so habe ich seine
Aktivitäten auch nach unserer Trennung
verfolgt und mir sogar gelegentlich ein Bild
von ihm beschaffen lassen. Die Gemälde von
Thilo Steenfatt gefallen mir sehr, aber ich
finde die Preise, die man inzwischen dafür
zahlen muss, absolut überteuert. Es war
natürlich nicht in Ordnung, aber ich wollte
meinem Mann einfach einen Denkzettel
verpassen, nachdem ich bemerkt habe, dass
er mir leider eine Fälschung, zugegeben eine
recht gute, aber dennoch eine Fälschung
eines der Gemälde von Claus van der Vaart
angedreht hat. Wenn ich ihn damit
konfrontiert hätte, dann hätte er sicher einen
Weg gefunden, mir das als Irrtum zu
verkaufen. Oder er hätte schnell ein
Gegengutachten besorgt, das die Echtheit
meines Bildes bestätigt hätte. Er hat gute
Verbindungen in der Szene, und hält immer
noch ein weit verzweigtes Netz aufrecht, das

er schon vor Jahren aufgebaut hat. Sie werden ihm nur schwer etwas nachweisen können. Deshalb habe ich ein paar absolut vertrauenswürdige Leute damit beauftragt, ihn zu beobachten und bei einer passenden Gelegenheit das Bild zu stehlen. Es steht in meinem Arbeitszimmer."

Dann klopft es, und die junge Dame rollt einen Servierwagen herein. Darauf steht eine silberne Teekanne, zwei Tassen und etwas Gebäck sowie Milch und Zucker.

„Danke, ich brauche Sie nicht mehr", wird die Hausangestellte verabschiedet, und Frau Thiesbrummel schenkt Thea und sich eine Tasse Tee ein.

„Greifen Sie zu", wird Thea aufgefordert. „Bitte nehmen Sie auch Milch und Zucker, wenn Sie möchten."

Thea sieht immer noch etwas irritiert aus, folgt aber der freundlichen Aufforderung. Nachdem sie einen Schluck Tee getrunken hat, erzählt die Hausherrin weiter.

„Um es kurz zu machen, ich habe mich mit einem alten Freund in Verbindung gesetzt, der mir noch einen Gefallen schuldig war. Der hat die Schüsse auf Dietrich abgefeuert, natürlich nicht in der Absicht, ihn zu treffen. Den Namen meines Helfers werde ich nicht preisgeben, dafür übernehme ich allein die Verantwortung. Um ehrlich zu sein, ich hatte nicht damit gerechnet, dass Dietrich deshalb zur Polizei gehen würde. Er hat sicher geahnt, wem er das zu verdanken hat. Seitdem hat er sich nicht mehr bei mir gemeldet."

Thea scheint sich wieder gefasst zu haben, denn sie stellt ihre Teetasse vorsichtig ab und erklärt: „Sie sind sich aber schon darüber im Klaren, dass Sie sich strafbar gemacht haben, oder nicht? Wie gesagt, ich verstehe Ihre Motive durchaus, aber leider entbindet Sie das nicht von einer Strafverfolgung."

„Das ist mir nur zu klar", antwortet Frau Thiesbrummel. „Ich habe auch bereits mit unserem Familienanwalt gesprochen. Er war entsetzt und hat mir dringend geraten, zur Polizei zu gehen und mich selbst anzuzeigen. Da ich nicht vorbestraft bin, einen guten Leumund habe und keine Fluchtgefahr besteht, werde ich wahrscheinlich mit einer Bewährungsstrafe davonkommen. Wenn Sie nicht gekommen wären, hätte ich seinen Rat in den nächsten Tagen befolgt. Nun werde ich nicht länger zögern können."

Thea nickt und sagt: „Ich danke Ihnen für das Gespräch."

Dann erhebt sie sich, um zu gehen.

Aber dann geschieht plötzlich etwas völlig Unerwartetes, denn nachdem Thea sich umgedreht hat, greift Frau Thiesbrummel zur Teekanne und holt aus, um sie Thea auf den Kopf zu schlagen. Zum Glück bin ich die ganze Zeit wachsam geblieben. Ich springe blitzschnell auf und stoße Thea im letzten Moment zur Seite, sodass die schwere Kanne sie nur an der Schulter trifft. Trotzdem taumelt sie einen Moment und fällt beinahe wieder in den Sessel, aus dem sie eben aufgestanden ist. Dabei belle ich aus Leibeskräften, knurre warnend und springe an Frau Thiesbrummel hoch, um sie zu Fall zu bringen. Sie stolpert, und es gelingt mir tatsächlich, sie zu Boden zu werfen. Dann bleibe ich über ihr stehen und belle weiterhin so laut ich kann. Diese Taktik habe ich mir von Kommissar Rex abgeschaut. Durch diesen Lärm aufgeschreckt, erscheint die Haushaltshilfe.

„Rufen Sie sofort die Polizei", schreit Thea.

Die junge Frau ist völlig verwirrt und sagt nur: „Wie bitte?"

Jetzt hat Thea die Situation wieder voll im Griff scheint mir, denn sie hat schon zu ihrem eigenen Smartphone gegriffen und Erwins Nummer gewählt.

„Ich bin hier im Haus von Frau Thiesbrummel. Sie hat gestanden, jemanden beauftragt zu haben, auf ihren Exmann zu schießen. Mich hat sie auch angegriffen, aber Donny hat mir geholfen. Einzelheiten erzähle ich Euch später." Dann legt sie auf sagt: „Die Polizei wird gleich hier sein!"

Unterdessen halte ich Frau Thiesbrummel immer noch in Schach, die jetzt röchelt: „Bitte rufen Sie den Hund zurück. Ich verspreche, ich werde nicht noch mal versuchen, auf Sie loszugehen. Es tut mir wirklich sehr leid, es war einfach eine Kurzschlusshandlung."

Ihre Angestellte schaut sie immer noch ungläubig an, sagt aber nichts. Bestimmt steht sie unter Schock, kein Wunder, wie ich finde.

„Ist gut, Donny! Lass sie in Ruhe", befiehlt Thea.

Daraufhin komme ich zu ihr und setze mich an ihre Seite. Aber ich behalte die böse Frau streng im Auge. Sollte sie nur den leisesten Versuch machen, Thea doch noch mal anzugreifen, dann geht es ihr schlecht, so wahr ich Donny heiße. Wenig später hören wir das Martinshorn, und Thea beauftragt die Angestellte von Frau Thiesbrummel, die Beamten ins Haus zu lassen. Wortlos steht sie auf, und einen Augenblick später stürmt Erwin, gefolgt von zwei Beamten in Uniform, ins Zimmer.

„Thea, was machst Du für Sachen?", fragt er, nachdem er sich vergewissert hat, dass ihr nichts Schlimmes geschehen ist.

„Ich kriege bestimmt einen dicken blauen Fleck an der Schulter, aber weiter ist mir nichts passiert", wiegelt sie ab.

Dann gibt Erwin den beiden Kollegen in Uniform den Auftrag, Frau Thiesbrummel mitzunehmen. Die wehrt sich nicht dagegen und lässt sich widerspruchslos Handschellen anlegen.

„Wie konnte Düse zulassen, dass Du hier ermittelst?", fragt Erwin empört.

„Na ja, ich glaube, er war nicht begeistert, aber ich habe ihm keine Wahl gelassen", gesteht Thea.

Gerade als sie ansetzt, Erwin alles zu erzählen, erscheinen Düse und Sissi. Erwin hat ihn unterwegs angerufen und ihm gesagt, was passiert ist.

„Thea", keucht Düse, „ich habe mir solche Vorwürfe gemacht, dass ich Dich nicht zurückgehalten habe. Mein Gott, was Dir hätte passieren können, daran darf ich gar nicht denken!"

Er nimmt Thea in den Arm und drückt sie ganz fest an sich. Ich bin sicher, Thea findet, das allein ist ihren mutigen Auftritt wert gewesen.

„Schon gut, ich hatte ja Donny bei mir", erwidert sie bescheiden und krault mich, nachdem Düse sie losgelassen hat. „Er ist der eigentliche Held des Tages!"

Das zu hören, tut mir gut. Sissi scheint von meinem Einsatz ebenfalls beeindruckt zu sein. Umso besser, finde ich.

„Wir treffen uns gleich alle im Präsidium, dann reden wir", bestimmt Erwin.

Damit sind alle einverstanden, aber Düse möchte, dass Thea und ich mit ihm zusammen dorthin fahren.

„Deinen Wagen können wir doch morgen abholen", schlägt er vor.

Thea ist bestimmt sehr erfreut darüber, dass Düse so besorgt um sie ist. Wir klettern also zu viert in Düse´s altes Auto und fahren zum Präsidium. Weil Thea als Zeugin aussagen soll, dürfen wir alle mit in Erwins Büro kommen.

Der empfängt uns mit den Worten: „Die Hausdurchsuchung in der Galerie Goldstedt war erfolgreich. Wir haben Herrn Mengler gleich festgenommen. Der zwitschert jetzt wie ein Vögelchen. Es reicht auf jeden Fall, um auch Dietrich Thiesbrummel anzuklagen. Den haben meine Kollegen vorhin auch verhaftet, aber der ist aus härterem Holz geschnitzt, und längst nicht so kooperativ wie Fabian Mengler."

„Frau Thiesbrummel tut mir ehrlich leid", meint Thea.

„Wirklich?", staunt Erwin. „Hast Du vergessen, dass sie Dich niedergeschlagen hat, um Dich aus dem Verkehr zu ziehen? Du hättest tot sein können", setzt er hinzu.

„Ach, das war sicher nicht ihre Absicht", verteidigt Thea ihre Peinigerin.

Die Frau ist wirklich zu gut für diese Welt, finde ich. Aber dank ihrer Aussage, und natürlich auch der von Frau Thiesbrummel, wird die Geschichte für uns sicher ein gutes Ende nehmen. Das hoffen Sissi und ich jedenfalls. Nachdem Thea Erwin alles erzählt und das Protokoll unterschrieben hat, dürfen wir gehen. Düse lädt sie zur Feier des Tages spontan zum Essen ein. Auf Thea´s Wunsch nicht in den „schmutzigen Löffel", sondern in ein italienisches Restaurant. Thea liebt die italienische Küche, und Düse ist damit einverstanden. Weil Thea mich, als ihren Retter, unbedingt bei sich behalten will, dürfen Sissi und ich mit. Zum Glück gibt es auch in diesem Lokal einen Biergarten. Nachdem die beiden die Speisekarte studiert und Essen bestellt haben, erhebt Düse sein Glas, prostet Thea fröhlich zu und sagt: „Thea, Du weißt, ich bin kein Mann großer

Worte, aber was würde ich nur ohne Dich machen? Versprich mir, dass Du Dich nie wieder für mich in Gefahr begibst!"

Na bitte, das ist doch mal ein Anfang, finden Sissi und ich. Thea strahlt ihn an und antwortet: „Mir geht es genauso, das weißt Du, oder?"

Über den Rest der Unterhaltung möchte ich lieber Stillschweigen bewahren, denn das geht nun wirklich niemanden etwas an. -

Ich bin fest davon überzeugt, dass es Erwin und seinen Kollegen gelingt, diese beiden Gauner festzunageln und für lange Zeit hinter Gitter zu bringen. Und die Umstände, unter denen die Maler zu Tode gekommen sind, die wird er hoffentlich auch klären können, damit haben wir zum Glück nichts zu tun.

Man sieht sich.

Euer Donny, ab jetzt mit Sissi

Brigitta Rudolf

Brigitta Rudolf lebt mit ihrem Mann und Kater Tiger in einer Kurstadt am Rande des Wiehengebirges. Momentan ist sie dabei, auch ihre dunkle Seite zu entdecken. Das heißt, es wird demnächst weitere Katzen- und auch Hundekrimis geben. Außerdem warten noch etliche andere Projekte auf ihre Veröffentlichung.

Bleiben Sie also gespannt und schauen ab und zu auf die Webseite der Autorin. Dort gibt es zu allen Büchern Leseproben unter

www.brigittarudolf.jimdofree.com

Bisher von Brigitta Rudolf erschienen:

Katze für Anfänger
ISBN 9783 735 774 316

Jonny Appetito, ein Kater wie er im Buche steht
ISBN 9783 734 791 321

Pfötchenspuren
ISBN 9783 741 288 197

Katzenträume
ISBN 9783 744 832 960

Vier schwarze Pfötchen und ein langer Schwanz
ISBN 9783 752 888 072

Ciao Bello
ISBN 9783 749 429 349

Wussten Sie, dass Dornröschen eine Katze hatte?
ISBN 9783 746 091 358

Kriminelle und andere Machenschaften
ISBN 9783 744 823 418

Kleine Lebenssplitter
ISBN 9783 746 089 362

Weihnachten … alle Jahre wieder
ISBN 9783 741 288 197

Engel trifft man überall
ISBN 9783 746 013 855

Weihnachtsglück auf leisen Pfötchen
ISBN 9783 748 147 152

Tannengrün, Lichterglanz und Katzenschwanz
ISBN 9783 749 498 314

Mord in unserer kleinen Kurstadt?
Tod in der Kältekammer
ISBN 9783 752 898 897

Oma in Jeans
ISBN 9783 751 901 642

Neues aus der Katzenallee und anderswo
ISBN 9783 751 959 391

Zuhause im Katzencafé
ISBN 9783 752 612 202

Lieber Jonny
ISBN 9783 752 683 516

Cats & Crime 1
ISBN 9783 753 444 758

O Nadelbaum
ISBN 9783 754 347 485

Augen zu und durch…
ISBN 9783 755 714 637

Tiger findet ein Zuhause
ISBN 9783 756 216 888

Herzklopfen inklusive - 28 Liebesgeschichten
ISBN 9783 756 838 158

Als die Welt den Atem anhielt
Brigitta Rudolf und Susi Menzel
ISBN 9783 756 801 305

Weihnacht mit Miez und Bello
ISBN 9783 756 855 032

Cats & Crime 2
ISBN 9783 750 413 214

Die Nacht, als das Sandmännchen schlief
ISBN 9783 758 366 703

Spatzenbescherung
ISBN 9783 758 300 226

Mühlengeheimnisse
ISBN 9783 758 367 366

Aus der Feder geflossen
ISBN 9783 758 366 703

Alles fing mit einem Kater an
ISBN 9783 759 758 248

Plätzchenduft, Sternenglanz und Schneegestöber
ISBN 9783769301892